아이엠넘버포 5

The Revenge of Seven

Copyright © 2017 by Pittacus Lore
Published by arrangement with William Morris Endeavor Entertainment, LLC.
All rights reserved.

Korean Translation Copyright © 2017 by SEGYESA Publishing Co., Ltd.
Korean edition is published by arrangement with William Morris Endeavor Entertainment, LLC.
through Imprima Korea Agency

이 책의 한국어판 저작권은 Imprima Korea Agency를 통해
Pittacus Lore, c/o William Morris Endeavor Entertainment, LLC.와의
독점 계약으로 세계사에 있습니다.
저작권법에 의해 한국 내에서 보호를 받는 저작물이므로
무단전재와 무단복제를 금합니다.

아이 엠 넘버 포 5

세븐의 복수

피타커스 로어 장편소설 · 이수영 옮김

세계사

등장인물

넘버 포 존 스미스 로리언의 함을 찾으러 모가도어 기지에 갔다가 샘을 두고 탈출한 후, 나머지 가드를 이끌고 힘을 모은다. 엘라의 악몽에 이끌려 혼수상태에 빠지지만, 모가도어 인들이 존 핸콕 센터에 쳐들어왔을 때 깨어난다. 염력, 루멘 레거시, 치유 레거시가 있고, 동물과 이야기를 나눌 수 있다.

넘버 파이브 세판 앨버트와 함께 조그만 섬을 떠돌며 숨어 다녔다. 세판이 병으로 죽은 뒤, 혼자서 떠돌아다니다가 크롭 서클로 자신이 있는 곳을 알려 가드 무리에 합류했다. 그러나 사실 세트라쿠스 라에게 포섭되었다. 로리언의 함을 찾으러 갔다가 가드들을 공격했고, 그 과정에서 에이트를 죽인다. 물건을 만지면 똑같은 성질로 변하는 엑스테르나라는 레거시, 비행 레거시가 있다.

넘버 식스 마렌 엘리자베스 세판 카타리나와 모가도어 기지에 갇혀 눈앞에서 세판이 살해당했다. 존 스미스에게 좋아하는 감정을 품지만, 존이 세라에게 돌아가면서 사이가 서먹해진다. 샘이 자신을 짝사랑하는 것을 알지만, 거리를 둔다. 몸을 투명하게 만드는 레거시와 날씨를 조종하는 레거시가 있다.

넘버 세븐 마리나 전투에서 세판 아델리나와 친구 헥토르를 잃었다. 엘라를 돌보거나 파이브를 다독이는 등 가드들을 편안하게 해주는 구심점이다. 에이트를 좋아한다. 에이트가 파이브에게 죽임을 당하는 것을 보고 얼음을 만들어 공격하는 레거시가 발현됐다. 치유 레거시와 어둠 속에서 볼 수 있고 물속에서 숨을 쉴 수 있는 레거시를 지녔다.

넘버 에이트 세판 레이놀즈의 여자 친구의 밀고로 모가도어에게 발각되었지만, 인도에서 비슈누의 화신으로 추앙받아 반란군들의 보호를 받았다. 파이브가 나인을 공격하는 것을 막다가 죽임을 당한다. 변신 레거시와 텔레포트 레거시가 있고, 물 위를 걸을 수 있다.

넘버 나인 농담을 좋아하고 잘 흥분하는 성격이다. 여자 친구의 배신으로 모가도어 기지에 잡혔다가 존 스미스 덕분에 탈출했다. 머물고 있는 시카고의 펜트하우스를 은신처 겸 훈련하는 장소로 제공한다. 반중력 레거시, 초스피드 레거시가 있으며, 동물과 텔레파시로 이야기를 나눌 수 있다.

엘라 다른 아홉의 가드와 달리 원로에 의해 선택된 가드가 아니다. 원로였던 조상에 집착한 아버지에 의해 지구로 오게 되었다. 갓난아기 때 세판 크레이튼과 함께 로리언 행성을 탈출했다. 나이를 조절하는 아에테르누스 레거시가 있으며, 아직 다른 레거시는 발현되지 않았다. 예지몽을 꾼다.

애덤 아다무스 수테크 모가도어 진본 태생으로 아버지가 장군이다. 모가도어 인들이 넘버 원의 기억을 애덤의 머리에 이식시키려 했고, 그 와중에 모가도어 종족에게 회의를 품게 되었다. 모가도어 기지에서 맬컴을 탈출시키고 샘도 도망치게 도와준다. 넘버 원에게 레거시를 물려받아 지진을 일으킬 수 있다.

샘 구드 파라다이스에서 존 스미스와 친구가 되었다. 외계인에게 납치당한 것으로 믿었던 아버지 맬컴을 모가도어 기지에서 다시 만난다. 파이브와 합류하려던 존과 세라와 식스가 공격받는 순간, 맬컴과 함께 도와준다.

맬컴 구드 샘의 아버지이자 천문학자. 외계로 쏜 전파 메시지를 받은 피타커스 로어가 다친 몸으로 찾아와 로리언 인을 도와달라고 부탁한다. 몇 년간 모가도어 인들에게 납치돼 감금당해 있었다. 그동안의 기억은 그다지 없다. 모가도어 인인 애덤의 도움으로 탈출했다.

버니 코사 로리언 행성에서 존 스미스와 함께 온 동물로, 형태를 바꿀 수 있는 키메라다. 보통 때는 비글의 모습을 하고 있지만, 다양한 동물로 모습을 바꾸어 함께 싸운다. 로리언 함에서 발견한 뿔로 뿔뿔이 흩어진 키메라들을 불러 모은다.

| 1권 줄거리 |

존 스미스는 모범생도, 문제아도 아닌 평범한 고등학생이다. 마을 중심에서 약간 벗어난 지역에 아버지 헨리 스미스와 함께 조용히 살고 있다. 그러나 존 스미스에게는 특별한 피가 흐르고 있다. 존은 지구에서 멀리 떨어진 로리언 행성 사람이다. 그리고 헨리는 사실 아버지가 아닌 세판이다.

로리언은 지구보다 훨씬 빨리 문명이 발달했으며, 더욱 진보한 행성이었다. 무분별한 개발로 인해 환경이 파괴된 적도 있었지만 로리언 행성 사람들은 자연과 기술이 공존하는 행성을 만들기 위해 아주 오랜 시간을 투자하여 자연을 회생시켜 살기 좋은 행성으로 되돌려놓았다.

로리언에서 멀리 떨어진 모가도어 행성 역시 무분별한 개발로, 심각한 환경 파괴 문제를 겪고 있었다. 그러나 그들은 아랑곳하지 않고, 계속 자원을 파헤치고 환경을 훼손시켰다. 환경오염으로 더 이상 살기 어려워지자 그들은 로리언 행성을 급습해 로리언 인을 멸족시키고 행성을 손에 넣었다.

갑작스런 일격에 제대로 손쓸 틈 없던 로리언 인들은 아홉 명의 아이와 아홉 명의 어른을 지구로 간신히 피신시킨다. 아이들은 특수한 능력(레거시)을 지니고 태어난 가드이고, 어른들은 가드의 능력을 발현시키고 훈련시키는 세판이다. 이들에게 주어진 임무는 지구에서 뿔뿔이 흩어져 숨어 살다가 아이들이 자라나 레거시가 발현되면 로리언 행성을 되찾는 것이다.

로리언의 원로들은 이들이 지구로 떠나기 직전, 아이들에게 번호를 부여하고 번호순으로만 죽는 보호 마력을 걸었다. 그리고 아이들 중 한 명이 죽을 때마다 남은 아이들의 발목에는 아이들 목에 걸린 펜던트 모양의 둥근 상처가 새겨지는 경보 체계를 세워두었다. 아이들에게는 능력을 강화시키고, 전투를 위해 필요한 것들이 담긴 로리언의 함이 하나씩 주어졌다.

존 스미스는 반년 남짓마다 이사를 다니는 삶에 염증을 느끼고 있다. 새로운 마을에 적응할 무렵 다시 새로운 마을로 이동하며 산 지 10년이 되었다. 다섯 살 때 지구로 와, 로리언의 기억은 별로 없다. 실감도 나지 않는다. 그러나 그는 넘버 포고, 발목에는 세 개의 상처가 있다. 다음 차례는 그다.

세 번째 상처가 나타나자마자 플로리다 주를 떠나, 오하이오 주 파라다이스 마을로 이사한 존 스미스는 파라다이스 고등학교 등교 첫날, 운명적 사랑 세라와 외계인에 푹 빠져 있는 샘, 떠돌이 비글종 강아지 버니 코사를 만나게 된다. 그리고 뜨거운 열기 속에서도 끄떡없으며 빛을 조종하는 첫 레거시, 루멘이 나타나고 헨리와 함께 본격적인 훈련을 시작한다.

헨리는 샘이 구독하는 잡지 〈그들이 우리 가운데 있다〉 속에 모가도어 행성과 자신들에 관한 이야기가 실린 것을 알고, 잡지의 발행인을 찾아갔다가 납치를 당한다. 존은 샘과 함께 헨리를 구하러 갔다가 모가도어 인들을 처음 만나게 되고, 그 와중에 샘에게 자신의 존재를 들키게 된다.

당장 떠나야 하지만 존은 첫사랑과 친구들 곁에서 머물고 싶어 한다. 존은 세라, 샘과 파티에 참석하던 중 화재가 난 집에서 세라를 구한다. 이 장면이 유튜브와 기사로 인터넷에 뿌려지고, 즉시 모가도어에게 포위당한다.

한편, 그 기사를 본 넘버 식스는 이들 틈에 합류한다. 그리고 전투 중에 버니 코사가 로리언에서 왔으며, 모양을 바꿀 수 있는 괴수라는 사실을 알게 된다. 간신히 모가도어 전사들과 흉측한 괴수들은 막아냈지만, 이 과정에서 학교가 완전히 무너지고, 존 스미스의 세판인 헨리가 죽는다.

이들은 학교를 빠져나와 헨리의 시신을 화장하여 통에 담고, 존 스미스와 샘, 넘버 식스, 버니 코사는 다른 가드들을 만나기 위해 길을 떠난다.

2권 줄거리

스페인 북부 산타 테레사 수녀원의 고아원에 살고 있는 마리나는 넘버 세븐으로, 세판인 아델리나와 함께 지구에 도착했다. 수녀가 되어 로리언을 부정하는 세판 때문에 마리나는 이미 생명을 살리는 레거시가 나타났음에도 훈련도, 교육도 받지 못했다. 떠날 궁리만 하는 마리나에게는 항상 입에 술을 달고 사는 헥토르 말고는 친구가 없다.

한편, 존은 샘과 식스와 함께 파라다이스를 떠나 플로리다에 머물며 훈련을 하던 중 식스와 동료애를 넘은 미묘한 감정을 느낀다. 식스는 세판인 카타리나와 함께 열세 살에 모가도어 인들에게 붙잡혀 버지니아의 모가도어 기지에 갇혔다. 카타리나는 식스의 눈앞에서 잔인하게 고문당하고 살해된다. 식스는 185일 정도 갇혀 있을 무렵, 투명 레거시가 나타나 겨우 동굴을 빠져나왔고 홀로 떠돌며 훈련했다. 식스의 함은 모가도어 인들이 갖고 있을 것으로 추정된다. 존은 헨리의 죽음이 확실시되는 것이 두려워 미뤄두었던 헨리의 편지를 읽는다. 편지에는 샘의 아버지 맬컴 구드가 로리언의 조력자였으며 맬컴이 모가도어에게 납치당했을 것으로 추정된다고 적혀 있다. 그들은 샘 아버지가 남긴 전송 장치를 찾기 위해 파라다이스로 향한다.

감시의 눈빛을 느낀 마리나는 떠나겠노라고 마음먹지만 아델리나가 어딘가 숨겨둔 로리언의 함부터 찾아야 한다. 수녀원에 새로 들어온 엘라와 친해진 마리나는 함께 떠날 것을 약속하고, 엘라는 마리나에게 함을 찾아주겠노라고 약속한다. 그리고 며칠 뒤 엘라는 성당 천장 깊숙이 숨겨진 로리언의 함을 찾는다. 마리나는 아델리나에게 수면제를 먹이고 함을 열고, 빛을 발하는 빨간 구슬을 집는다. 손에서 진동하는 구슬에 놀라 아델리나를 정신없이 부르다 누군가 침입하는 소리가 들려 정신없이 몸을 숨긴다.

같은 시간 미국에서 존은 샘, 식스와 로리언의 함을 열어 로리언의 태양계를 바라보던 중 '아델리나'라고 부르는 소녀의 목소리와 함께 스페인에서 반짝이는 불을 발견한다. 파라다이스에 도착한 이들은 샘의 집 마당의 우물 속에서 하얀 전자 패드와 종이 뭉치를 찾고, 이내 모가도어의 습격을 받는다. 존은 식스와 갈라져 싸우다 세라에게 연락한다. 함께 있는 와중에 세라의 전화가 울리더니 존은 샘과 FBI에 잡혀간다. 식스의 도움으로 간신히 빠져나오지만 식스는 다른 멤버를 찾기 위해 스페인으로, 존과 샘은 전투 중에 사라진 로리언의 함을 찾기 위해 모가도어 동굴로 향한다.

산타 테레사 성당도 모가도어의 습격을 받고 아델리나는 죽는다. 전투 중에 엘라가 넘버 텐이라는 점을 알게 되고 그의 세판 크레이튼을 만난다.

샘과 존은 식스의 투명 레거시를 일시적으로 담은 시사리스 석 덕분에 모가도어 기지에 무사히 들어가 함의 위치는 찾았지만 이내 모습이 드러난다. 가까스로 함을 찾아 탈출하던 도중 넘버 나인과 합류하게 된다. 그러나 적들이 몰려들어 결국 존은 나인과 함께 샘을 동굴에 둔 채 밖으로 나온다. 둘이 나온 직후, 모가도어의 지도자가 지구에 도착해 동굴로 들어가고, 이내 동굴 입구에는 푸른 전기장이 쳐져 아무도 들어갈 수 없게 된다.

마리나는 헥토르의 도움으로 엘라, 크레이튼과 함께 산속 호수로 향한다. 호수에는 로리언에서 데리고 온 키메라가 있지만 모가도어의 괴수 떼들에 휩싸여 금세 죽게 되고, 이들은 고군분투한다. 그러다 천둥번개와 함께 나타난 넘버 식스 덕분에 승리를 예감하던 찰나, 뒤늦게 나타난 모가도어 괴수에게 헥토르는 죽임을 당하고 만다. 식스는 다함께 뭉치기 위해, 존 스미스를 만나기 위해, 미국으로 가자고 제안한다.

3권 줄거리

스페인에서 전투를 마친 식스, 마리나, 엘라, 크레이튼은 미국으로 가기 전 가드로 추정되는 소년을 만나기 위해 인도에 들르기로 한다. 그러나 뉴델리에 도착하자마자 이들은 비슈누 신을 추앙하는 군인들에게 붙잡힌다. 비슈누를 만나기 위해 이동하는 중에 반대 세력의 습격을 받게 되고, 급기야 비슈누의 부대는 사령관 한 명만 제외하고 전멸하고 만다. 가까스로 산길을 올라 호수에 다다라서야 인도의 신 비슈누 형상을 한 에이트를 만난다.

한편, 나인과 함께 동굴을 빠져나온 존은 세트라쿠스 라에게 고문당하는 샘의 환영을 본다. 샘을 구하고 싶으면 동굴로 찾아오라는 환영 속 세트라쿠스 라의 말에 존은 당장 동굴에 뛰어들려 하지만 나인은 지구인 하나를 위해 목숨을 바칠 수 없다며 강하게 반대한다. 그러던 중 정부 요원의 습격을 받고, 샘과 세라가 서쪽에 있다는 것을 알게 되면서 우선 서쪽에 위치한 나인의 은신처에 가기로 한다.

에이트는 자신의 텔레포트 레거시를 이용해 지구 곳곳으로 이동할 수 있는 로럴라이트 석이 있는 산 정상으로 일행을 안내한다. 그러나 모가도어의 급습에 크레이튼이 사망하고 식스, 마리나, 엘라는 에이트의 손을 잡고 급히 텔레포트를 한다.

존은 최첨단 시설이 갖춰진 나인의 펜트하우스에서 잠시 쉬던 중 꿈속에서 샘 아버지의 은신처에서 발견한 전자 패드를 사용해보라는 헨리의 말을 듣는다. 전자 패드를 켜자 현재 가드들이 있는 위치가 뜬다. 위치를 지켜보고 있는 중에 인도에 있던 점 네 개가 사라지고 아프리카 해안에 셋, 뉴멕시코에 하나가 켜진다.

텔레포트 후 식스는 홀로 모래사막에서 정신을 차린다. 탈수 현상으로 정신을 잃어가는 식스 앞에 한 건물이 나타난다. 한편 나인과 존은 동시에 같은 환영을 보고, 뉴멕시코로 오라는 세트라쿠스 라의 메시지를 듣는다. 다른 이들과 함께 아프리카로 이동한 엘라는 텔레파시를 통해 식스가 뉴멕시코 사막으로 갔다는 걸 알게 되어 에이트, 마리나, 엘라 역시 뉴멕시코로 텔레포트를 한다.

식스가 다시 정신을 차렸을 때는 감방 안이다. 간신히 밖으로 나와 보니 기지 안에는 모가도어 대포를 든 사람들, 이상한 실험을 하고 있는 사람들이 있다. 식스는 정부가 모가도어와 손잡았다는 것을 알게 되고, 세트라쿠스 라와 붙기 위해 기지 안의 거대한 홀로 향한다. 한편 존과 나인, 엘라와 에이트, 마리나는 둘셋 기지 앞에서 만나서 함께 안으로 들어간다.

세트라쿠스 라 앞에 다가서자 식스는 갑자기 레거시를 사용할 수 없게 되고, 세트라쿠스 라의 채찍에 맞은 부분부터 팔 전체가 납덩이에 감싸인 듯 굳어간다. 그리고 세트라쿠스 라는 식스의 모습으로 변신한다.

기지에 들어온 나머지 아이들은 식스를 찾던 중, 감방에 갇혀 있던 세라를 만나고, 식스가 세트라쿠스 라와 싸우러 갔다는 것을 알게 된다. 드디어 홀 안에 들어선 아이들은 식스로 변신한 세트라쿠스 라와 대면한다. 에이트가 반가움에 식스를 와락 껴안은 순간, 식스의 칼이 에이트의 가슴을 관통하고 모두 충격에 빠진다. 모습을 드러낸 세트라쿠스 라 앞에서 모두의 레거시가 사라지고, 싸움은 끝도 없이 밀리는 듯하다.

그때 엘라가 던진 무언가가 세트라쿠스 라의 팔에 박히고 순간적으로 레거시가 되살아나 모두 반격을 꾀한다. 그러나 이내, 커다란 폭발음이 들리더니 모든 것이 사라지고 사이렌만 울린다. 비록 세트라쿠스 라를 처치하지는 못했지만 처음으로 전투를 했다. 그리고 파이브를 뺀 모두가 모였다.

4권 줄거리

둘세 기지에 잡힌 샘은 모가도어 인인 애덤과 아버지 맬컴 덕에 탈출에 성공한다. 종적이 묘연했던 몇 년간, 맬컴은 모가도어 인들에게 납치당해 가드들에 대한 정보를 알아내기 위한 실험 대상이 되었다. 맬컴과 샘이 탈출하는 동안, 모가도어 인들을 붙잡아 놓느라 애덤은 뒤에 남는다.

한편, 아직 행방을 알 수 없는 넘버 파이브를 빼고 가드들이 전부 모였다. 존의 여자 친구 세라와 키메라인 버니 코사도 함께 나인의 펜트하우스에서 휴식을 취한다. 엘라는 세트라쿠스 라가 엘라를 한참 찾았다는 말과 함께 크레이튼이 죽기 전에 건넨 편지를 읽었느냐고 묻는 악몽을 꾸고 괴로워한다.

사우스캐롤라이나의 한 지역 방송국 뉴스에 밭을 태워 그린 로리언의 상징이 뜨자, 가드들은 파이브가 한 짓임을 깨닫는다. 파이브는 화재 기사 밑에 익명으로 다른 가드들을 찾고 있다는 댓글까지 남긴다. 파이브를 데리러 존과 식스, 세라가 나선 가운데, 크레이튼의 마지막 편지를 읽은 엘라는 자신이 넘버 텐이 아니라는 것을 알게 된다.

크레이튼의 편지에 따르면, 엘라는 로리언에서 가장 오래되고 명예로운 가문의 후손이다. 증조할아버지가 열 명의 원로 중 하나였으나 마지막 로리언 전쟁에서 희생당했다. 전쟁 후 살아남은 아홉 명의 원로들이 모였을 때, 엘라의 아버지는 하나의 공석이 자기 가문의 소유라고 주장했지만 묵살된다. 이에 한을 품은 엘라의 아버지는 로리언 행성에 모가도어 인들이 쳐들어오자 엘라와 크레이튼을 지구로 탈출시켰다.

파이브를 찾은 존과 식스, 세라에게 모가도어 우주선이 급습한다. 싸움에 소극적이던 파이브는 다른 동료들이 불리해지자 돕기 시작한다. 모가도어의 괴물인 파이켄과 싸움을 벌이는데, 맬컴과 샘이 나타나 파이켄을 해치운다.

모두가 모인 자리에서 맬컴은 피타커스 로어를 만나 로리언 인을 돕게 되었고, 모가도어 인에게 잡혀간 여러 사람 중에 자신만이 살아남았다는 이야기를 들려준다. 또 맬컴을 도운 모가도어 인 애덤에게 레거시가 있다고 말한다.

가드들은 나인의 세판이 갖춰둔 장비와 훈련 장치를 사용해 처음으로 합동 훈련을 하고, 파이브의 로리언 함을 찾으러 에버글레이즈에 누가 갈지 결정한다.

한편, 엘라는 악몽을 꾸며 일어나지 않는다. 평소와 다른 모습에 존이 루멘 빛으로 엘라를 깨우려는데, 갑자기 엘라가 존의 팔목을 잡아채고 존은 혼수상태에 빠진다. 존과 엘라가 깨어나지 않은 와중에 파이브의 함을 찾으러 나머지 가드들은 에버글레이즈로 향한다. 알고 보니 파이브는 이미 세트라쿠스 라에게 포섭돼서, 나인과 식스를 공격하고 에이트와 마리나를 설득하려 한다. 나인을 공격하는 파이브를 막아서다가 에이트가 대신 죽고, 분노한 마리나에게 얼음을 만드는 레거시가 발현된다. 마리나는 고드름으로 파이브를 공격해 한쪽 눈을 잃게 만든다. 식스와 세븐, 나인은 에이트의 시체를 두고 도망간다.

존은 혼수상태에서 세트라쿠스 라 옆의 작은 왕좌에 엘라가 앉아 있고 모가도어 제복을 입은 파이브가 한쪽 눈에 안대를 착용한 것을 본다. 일곱 개의 로리언 펜던트를 목에 건 세트라쿠스 라는 식스와 샘이 최후의 로리언 저항자이며 엘라가 자신의 증손녀이자 후계자라고 선언한다. 엘라는 식스와 샘의 처형을 명령한다. 꿈이라는 걸 깨닫고 존이 깨어난 순간, 모가도어 인들이 펜트하우스를 급습해 엘라를 납치한다. 존은 샘과 세라, 맬컴을 먼저 피하게 하고, 버니 코사를 데리러 펜트하우스에 올라갔다가 애덤과 마주친다.

등장인물 004
전편 줄거리 006

1 깨지 않는 악몽   017
2 볼티모어의 은신처   027
3 그들이 우리 가운데 있다   047
4 살아남은 세 가드   061
5 세트라쿠스 라와의 대화   078
6 모가도어 인의 기지를 찾아가다   091
7 애시우드의 본거지   101
8 모가도어 장군과 맞싸우다   112
9 애덤, 아버지를 죽이다   120
10 독방에서의 몸부림   131
11 모가도어의 격납고   140
12 에이트의 시신을 되찾다   149
13 우주선을 해킹하다   159
14 가드들, 다시 뭉치다   175
15 FBI, 연합을 제안하다   192

16	파이브와 엘라의 재회	207
17	새로운 비밀이 밝혀지다	222
18	잠시의 이별	237
19	뉴욕으로 향하는 가드들	245
20	샌더슨을 찾아내다	258
21	치유의 힘을 발휘하다	269
22	실패한 탈출	278
23	칼라크물 성소	294
24	고향에 돌아오다	304
25	로리언의 목소리	316
26	모가도어를 위한 환영식	327
27	쇼를 망치다	339
28	모가도어, 지구를 공격하다	353
29	로리언의 선물	361
30	샘, 염력을 발휘하다	371

01
깨지 않는 악몽

악몽이 끝났다. 눈을 뜨자 어둠뿐이다.

침대에 누워 있다는 것 정도는 알 수 있지만, 내 침대는 아니다. 거대한 매트리스가 어쩐지 내 몸을 꼭 맞게 감싸주는 듯하다. 친구들이 나인의 펜트하우스에 있는 더 큰 침대로 나를 옮긴 것 같다. 팔다리를 최대한 쭉 뻗어보지만 침대 끝에 닿지 않는다. 나를 덮은 시트는 부드럽다기보다는 매끄러워서 비닐 같기도 하다. 게다가 열을 발산하고 있다. 열기와 함께 쑤시는 근육을 풀어주는 고른 진동이 느껴진다.

얼마나 오래 잠들어 있었지? 여기가 어디람?

기억을 되살려보려 노력하지만, 생각나는 거라곤 마지막 풍경뿐이다. 그 악몽 속에서 며칠을 보낸 것 같다. 아직도 워싱턴에서 맡은 고무 타는 악취가 나는 것만 같다. 도시에 가라앉은 스모그가 전쟁이 끝난 지 얼마 되지 않았음을 말해주고 있었다. 아니, 곧 다시 전쟁이 시작된다는 의미였을까?

그 환영들……. 새로운 레거시가 나타난 걸까? 다른 애들에게는 밤새 악몽에 시달리게 만드는 레거시는 없는데. 이게 예언일까? 아니면 존과 에이트가 꾸었던 꿈처럼 세트라쿠스 라가 괴롭히려고 보낸 환영일까? 경고일까?

뭔지 몰라도 그만 꿨으면 좋겠다.

워싱턴의 냄새를 콧구멍 속에서 몰아내려 심호흡을 몇 번 해본다. 물론 환영이라는 건 알고 있지만, 냄새뿐 아니라 세부적인 것들까지 너무 기억이 생생하다. 세트라쿠스 라와 함께 연단 위에 앉아 식스에게 사형을 선고하던 나를 경악하는 표정으로 쳐다보던 존의 얼굴이 기억난다. 존 역시 환영 속에서 꼼짝할 수 없었다. 나도 거기서 아무것도 할 수 없었다. 자칭 지구의 통치자가 된 세트라쿠스 라와 파이브 사이에서…….

파이브가 모가도어 인들을 위해 일하고 있었다! 다른 아이들에게 경고해야 한다. 나는 벌떡 일어나 앉는다. 머리가 핑 돈다. 너무 빨리, 너무 일찍 일어났나 보다. 칙칙한 얼룩 빛이 눈앞을 떠돈다. 나는 눈을 깜빡이고 머리를 흔들어본다. 눈꺼풀이 끈적이고 입이 바짝 말라 목이 아프다.

여기는 분명 펜트하우스가 아니다.

움직임 감지 센서가 어딘가에 있는지, 방 안의 불이 천천히 밝아지기 시작한다. 차츰 밝아지더니 방 안이 차갑고 불그레한 빛으로 가득 찼다. 빛이 어디서 나오나 둘러봤더니, 크롬 판으로 된 벽 속을 누비는 관에서부터 퍼져 나오고 있다. 방이 얼마나 특징이 없어 보이는지 소름이 쫙 끼친다. 담요가 더 뜨거워진다. 마치 다시 기어들어 오라고 부르는 것 같다. 나는 담요를 밀쳐버린다.

여긴 모가도어 인들의 건물이다.

3미터에 달하는 모가도어 독재자도 쓸 수 있을 만큼 거대한 침대 끝으로 기어가 금속 바닥에 발을 디뎠다. 나는 긴 회색 잠옷을 입고 있다. 검은 가시덩굴 같은 무늬가 새겨진 잠옷이다. 놈들이 나에게 이 잠옷을 입히고 여기 눕혀놓았다고 생각하니 진저리가 쳐진다. 그냥 죽여버리는 대신 파자마를 입히다니. 환영에서 세트라쿠스 라는 내게 자기 자손이라고 했다. 무슨 뜻이었을까? 그래서 내가 아직 살아 있는 건가?

상관없다. 난 납치되었을 뿐이다. 그건 분명히 알고 있다. 이제 어떻게 해야 할까?

모가도어 인들이 나를 그들의 기지로 옮긴 것 같다. 나인이나 식스가 잡혀 있었다는 작고 끔찍한 감방과는 많이 다른 환경이다. 여전히 형편없긴 하지만, 나를 잘 돌보려고 한 것 같다.

세트라쿠스 라가 나를 포로가 아닌 손님으로 취급하는 것이다. 언젠가는 내가 그를 이어받길 원하니까. 왜지? 아직도 이해가 안 가지만, 그래서 나는 살아 있는 거다.

맙소사, 그럼 시카고에 있는 다른 애들은 어떻게 됐지?

손이 떨리며 눈에서 눈물이 따끔거린다. 여기서 나가야 해. 그리고 이제부터 나는 완전히 혼자다.

공포를 억누르고 불타는 워싱턴의 환영도 머릿속에서 떨쳐낸다. 친구들에 대한 걱정도 뒤로 미룬다. 머릿속을 깨끗이 비워버려야 한다. 우리가 처음 뉴멕시코에서 세트라쿠스 라와 싸웠을 때처럼. 다른 아이들과 훈련할 때 그랬던 것처럼, 생각을 비워야 용감해지기가 쉽다. 본능에 따라 행동하면 살 수 있을 거다.

'도망쳐.'

크레이튼의 목소리가 머릿속에 떠오른다.

'놈들이 지쳐서 쫓아오지 못할 때까지 달려.'

뭔가 무기가 필요하다. 방 안을 둘러보니 침대 옆에 금속 탁자가 있다. 가구는 그것뿐이다. 그 위에 물 한 컵이 놓여 있다. 아무리 목이 말라도 그걸 마실 바보는 아니다. 컵 옆에는 사전 크기의 책이 한 권 있다. 반들거리는 가죽 장정이다. 표지의 글씨는 태워서 박은 듯 가장자리가 거칠고 글자가 움푹 들어가 있다. 산성 물감으로 인쇄한 것 같다.

『모가도어의 위대한 확장』이라는 제목이다. 놀랍게도 영어로 돼 있다. 제목 아래 네모와 빗금으로 이루어진 글자 같은 건 모가도어 어일 것이다.

책을 들어 펼치니, 모든 페이지가 반으로 나뉘어 한쪽엔 영어, 다른 쪽엔 모가도어 어가 쓰여 있다. 나보고 읽으라는 건가?

나는 책을 탁 덮는다. 어쨌거나 묵직하니 휘두르기 좋겠다. 모가도어 경비병들을 구름 재로 만들 순 없겠지만, 아무것도 없는 것보단 낫다.

　침대에서 내려와 문처럼 보이는 곳으로 간다. 벽에 네모난 문 같은 게 나 있는데 손잡이나 버튼 같은 건 보이질 않는다.

　어떻게 열어야 하나 싶어 살금살금 가까이 가니, 동작 감지 센서가 있는지 윙 하는 기계음이 나면서 문이 위로 휙 올라가 천장 속으로 사라진다.

　왜 잠겨 있지 않은지 의아해할 시간도 없이 밖으로 나간다. 모가도어의 책을 손에 움켜쥐고 방처럼 차가운 금속으로 된 복도 바닥으로 나선다.

　"아."

　여자 목소리다.

　"깨어났네."

　경비병이 아니라 웬 모가도어 여자가 의자에 앉아 있다. 나를 기다리고 있었나보다. 모가도어 여자를 전에도 본 적이 있는지 모르겠다. 이런 여자는 분명 처음이다. 창백한 피부의 눈가에 주름이 잡힌 중년의 나이, 산타 테레사의 수녀들처럼 목이 높고 바닥까지 오는 드레스를 입은 여자는 놀라울 정도로 안 무서워 보인다. 뒤쪽의 검은 머리칼은 기다랗게 두 갈래로 땋고, 나머지 머리통은 박박 밀어 정교한 문신으로 뒤덮었다. 그동안 상대해왔던 포악하고 불쾌한 모가도어 인들과 달리, 이 여자는 우아해 보이기까지 한다.

　나는 잠시 머뭇거린다. 이 여자를 어떻게 대해야 할지 모르겠다. 모가도어 여자는 내 손을 보더니 웃는다.

"게다가 공부할 준비도 마쳤네."

그러고는 일어선다. 키가 크고 말랐으며 거미 같은 느낌이다. 내 앞에 서더니 우아하게 고개를 깊이 숙인다.

"엘라 주인님, 나는 당신의 교사……."

여자가 고개를 충분히 숙이자마자 나는 책으로 그녀의 머리를 있는 힘껏 내리친다. 여자는 전혀 예상하지 못한 듯했다. 그동안 만난 모가도어 인들은 모두 언제든 싸울 준비가 돼 있었는데, 이상하다. 여자는 짧은 신음만 내지르고 멋진 드레스를 펄럭거리며 바닥에 쿵 쓰러졌다.

여자가 정신을 잃었는지, 아니면 드레스 어딘가에 숨겼던 광선총을 꺼냈는지 확인하지도 않고 나는 뛴다. 아무 데로나 방향을 잡고 있는 힘을 다해 복도를 내달린다. 금속 바닥에 맨발이 쓰리고 근육이 쑤시기 시작했지만 무시한다. 여기를 빠져나가야 한다.

짜증나게도 이런 비밀 모가도어 기지는 출구 표시가 돼 있는 법이 없다.

모퉁이를 하나 돌아 또다시 전의 것과 거의 같은 복도를 질주한다. 이렇게 탈출했으니 언제 경보 장치가 울려대기 시작할까 계속 기다리는데, 울리질 않는다. 나를 쫓는 묵직한 발자국 소리도 들려오지 않는다.

숨이 차서 속도를 늦춰야 하나 생각하는데, 오른쪽으로 문이 하나 열리더니 모가도어 인 둘이 나온다. 그동안 자주 봤던 놈들처럼 검은 전투복을 울룩불룩 입은 병사들이 말똥거리며 나를 쏘아본다. 나는 그들을 휙 지나치지만 아무도 나를 잡으려 하지 않는다. 실은 둘 중 하나가 웃기까지 한 것 같다.

뭐지?

두 모가도어 병사가 뛰어가는 나를 보고 있는 것 같다. 그래서 처음 꺾인 모퉁이로 뛰어들었다. 그동안 내내 원을 그리고 있었던 건지도 모르겠다. 태양빛이나 외부 소음 같은 게 전혀 들어오지 않는다. 출구에 가까워진 것 같은 느낌이 들지 않는다. 모가도어 인들도 내가 뭘 하든 신경 쓰는 것 같지 않다. 마치 내가 여기를 빠져나가지 못한다는 걸 아는 것처럼.

나는 헐떡이며 속도를 늦춘다. 조심스레 지금 들어온 삭막한 복도를 꼼꼼히 살핀다. 나의 유일한 무기인 책은 여전히 움켜쥐고 있지만 손이 저려온다. 손을 한번 털고 다시 꼭 쥔다.

저 앞에서 쉭 소리를 내며 넓은 아치문이 열린다. 다른 문들과는 다르다. 더 넓고 이상하게 반짝이는 불빛이 보인다.

불빛이 아니었다. 별들이다.

그곳으로 들어가자 금속판 대신 둥근 유리 천장이 나타난다. 탁 트인 방은 마치 천문관 같다. 하지만 이건 진짜다. 다양한 제어판과 컴퓨터가 바닥에서 솟아나 있는 걸 보니, 조종실 같은 건가보다. 하지만 그런 것들에 신경 쓸 새도 없이 광활한 창을 통해 펼쳐진 아찔한 광경을 향해 끌려가듯 다가선다.

어둠. 별들.

지구.

이제야 모가도어 인들이 왜 나를 쫓지 않았는지 알겠다. 갈 데가 없다는 걸 아니까.

여기는 우주 공간이다.

나는 창에 손바닥을 대고 바짝 다가선다. 바깥의 광막함이 느껴지는 것 같다. 멀리 보이는 파란 공과 나 사이에 존재하는 텅 비고 끝없는 진공의 차디찬 공간.

"경이롭지 않니?"

우렁한 목소리에 찬물을 한 바가지 뒤집어쓴 듯하다. 휙 돌며 유리창에 등을 딱 붙인다. 놈과 마주치느니 차라리 내 뒤의 진공으로 뛰어드는 게 낫겠다.

세트라쿠스 라가 어느 제어판 뒤에 서서 나를 보고 있다. 얼굴엔 희미한 미소를 띠었다. 처음 든 생각은, 둘세 기지에서 다 함께 싸울 때처럼 그렇게 거대하지 않다는 것이다. 그래도 여전히 키가 크고 위압적으로 떡 벌어진 몸을 새카만 제복으로 감싸고 있다. 제복에는 이런저런 모가도어 메달이 비죽비죽하니 박혀 있거나 달려 있다. 죽은 가드들에게서 빼앗은, 흐릿한 하늘빛을 발하는 세 개의 로리언 펜던트도 목에 걸고 있다.

"내 책은 벌써 들고 있구나."

세트라쿠스 라가 내가 든 사전 크기의 무기를 가리킨다. 그러고 보니 내가 그걸 꼭 끌어안고 있다.

"비록 내가 바랐던 방식으로 사용한 건 아니지만. 다행히 네 감독관은 큰 부상을 입지 않았다."

갑자기 내 손에서 책이 붉게 빛나기 시작한다. 둘세 기지에서 내가 집어 들었던 돌조각처럼. 내가 어떻게 한 건지, 더구나 뭘 한 건지는 알 수 없지만 말이다.

세트라쿠스 라가 눈썹을 추어올리며 말한다.

"아, 아주 좋아."

"지옥에나 떨어져!"

나는 소리를 지르며 빛나는 책을 던진다.

반도 날아가기 전에 놈이 거대한 손을 들자 책은 허공에서 멈춘다. 그리고 발산되던 빛도 서서히 꺼진다.

놈이 꾸짖듯 말한다.

"자, 자. 이제 그만."

나는 눈물이 그렁그렁해서 외친다.

"나한테 뭘 원하는 거야?"

"이미 알고 있잖니. 내가 너에게 미래를 보여주었지. 예전에 피타커스 로어에게도 보여주었던 것처럼."

세트라쿠스 라가 앞의 제어판을 몇 번 누르자 우주선이 움직이기 시작한다. 닿을 수 없을 만큼 멀어 보이기도 하고 손에 잡힐 듯 가까워도 보이는 지구가 차츰 옆으로 움직인다. 우리는 다가가거나 하는 게 아니라 제자리에서 돌고 있었다.

"여기는 아누비스호 안이다."

자갈 긁히는 듯한 목소리에 자부심을 실어 읊조린다.

"모가도어 함대의 대장선이야."

우주선이 한 바퀴 돌아 반대 방향이 보이자 나는 경악한다. 다리에 힘에 풀리는 듯해 창을 짚고 기댄다.

지구 바깥쪽 궤도에 모가도어 함선 수백 대가 모여 있다. 가드들이 전에 보았다는 것처럼 대부분 작은 비행기 크기의 은빛으로 길쭉한 우주선이지만, 그 가운데는 20여 대가 넘는 거대한 전함들이 네모난 선체에 위협적으로 비죽비죽 나온 발사포를 장착하고 저 아래 아무것도 모르는 행성을 겨냥하고 있다.

"안 돼. 이럴 순 없어."

내가 속삭인다.

세트라쿠스 라가 다가와, 가망 없는 광경을 본 충격으로 꼼짝도 못하고 있는 내 어깨에 부드럽게 손을 얹는다. 잠옷을 뚫고 창백한 손가락의 차가움이 느껴진다.

"때가 됐다."

세트라쿠스 라가 나와 나란히 서서 함대를 내려다본다.

"'위대한 확장'이 마침내 지구에 도달했다. 우리는 함께 모가도어의 진보를 축하하게 될 것이다, 나의 손녀여."

02
볼티모어의 은신처

버려진 옷감 공장 2층의 깨진 창문 틈으로 내다보니, 길 건너 판자로 막아놓은 건물 입구에 너덜너덜한 트렌치코트와 더러운 청바지를 입은 노인 하나가 쭈그리고 앉는 것이 보인다. 자리를 잡은 다음 누런 종이 봉지로 싼 병을 코트에서 꺼내 마시기 시작한다. 시계를 보니 아직 한낮으로, 어제 우리가 볼티모어의 이 퇴락한 지역으로 들어온 이래 본 유일한 사람이다. 고요하고 황폐한 지역이지만 내가 엘라의 환영 속에서 보았던 워싱턴의 풍경에 비하면 그래도 나은 편이다. 적어도 아직까지는 모가도어 인들이 시카고에서 쫓아온 것 같지 않다.

어쩌면 그럴 필요가 없는지도 모른다. 이미 우리 중에 모가도어 인이 있으니까.

내 뒤에서 세라가 발을 구른다. 우리는 감독 사무실이었던 곳에 들어와 있다. 사방이 먼지투성이고 마룻바닥은 부풀고 곰팡이가 폈다. 뒤를 돌아보니 세라가 운동화 밑창에 붙은 바퀴벌레 시체를 보며 얼굴을 찡그린다.

"조심해. 그러다가 바닥 꺼질라."

나의 농담에 세라도 놀리듯 대꾸한다.

"은신처가 모두 펜트하우스 같을 순 없지."

　　　　　　　　　　✦

어제 우리는 이 낡은 공장의 부서진 마루 위에 침낭을 깔고 잤다. 우리 모두 며칠째 샤워를 제대로 못해 지저분하다. 세라의 금발에도 먼지가 덕지덕지 붙었지만, 내가 보기엔 여전히 예쁘다. 세라가 없었다면 시카고에서 습격을 당한 뒤 완전히 정신이 나갔을지도 모른다. 엘라도 납치되고, 펜트하우스도 파괴되었다.

그 생각에 괴로운 표정을 짓자 세라의 미소도 사라진다. 나는 창가를 떠나 세라에게로 간다.

"아무것도 알 수가 없으니 미치겠어. 뭘 해야 할까?"

나는 고개를 젓는다.

세라가 내 얼굴을 쓰다듬으며 위로하려 애쓴다.

"적어도 엘라가 다치지 않으리라는 건 알잖아. 네가 환영에서 본 게 사실이라면."

나는 씁쓸하게 뇌까린다.

"그래. 성공적으로 세뇌시킨 것 같았으니까……."

그러다가 또 다른 변절자와 함께 간, 소식을 알 수 없는 다른 친구들이 생각난다. 식스와 다른 애들에게선 아무 소식도 없다. 그쪽이라고 해서 우리와 연락할 방법이 있는 건 아니다. 로리언의 함도 모두 우리가 가지고 있으니 우릴 어떻게 찾아야 할지 짐작도 안 될 것이다. 그 애들이 시카고에 돌아왔을까?

확실한 한 가지는 다리에 새로운 상처가 새겨졌다는 것이다. 네 번째 상처. 이젠 아프지 않지만 발목에 모래주머니라도 단 기분이다. 만일 가드들이 떨어져 지냈다면, 로리언의 마력이 유지되고 있었다면, 네 번째 상처는 내 죽음을 의미했을 것이다. 그러나 이젠 플로리다에서 가드들 가운데 하나가 죽었다는 뜻이었고, 나는 내 친구 중 누가, 어떻게 죽었으며 나머지는 어떻게 되었는지도 모른다.

파이브는 아직 살아 있을 것 같다. 엘라의 환영에서 보았으니까. 세트라쿠스 라와 함께 서 있는 배신자로. 파이브가 다른 아이들을 함정으로 이끌었을 것이고, 결국 우리 중 하나가 영영 돌아올 수 없게 되었다. 식스, 마리나, 에이트, 나인. 그들 중 하나가 죽었다.

세라가 내 손을 감싸더니 긴장을 풀어주려 주무른다.

"환영 속에서 본 장면이 계속 생각나……. 우리가 졌어, 세라. 정말 일어난 일처럼 느껴졌어. 마치 종말이 시작된 것처럼."

"환영은 아무 의미도 없어. 너도 알잖아. 에이트를 봐. 죽음이 예언되었지만 살아남았잖아."

나는 더욱 괴로운 표정을 짓는다. 플로리다에서 죽은 게 에이트일 수도 있다는 점은 말하지 않으려 애쓴다.

"암담해 보일 수 있다는 거 알아. 물론 꽤 나쁜 상황이야, 존."

"격려 고맙다."

세라가 내 손을 힘껏 쥐며 눈을 부라린다.

"하지만 플로리다에 간 건 가드들이야. 맞서 싸울 거고, 포기하지 않을 거야. 결국 이길 거고. 믿어야 해, 존. 시카고에서 네가 혼수상태일 때도 우린 널 포기하지 않았어. 끝까지 싸웠고 보람이 있었지. 우리가 졌다고 절망하기 시작했을 때, 네가 깨어나 우리를 구했어."

시카고에서 내가 드디어 깨어났을 때 친구들의 상태가 기억난다. 맬컴 아저씨는 치명상을 입었고, 세라도 심하게 다쳤다. 샘은 탄약이 거의 떨어졌으며, 버니 코사는 행방불명이었다. 모두 나 때문에 목숨이 위태로운 지경까지 갔다.

"너희가 먼저 나를 구했어."

"그래, 그렇지. 그러니 너도 우리 지구를 구하는 데 힘을 보태."

아무렇지도 않다는 듯 말하는 세라의 모습에 웃음이 난다. 나는 세라를 끌어당겨 키스한다.

"사랑해, 세라 하트."

"나도, 존 스미스."

"어…… 나도 너희를 사랑한다."

세라와 내가 돌아보니, 샘이 문간에 서서 어색한 미소를 짓고 있다. 팔엔 거대한 주황색 고양이가 안겨 있다. 우리의 새로운 모가도어 친구가 데리고 온 여섯 마리 키메라 가운데 하나다. 버니 코사가 지붕에서 짖어댄 후 그 울음에 이끌려 왔다. 에이트의 함에서 버니가 가져간 막대기는 키메라를 부르는 토템이었던 것 같다. 개를 부르는 피리와 비슷한 게 아닐까?

우리는 지방 도로만을 이용해서 볼티모어까지 왔다. 미행당하지 않는지 늘 조심했다. 모두 복닥거리며 밴을 타고 오는 동안, 우리의 새로운 친구들에게 일일이 이름을 붙여줄 시간은 충분했다. 평소 뚱뚱한 고양이의 모습을 선호하는 이 키메라는 나인의 예전 이름을 따 '스탠리'라고 불러야 한다고 샘이 주장했다. 만일 나인이 살아 있다면, 샘이 뚱뚱한 고양이에게 애정을 듬뿍 담아 자기 이름을 붙여준 데 무척 기뻐하리라.

"미안, 내가 분위기를 깼나?"

"전혀."

세라가 대답하며 한쪽 팔을 샘에게도 뻗는다.

"다 같이 포옹할까?"

"나중에."

샘이 대꾸하고 나를 본다.

"다들 돌아와서 아래층에서 준비하고 있어."

나는 고개를 끄덕이며 마지못해 세라를 놓아준다. 그리고 물건들이 든 더플백을 집어든다.

"잘 됐어?"

샘이 고개를 젓는다.

"작은 캠핑용 발전기 두 개밖에 못 구했어. 큰 거 살 돈은 안 됐어. 그거로도 충분할 거야."

내가 하얀 위치 추적 태블릿과 어댑터를 더플백에서 꺼내며 묻는다.

"보초는?"

"애덤이 모가도어 인은 안 보였대."

"뭐, 누구보다 걔가 잘 알아보긴 하겠지."

세라가 덧붙인다.

"그러게."

나는 반쯤 건성으로 대꾸한다. 선한 모가도어 인이라니, 아직도 믿을 수가 없다. 시카고에서 나타난 이래 그저 도움을 받았지만 말이다. 지금도 맬컴 아저씨와 함께 새로 구입한 전자 장비들을 공장 아래층에 설치하고 있었다. 그놈들 가운데 하나와 이렇게 가까이 있는 건 아무래도 불편하다. 일단은 생각을 떨쳐낸다.

"가자."

우리는 샘을 따라 녹슨 나선계단을 내려가 공장 본관으로 간다. 공장을 서둘러 닫았는지, 곰팡내 나는 80년대 스타일 남자 정장들이 벽 쪽에 걸려 있고 컨베이어 벨트에는 비옷이 반쯤 찬 상자들이 버려져 있다.

세라가 '비스킷'으로 불러야 한다고 주장한, 골든 리트리버 모습의 키메라와 회색 허스키 모양의 '먼지'가 양복 소매를 가지고 줄다리기를 하며 엎치락뒤치락 뛰어온다. 샘의 아빠 맬컴 아저씨가 옛날 괴수 영화를 따서 이름 붙인 '가메라'라는 또 다른 녀석도 뒤를 따라오지만, 날카로운 이빨을 지닌 거북이 모습으로는 속도를 내기 힘든 듯하다. '제왕'이라는 별명을 얻은 매 모양의 키메라와 '산적'이라고 이름 지은 마른 너구리가 컨베이어 벨트에 앉아 그들의 놀이를 지켜본다.

키메라들이 노는 모습을 보니 마음이 풀어진다. 모가도어의 실험실에서 애덤이 풀어주었을 때는 그다지 건강한 상태가 아니었다. 시카고로 데려왔을 때도 그리 활력이 넘치지는 않았다. 시간이 걸리긴 했지만 치유의 레거시로 고쳐줄 수 있었다. 그들 안에 뭔가 있었다. 모가도어 인들이 심어놓은 뭔가가 내 힘을 밀어내는 듯 느껴졌다. 심지어 내 손에서 루멘 불꽃이 순간적으로 솟아나오기도 했다. 치유 능력을 사용할 때 루멘이 튀어나온 적은 없는데. 그래도 결국은 나의 레거시로 없애버린 듯하다.

키메라에게 치유 레거시를 쓴 건 처음이었는데, 다행히도 잘 들었다. 그날 밤엔 새로운 친구들 모두보다도 더욱 상태가 안 좋은 키메라가 있었으니까.

"버니는?"

내가 두리번거리며 샘에게 묻는다. 존 핸콕 센터 옥상에서 버니를 발견했을 때, 모가도어의 광선총에 온몸이 찢겨 거의 죽은 상태였고 제발 살아나길 빌며 치유를 했더랬다. 지금은 훨씬 좋아지긴 했지만 특별히 더 자주 살펴보고 있다. 벌써 너무 많은 친구들이 생사를 알 수 없는 상태가 돼버렸기 때문인지도 모른다.

샘이 손가락으로 가리킨다.

"저기 있네."

공장 저쪽에 낙서로 가득한 벽 앞에 큰 산업용 빨래통 세 개가 놓여 있고 카키색 바지가 잔뜩 쌓여 있는데, 그중 하나의 꼭대기에서 버니 코사가 쉬고 있다. 비스킷과 먼지의 익살에 지친 표정이다. 내가 치유해주었지만, 아직도 시카고에서의 부상으로 몸이 약했다. 뜯긴 귀 한쪽은 돌아오지 않았다. 하지만 나의 동물 텔레파시로 감지해볼 때 다른 키메라들이 노는 모습을 보며 그럭저럭 기분이 좋은 상태다. 우리가 오는 것을 보더니, 꼬리를 탁 쳐 옷 더미에서 먼지 구름을 피워 올린다.

샘이 스탠리를 내려놓자, 고양이는 버니가 있는 쪽으로 종종거리며 가서 자리를 잡는다. 저 옷 더미가 키메라들의 낮잠 장소인 듯하다. 샘이 말한다.

"나에게도 키메라가 생길 줄은 몰랐어. 더구나 이렇게 많이 생길 줄이야."

"나는 놈들 중 하나랑 다니게 될 줄 몰랐는데."

내가 대꾸하며 애덤을 가만히 바라본다. 공장 가운데 철물로 만든 벤치가 바닥에 박혀 있고, 애덤과 맬컴 아저씨가 컴퓨터 장비들을 설치하고 있다. 점점 줄어가는 나의 로리언 보석들 몇 개를 가지고 산 것이다. 이 낡은 공장엔 전기가 들어오지 않기 때문에 랩톱 컴퓨터 세 대와 모바일 핫스폿을 위해 발전기도 몇 대 사야 했다. 나는 애덤이 랩톱을 연결시키는 모습을, 그의 시체처럼 창백한 피부와 축 늘어진 검은 머리, 그리고 다른 모가도어 인들보다는 지구인처럼 보이는 마른 얼굴의 생김새를 바라보면서 우리 편이라고 생각을 다잡는다. 샘과 맬컴 아저씨는 그를 믿는 듯하다. 더구나 그에게도 레거시가 있다. 지진파를 일으킬 수 있는, 넘버 원에게서 물려받은 레거시다. 내 눈으로 직접 보지 못했다면 그런 게 가능하다고 믿을 수 없었을 거다. 나도 믿고는 싶다. 믿는 게 좋을 것이다. 모가도어 놈들이 레거시를 그냥 훔칠 수는 없었다고, 아예 사람이 변해야 했다고, 그것이 우주의 원리였다고.

샘이 같이 걸어가며 조용히 말한다.

"이렇게 생각해봐. 지구인, 로리언 인, 모가도어 인……. 우린 이렇게 첫 은하계 국제회의를 하게 된 거야. 역사적인 일이라고."

나는 피식 웃고 방금 애덤이 연결해놓은 랩톱 컴퓨터로 간다. 애덤은 나를 슬쩍 보더니 심란한 기분을 눈치챘는지 시선을 피하며 물러선다. 그리고 다른 랩톱으로 가서 작업을 시작한다. 화면에만 눈을 고정하고 빠른 속도로 자판을 두드린다.

"잘돼가요?"

내가 묻는다.

"필요한 장비는 다 샀어."

맬컴 아저씨가 대답하며 와이파이 기계를 만진다. 수염이 텁수룩하긴 했지만 처음 만났을 때보다 훨씬 건강해 보인다.

"너는 별일 없어?"

"네. 플로리다의 가드들이 우리를 찾아내려면 기적이라도 필요하겠죠. 그리고 엘라는…… 텔레파시 목소리가 들려오길 기다리고 있지만, 어디로 잡혀갔는지 연락이 안 오네요."

세라가 끼어든다.

"그래도 태블릿만 연결되면 다른 애들이 어디에 있는지 알 수 있을 거야."

맬컴 아저씨가 설명한다.

"이 장비들로 존 핸콕 센터의 전화선을 해킹할 수 있을 거야. 그러면 애들이 밖에서 전화를 할 때 여기서 받을 수 있어."

"좋은 생각이네요."

나는 하얀 위치 추적 태블릿을 꽂고 전원이 켜지길 기다린다.

맬컴 아저씨가 안경을 추켜올리고 목소리를 가다듬는다.

"실은 애덤의 아이디어였어."

"아, 네."

나는 아무 감정도 드러내지 않으려 애쓴다.

"참 좋은 생각이네요."

세라가 맞장구치며 맬컴 옆으로 가서 세 번째 랩톱 앞에 선다. 그리고 나에게 칭찬이라도 한마디 건네라는 눈짓을 한다.

내가 아무 말도 하지 않자, 사람들 사이에 어색한 침묵이 감돈다. 시카고를 떠난 이후 이렇게 침묵에 휩싸이는 시간이 많다. 너무 어색해지기 전에 태블릿의 화면이 켜진다. 샘이 내 옆에서 같이 지켜보다가 말한다.

"아직 플로리다에 있네."

미국 동북부 해안에 나를 나타내는 외로운 점 하나가 깜빡이고 남쪽으로 한참 내려간 플로리다에서 살아남은 네 개의 점이 깜빡인다. 세 개는 한데 모여 있지만, 한 개는 약간 떨어져 있다. 떨어져 있는 한 명의 가드에 대한 온갖 가능성이 즉시 머릿속에서 뭉게뭉게 피어오르기 시작한다. 한 명은 사로잡혔나? 공격을 받다가 헤어졌나? 파이브가 모가도어 인들에게 돌아간 건가? 내가 환영에서 본 대로 배신자이기 때문에?

그러다가 태블릿 위의 다섯 번째 점에 시선을 사로잡힌다. 대서양 한복판에 떠 있다. 다른 점들보다 불빛도 흐릿하다.

"이게 엘라일 거야."

내가 눈을 가늘게 뜨며 말한다.

"하지만 왜……."

내가 질문을 끝마치기도 전에 엘라의 점이 깜빡이더니 사라진다. 그리고 소리를 지르기도 전에, 1초 만에 다시 나타난다. 이번에는 오스트레일리아다.

샘도 뚫어지게 쳐다보며 소리친다.

"대체 뭐지?"

내가 말한다.

"너무 빨리 움직였어. 어디로 옮기고 있나봐."

점이 다시 사라졌다가 태블릿의 거의 끝부분, 남극에 나타난다. 그러고도 계속 여기저기로 튀어 다니며 깜빡인다.

나는 화가 나서 태블릿을 한 대 친다.

"신호를 엉망으로 만들고 있잖아. 계속 이런 식이면 엘라를 찾을 수 없을 거야."

샘은 플로리다 쪽을 들여다보며 말한다.

"놈들이 엘라를 죽이려고 했으면 벌써 죽였겠지."

"세트라쿠스 라에게 엘라가 필요하니까."

세라가 나를 보며 말한다. 내가 워싱턴에 대한 악몽을 전부 이야기해주었다. 엘라가 세트라쿠스 라와 통치하고 있었다는 것도. 우리 모두 믿기가 힘들지만, 그래도 한 가지 좋은 점은 세트라쿠스 라가 원하는 게 뭔지 알게 됐다는 것이다.

"엘라를 저렇게 놔둬야 한다는 게 너무 싫어. 하지만 놈들이 해치지는 않을 것 같으니까. 어쨌든 아직까지는."

샘이 주장한다.

"그래도 다른 애들이 있는 곳은 알잖아. 놈들이 또 알아내기 전에 얼른 가봐야 해."

언제 저 점들 중 하나가 또 꺼질지 모른다는 생각에 초조해진 내가 맞장구친다.

"샘의 말이 옳아. 우리 도움이 필요할지도 몰라."

"그러면 위험하다고 봐."

애덤의 말투는 조심스럽지만, 여전히 남아 있는 모가도어 인 특유의 거친 목소리에 저절로 주먹이 불끈 쥐어진다. 놈들 중 하나가 내 주변에 있는 게 마음에 들지 않는다. 고개를 돌려 애덤을 노려본다.

"무슨 말이야?"

"위험하다고. 그건 너무 반사적이고 예측 가능한 행동이잖아, 존. 그래서 우리 종족이 늘 너를 찾아내는 거야."

내가 반사적으로 이를 악무는 게 느껴진다. 하지만 무엇보다 녀석의 얼굴에 주먹을 한 대 먹이고 싶어진다. 한발 나서려는데 샘이 어깨를 잡고 조용히 말한다.

"진정해."

"그럼 여기 앉아서 아무것도 하지 말자는 말이야?"

내가 침착하려 애쓰며 애덤에게 묻는다. 애덤의 말에 일리가 있다는 건 알지만, 지금 모든 상황을 볼 때 다른 방법은 없는 것처럼 느껴진다. 게다가 지금 내 평생 목숨을 위협받아온 종족에게서 충고를 들어야 하는 건가?

"그런 건 아니지."

애덤이 대꾸하며 새까만 모가도어 인의 눈을 들어 내 시선을 받는다.

"그럼 어쩌자고? 플로리다에 가지 말아야 할 이유가 대체 뭔데?"

"두 가지 이유가 있어. 먼저, 네가 걱정하는 대로 가드들이 잡혔다면 아직도 살아 있는 이유는 너를 꾀어내기 위해서일 거야. 가드들을 미끼로 쓰고 있는 거지."

"함정일 수 있다고?"

"잡혔다면 당연히 그렇다는 거지. 하지만 잡히지 않았을 경우라도, 네가 영웅적으로 거기 뛰어들어가서 좋을 일이 뭔데? 그 애들도 엄청난 능력을 가지고 스스로를 완벽하게 지킬 수 있지 않아?"

할 말이 없다. 식스와 나인은 내가 아는 한 가장 무서운 녀석들인데, 플로리다를 떠나 우리를 찾아올 능력이 없는 것도 아니고. 하지만 우리가 와주길 기다리고 있는 거라면? 고개를 저으며, 나는 아직도 애덤의 목을 조르고 싶다. 내가 묻는다.

"그럼 지금 뭘 하자고? 그냥 앉아서 기다려?"

샘이 끼어든다.

"그럴 순 없어. 그냥 내버려두면 그 애들은 우릴 찾을 방법이 없어."

애덤이 랩톱 컴퓨터를 돌려서 화면을 보여주었다.

"엘라를 납치하고 플로리다에서 가드 한 명을 죽였으니, 우리 종족은 네가 또 도망치느라 바쁠 거라고 생각할 거야. 역습을 당하리라는 짐작은 못하겠지."

화면에는 애덤이 규모가 큰 교외의 위성사진을 띄워놓았다. 정말 평범한, 부유한 동네로 보인다. 자세히 들여다보니 지역 전체를 둘러싼 지나치게 높은 돌벽 위에 많은 수의 감시 카메라가 보인다.

"워싱턴 교외의 애시우드 단지야. 북미에 배정된 최고위 모가도어 인들의 주거지야. 플럼 아일랜드 시설도 파괴되고 키메라들도 회복됐으니, 우린 여기에 공격의 초점을 맞춰야 한다고 생각해."

"웨스트버지니아의 산속 기지는 어쩌고?"

"거기는 군사 시설밖에 없어. 눈에 안 띄는 곳에 우리 종족의 군사력을 집중시켜놓았지. 지금은 무너뜨리기 힘들어. 게다가 진짜 권력은 진본 태생 모가도어 인들에게 있어. 애시우드에 사는 게 지도자들이야."

맬컴 아저씨가 다시 목청을 가다듬는다.

"내가 진본 태생들에 대해 들려주긴 했지만, 애덤 네가 직접 설명해주는 게 어떻겠니?"

애덤이 난감한 듯 우리를 한차례 둘러본다.

"어디서부터 설명해야 할지……."

"성교육까지는 안 해줘도 돼."

샘이 말한다. 나는 웃음을 꾹 참는다.

"혈통 문제라며."

내가 운을 떼운다.

"그래, 진본 태생들은 순수 혈통이야. 모가도어 부모에게서 태어난 모가도어 인이지. 나처럼."

애덤이 어깨를 조금 으쓱한다. 진본 태생이라는 게 여기서 큰 자랑은 아니다.

"반면에 대량 태생은 너희들이 자주 싸웠던 병사들이야. 세트라쿠스 라의 과학 덕분에 태어나는 게 아니라 자라나지."

세라가 묻는다.

"그래서 그렇게 분해되는 거야? 진짜 모가도어 인들은 그러지 않고?"

"전투를 위해 키운 거니까 땅에 묻지 않아도 되게끔 한 거야."

"별로 생명체 같지 않네. 그래서 너희 모가도어 인들이 세트라쿠스 라를 숭배하는 거야?"

"『모가도어의 위대한 확장』에서 역사를 살펴보면, 우리 종족은 소위 경애하는 지도자가 등장하기 전에는 죽어가고 있었어. 대량 태생과 세트라쿠스 라의 유전자 연구가 우리 종족을 구했지."

그리고 나서 애덤은 잠시 생각에 잠겨 냉소를 짓는다.

"물론 세트라쿠스 라 본인이『모가도어의 위대한 확장』을 썼으니 누가 알겠어?"

"대단하네."

맬컴이 말한다.

"그래요, 모가도어 인들의 품종에 대해 알고 싶은 마음은 별로 없었지만."

나도 그렇게 말하고 다시 화면을 들여다본다.

"그래서 여기가 최고위 모가도어 인들로 득실거린다면 경비도 삼엄할 거 아냐?"

"경비는 있지만 큰 문제는 안 될 거야. 공격당하리라는 생각은 전혀 못하니까. 늘 잡으러 다니는 데만 익숙해져 있지, 자기들이 잡혀본 적은 없어."

"그래서 뭐? 진본 태생 모가도어 인들을 몇 명 죽이자는 거야? 그게 무슨 의미가 있는데?"

"진본 태생 모가도어 인을 조금만 잃어도 전체 지휘 체계가 타격을 입어. 대량 태생들은 지휘 업무에 별로 재능이 없거든."

애덤이 애시우드 단지의 티 한 점 없는 잔디밭을 손가락으로 짚어가며 말한다.

"게다가 이 집들 아래에 지하 시설이 있어."

맬컴이 팔짱을 끼고 우리 옆으로 와서 화면을 들여다본다.

"네가 파괴하지 않았니?"

"피해는 입혔지만 우리가 있었던 곳뿐이었어요. 나도 다 다녀보지 못했을 만큼 거대한 시설이니까."

샘이 자기 아버지를 본다.

"혹시 거기에……."

"나도 갇혀 있었지. 내 기억이 일부 지워진 곳도 그곳이고. 애덤이 거기서 나를 구해주었단다."

애덤이 안타까운 듯 열심히 말한다.

"기억을 찾을 방법이 있을 거예요. 그 장비가 망가지지 않고 있을 수도 있으니까."

애덤 말이 맞는 것 같다. 하지만 아직도 인정하기가 힘들다. 평생을 모가도어 인들로부터 도망치고, 숨고, 그들과 싸우고, 그들을 죽이며 살아왔다. 놈들은 내 모든 것을 빼앗아갔다. 그런데 지금 이렇게 모가도어 인과 전투 계획을 짜고 있다니, 정말 기분이 이상하다. 더구나 다른 가드들의 도움도 하나 없이 모가도어 집단 주거지를 정면으로 치자고?

그때 회색 허스키 모습의 먼지가 애덤의 옆으로 와서 앉는다. 애덤이 손을 뻗어 머리를 긁어준다. 동물들이 그를 믿는다면 나도 믿어야 하지 않을까?

내가 내키지 않아 하는 것을 눈치챘는지, 애덤이 말을 잇는다.

"지하 시설에 또 뭐가 있는지 몰라도 그들의 작전을 알아내는 데 큰 도움이 될 게 분명해. 모가도어 시스템에 접속하면 네 친구들이 잡혔는지, 추적당하고 있는지도 알 수 있고."

"네 계획대로 하다가, 우리가 도와주러 가지 못한 동안에 하나라도 죽으면 어떻게 해?"

샘의 목소리가 살짝 떨린다. 애덤이 잠시 생각한다.

"너희에겐 힘든 결정일 수 있겠다. 그럴 수도 있으니까 말이야."

내가 말한다.

"그럴 수도 있다고? 모두 우리 친구들이란 말이야!"

애덤이 대답한다.

"그래, 나도 너희가 그 애들을 잃지 않도록 도울 거야."

논리적으로는 애덤이 정말 도와주려는 걸 안다. 하지만 지금 이 상황이 너무 답답하고, 이 종족을 믿을 수 있으리라고는 상상도 못하며 자랐다. 나도 모르는 사이에 손가락으로 애덤의 가슴을 찌르며 말을 하고 있다.

"진짜 제대로 된 작전이어야 할 거야. 그리고 플로리다에서 무슨 일이라도 생긴다면……."

"내가 책임을 질게. 전적으로. 내가 잘못 생각했으면, 존, 네가 나를 가루로 만들어버려도 좋아."

"일이 잘못되면 내가 그럴 수도 없겠지."

나는 애덤의 눈을 똑바로 쏘아보며 말하고, 애덤은 피하지 않는다.

세라가 손가락을 입에 넣고 커다랗게 휘파람을 불자, 모두 쳐다본다.

"대장 자리 싸움을 중단시켜서 미안한데, 잠깐 이것 좀 봐."

나는 애덤에게서 물러서며 진정하자고 마음을 다독인다. 세라 뒤로 가서 화면을 들여다보니 웹사이트가 보인다.

"시카고 뉴스를 찾아보다가 이게 걸렸어."

꽤 잘 만든 웹사이트다. 전부 대문자로 찍어댄 제목들과 메뉴마다 번쩍이는 비행접시 아이콘들 때문에 정신없는 것만 빼면. '인기 글' 메뉴 아래의 기사들은 외계인 색을 의미하는 건지, 모두 형광 녹색으로 링크가 연결돼 있다. '정부를 좀먹는 모가도어 인들', '수세에 몰려 숨은 로리언 방어자들' 등의 내용이 보인다. 세라가 열어놓은 페이지엔 존 핸콕 센터가 불타는 사진과 함께 '모가도어 인들의 시카고 습격: 선전포고인가?'라는 제목이 달려 있다.

웹사이트 이름은 '그들이 우리 가운데 있다'.

역시 세라의 컴퓨터 앞으로 끼어든 샘이 한숨을 쉰다.

"맙소사, 또 얘들이야?"

내가 눈을 가늘게 뜨고 화면을 읽으며 세라에게 묻는다.

"이게 뭐야?"

샘이 말한다.

"이 사람들은 무조건 구식인 흑백 종이 잡지로만 활동했는데, 이젠 인터넷으로 나온 거야? 좋은 방법인지 모르겠네."

내가 지적한다.

"이 사람들은 모가도어 놈들한테 살해당했잖아. 누가 이런 걸 다시 만들 수가 있지?"

"새 운영자가 나타났나보지. 확인해보자."

세라가 대꾸하고 아카이브로 가서 죽 화면을 내리며 최초에 쓰인 글을 찾는다. 제목은 '외계인의 습격을 받은 파라다이스 고교'이고, 그 아래 우리 고등학교 축구장 주변의 파괴된 건물 사진이 흐릿하게 떠 있다. 기사를 재빨리 읽어본다. 세부 사항이 놀라울 정도다. 우리랑 같이 있었던 사람이 쓴 것 같다.

"해적깃발182가 누구지?"

글쓴이 이름을 보며 내가 묻는다.

세라가 묘한 미소를 띠고 나를 본다. 당황스럽기도 하고 자랑스럽기도 한 표정이다.

"어, 황당하다고 할지 모르지만……."

"해적 깃발이 뭐야? 해골 그려져 있는 거 말하는 건가?"

샘이 큰 소리로 중얼거린다.

"그래, 파라다이스 고교 상징이 해적이잖아. 예전 쿼터백은 우리를 제외하고 그때 있었던 일을 본 유일한 사람이기도 하고."

세라가 고개를 끄덕인다. 나는 휘둥그레진 눈으로 세라를 본다.

"설마?"

"맞아. 마크 제임스."

세라가 대답한다.

03
그들이 우리 가운데 있다

"모가도어 인들은 국토안보국의 부패한 일부 패거리와 동맹을 맺었고, 뉴멕시코에서는 용감한 가드들과 대규모 전투를 벌인 것으로 알려졌다."

샘이 큰소리로 기사를 읽어간다.

"정보원들에 의하면 모가도어 인들은 지도자가 큰 부상을 입은 후 퇴각했을 거라고 한다. 가드들의 행방은 알려져 있지 않다."

"정확히 알고 있네. 하지만 어디서 정보를 얻는 거지?"

맬컴 아저씨가 나를 보며 묻는다.

"모르죠. 파라다이스를 떠난 후 연락한 적이 없어요."

나는 샘의 어깨에 기대어 다음 기사들을 읽는다. 마크 제임스인지 누구인지가 올린 정보의 양이 어마어마하다. 둘세 기지에서의 전투도 자세히 나와 있다. 시카고 습격도 일찌감치 추측 기사를 올렸고, 모가도어 인들의 생김새와 능력에 대한 무시무시한 분석, 로리언 인들을 돕자고 촉구하는 칼럼도 있다. 심지어 나도 생각 못해본 주제들을 다루는 기사도 있다. 미국 정부 내 어떤 세력들이 모가도어 인들과 동맹을 맺었을까 하는 것들이다.

샘이 클릭한 기사에서 마크는 버드 샌더슨이라는 이름의 국방장관을 지목하며, 그가 권력을 이용해 모가도어 공격의 길을 닦았다고 고발한다. 샌더슨에 대한 두 번째 기사는 '모가도어의 유전자 치료를 이용해 더럽혀진 국방장관'이라는 선정적인 제목을 달고 있었다. 그리고 샌더슨의 5년 전 사진과 현재의 사진을 나란히 실었는데, 5년 전 사진 속 샌더슨은 늙어빠진 70대 후반의 남자로 검버섯이 피고 늘어진 턱살에, 배는 볼록 나온 모습이다. 현재 사진에서 그는 살도 빠지고 건강한 안색이 돌며 흰 머리칼이 풍성해졌다. 시간 여행이라도 다녀온 듯한 모습이다. 사람들은 이 사진이 조작된 거라고 생각할 게 분명하다. 아니면 두 번째 사진이 오히려 20년 전의 것이거나. 하지만 마크의 말이 사실이라면 이 국방장관의 몸은 단순한 다이어트와 운동 혹은 성형수술로는 불가능하게 바뀐 것이다.

샘이 고개를 절레절레 흔들며 믿을 수 없다는 표정을 짓는다.

"마크가 이런 걸 어떻게 알 수 있지? 세라, 넌 사귀어봤으니 알 거 아냐. 글은 읽을 줄 아는 애였어?"

세라가 눈을 굴리며 말한다.

"그래, 샘, 읽을 줄 알아."

"그래도 얘가 기자 같은 능력이 있다거나 한 게 아니었잖아. 이건 위키리크스라도 보는 것 같아."

"외계인이 실제로 있다는 걸 알게 되면 사람이 바뀔 수도 있지. 내가 보기엔 우리를 도와주려는 것 같은데."

"마크인지 확실하진 않잖아."

내가 인상을 쓰며 말한다. 그리고 애덤을 본다. 우리가 '그들이 우리 가운데 있다'를 읽기 시작한 이후, 말없이 생각에 잠겨 대화를 듣고 있다. 외부자의 의견을 들어보는 게 도움이 될 것 같아서 물어본다.

"이거, 무슨 함정은 아닐까?"

주저 없이 대답이 나온다.

"물론 그럴 수 있지. 하지만 그렇다고 보기엔 너무 정교하고, 너를 꾀어내려는 목적이라고 해도 지도자가 부상을 당해 도망쳤다는 말까지 쓰는 건 좀 이상해 보여."

"국방 장관에 대한 기사는 사실이니?"

맬컴 아저씨가 묻는다. 애덤이 대답한다.

"모르겠어요. 그럴 가능성도 크겠죠."

"이메일 보낼래."

세라가 결심한 듯 새로운 창을 연다.

"잠깐 기다려."

애덤이 재빨리 말하지만, 다른 애들을 구하러 가겠다는 내 의견을 묵살할 때보다는 좀 더 조심하는 것 같다.

"마크라는 애가 정말 이런 고급 비밀 정보를 알고 있는 거라면……."

샘이 피식 웃자, 애덤이 눈썹을 추어올리고 말을 잇는다.

"……우리 종족이 분명 감시하고 있을 거야. 그럼 네 이메일도 들킬 거고."

세라가 슬그머니 손을 내린다.

"네가 어떻게 할 수 없을까?"

"인터넷 감시 시스템이 어떻게 작동하는지 잘 알아. 내가 훈련…… 할 때 특히 잘한 분야거든. 이메일을 암호화시킨 후 다른 도시들의 서버로 우리 IP주소를 우회시킬 수 있어."

그러더니 애덤은 허락을 구하듯 나를 본다.

"하지만 결국은 알아낼 거야. 그럼 이곳을 24시간 안에 떠나야 안전해."

"그렇게 해. 어차피 우린 계속 움직여야 안전하니까."

내가 대답한다. 애덤이 즉시 명령어들을 쳐 넣기 시작한다.

샘이 손을 비비며 옆에서 들여다본다.

"최대한 많이, 말도 안 되는 데로 우회시켜놔. 세라가 러시아 같은 데 있다고 생각하게."

애덤이 씩 웃는다.

"생각해볼게."

10여 군데 지역을 돌아 우회시키는 데 20분 정도 걸린다. 헨리가 설치해놓았던 정교한 컴퓨터 시스템 생각이 난다. 시카고에 산

도르가 설치했던 더욱 복잡한 장비들도. 또한 애덤과 같은 모가도어 인들 수백 명이 자판 앞에 구부정하게 앉아 우리를 추적하고 있는 모습도 상상이 간다. 우리의 세판들이 너무 심한 게 아닌가 항상 생각했는데, 애덤을 보니 이제야 얼마나 필요한 조치들이었는지 알겠다.

"와."

세라가 드디어 자신의 이메일을 열어보고 외친다. 온통 마크 제임스에게서 온 메일들로 꽉 차 있다.

"정말 마크였어."

"모가도어 인들이 해킹했을 수도 있지."

샘이 말하자 애덤이 부정한다.

"그건 아닌 것 같아. 우리 종족이 철저하긴 하지만 이건 좀…… 너무 많다."

나도 들여다보니 이메일 제목들이 대문자와 느낌표투성이다. 몇 달 전만 해도 마크 제임스가 내 여자 친구에게 이메일을 대량 살포한 걸 봤으면 뚜껑이 열렸을지 모른다. 하지만 지금은 우리가 세라를 두고 신경전을 벌였던 게 전생에 일어났던 일이나, 남의 일이었던 것처럼 느껴진다.

내가 세라에게 묻는다.

"마지막으로 이메일을 확인한 게 언제야?"

"몇 주 전? 잘 기억이 안 나. 좀 바빴거든."

세라가 대답하며 가장 최근에 온 메일을 연다.

세라…….

내가 왜 이메일을 계속 보내는지 모르겠다. 혹시 네가 읽고 로리언들을 돕는 데 사용할 것 같아서인지도 몰라. 위험하니까 답장은 하지 않는 건지도 모르지. 가끔은 걱정이 돼서, 혹시 네가 이미……. 믿고 싶진 않지만…….

소식을 듣고 싶다. 뉴멕시코에 너도 있었던 것 같다는 생각이 들었어. 남아 있는 건 파괴된 군사 기지뿐이었지만, 큰 전투가 벌어졌던 것 같더라. 파라다이스보다도 심하고 격했던. 너희 모두 무사하길 빌어. 나 혼자 남아 이 거지 같은 상황과 싸워야 하는 건 아니길 간절히 바라고 있어. 끔찍해.

친구 하나가 안전한 곳을 마련해주었어. 추적에서 벗어나 저 창백한 괴물들의 정체를 널리 알리는 일을 계속할 수 있는 곳이야. 네가 연락해준다면 나도 좌표를 보낼 방법을 알아볼게. 우리는 뭔가 훨씬 큰, 국제적인 활동을 하고 있어. 나로선 감당이 안 될 정도야.

네가 이 메일을 읽는다면, 아직 존과 같이 있다면, 지금이 연락하기 정말 좋은 때야. 너희의 도움이 필요하거든.

마크

세라가 열의에 불타는 눈을 크게 뜨고 나를 본다. 단호한 표정이다. 전에도 본 것 같다. 뭔가 위험한 일을 하겠다고 말하기 직전에 지었던 표정이다. 무슨 말을 하기도 전에, 나는 이미 세라가 마크 제임스를 찾아가겠다고 할 걸 알 수 있다.

∽◦∾

계기판 시계를 보니 7시 45분이다. 앨라배마행 버스가 떠나려면 15분 남았다. 세라 하트와 같이 있을 시간이 15분 남았다.

애덤이 모가도어 놈들에게 들키지 않게 세라의 이메일을 암호화하는 데 걸린 시간도 15분이었다. 세라는 마크에게 짧은 내용을 써서 보냈고, 마크는 즉시 헌츠빌에 있는 어느 레스토랑 주소가 담긴 답장을 보냈다. 앞으로 며칠 동안 그곳을 지켜보겠다고, 정말 세라 하트가 맞으면 자신의 은거지로 데려가겠다고 했다. 적어도 마크가 조심은 하고 있다. 세라는 안전할 거라는 확신이 든다. 그렇게 짧은 연락 후에 애덤은 두 이메일 계정을 지워버렸다.

그러고 나서 우리는 이곳으로 왔다.

볼티모어 버스 터미널 앞에 주차하고 있다. 해가 진 시간에도 주변은 사람들로 북적댄다. 내가 운전석에 앉았고, 세라는 조수석에 앉았다. 우리는 차 안에서 작별을 나누는 보통의 10대 연인으로 보일 것이다.

세라가 조금 슬픈 미소를 지으며 말한다.

"가지 말라고 안 해? 넌 너무 위험하다고 하고, 우리는 다투다가 네가 지고, 결국 나는 가야 되는 거잖아."

나는 세라를 보며 말한다.

"위험해. 가지 말았으면 좋겠어."

"이제야 말하는 거야?"

그러더니 세라는 내 손을 잡아 깍지를 낀다.

나는 다른 손으로 세라의 머리를 쓰다듬다가 뒷목을 감싼다. 그리고 좀 더 끌어당긴다.

"하지만 여기서 나랑 같이 있는 것보다 더 위험하지도 않은걸."

"늘 나를 과보호하는, 내가 사랑하는 존의 모습이네."

"그런 게 아니라……."

부정하려다가 장난스러운 세라의 미소를 보고 말을 삼킨다.

"역시 작별 인사는 힘들어. 벌써 몇 번째인지……."

"그래, 정말."

나는 고개를 절레절레 젓는다.

우리는 아무 말 없이 손을 꼭 잡고 계기판의 시계만 쳐다본다.

이메일을 주고받은 후, 세라가 마크 제임스를 만나러 가야 한다는 데 다들 반대하지 않았다. 그래야 한다고 생각하는 듯했다. 마크가 어떻게 해선지 모가도어들에 대한 중요한 정보를 얻어냈고 우리를 도우려고 목숨을 걸고 있다면, 우리도 성의를 보일 필요가 있었다. 하지만 아직 가드들도 찾아내지 못했고, 워싱턴의 본거지를 치자는 애덤의 계획도 점점 그럴듯해 보였다. 정보를 더 모으고, 나쁜 놈들에게 우리가 아직 싸우고 있다는 걸 보여줘야만 하는 상황이었다. 마크에게 다 같이 몰려갈 순 없었다. 세라가 자원하는 바람에 결정이 쉬워졌다.

물론 여자 친구에게 전 남자친구와 연관된 위험할 수도 있는 임무를 맡겨 혼자 떠나보내는 데 내가 앞장설 리는 없었다. 하지만 엘라의 꿈속에서 보았던 암울한 미래가 시시각각 다가오고 있다는 느낌을 떨쳐낼 수가 없다. 가능한 한 모든 지원이 필요하다. 세라를 앨라배마로 보내는 게 우리가 이 전쟁에서 이기는 데 아주 작은 도움이라도 된다면, 기회를 잡아야 했다. 이기적으로 내 생각만 할 순 없었다.

게다가 세라가 완전히 혼자 가는 것은 아니다. 뒷좌석에서 버니코사가 앞발로 일어나 앉아 꼬리를 격렬하게 흔들며 버스터미널 주변으로 바삐 오가는 사람들을 내다보고 있다. 나의 오랜 친구는 시카고에서의 전투 이후로 기력이 많이 소진된 듯했지만, 다시 길을 떠나려니 에너지가 조금 돌아온 듯하다. 예전에 파라다이스에서 나를 지켜주었듯이, 이제는 세라를 지켜줄 것이다.

"지금은 나를 여자 친구로 생각하지 말아줬으면 좋겠어."

세라가 느닷없이, 완전히 냉정한 얼굴로 말한다. 나는 흠칫하며 세라를 째려본다.

"어떻게 그래?"

"나를 전사로 생각해줘. 전쟁에서 꼭 수행해야 하는 임무를 띤 군인으로. 남쪽으로 가서 정확히 뭘 알아내게 될지는 알 수 없지만, 이상하게도 거기 가면 너를 더 잘 돕게 될 것 같은 기분이 들어. 아무래도 전투 때는 내가 있으면 방해가 될 수 있잖아."

"방해 안 돼!"

내가 항의해보지만, 세라는 손을 내젓는다.

"괜찮아, 존. 난 너랑 있고 싶고, 네가 괜찮은지 지켜보고 싶고, 네가 이기는 걸 보고 싶지만, 모든 병사가 앞줄에 설 순 없는 거잖아. 전투 말고 다른 데 더 쓸모 있는 병사도 있는 거지."

"세라……."

"전화가 있잖아."

세라가 서둘러 싼 배낭을 가리킨다. 그 안에는 맬컴 아저씨가 사 온 소모품 전화기와 갈아입을 옷 약간, 총이 들어 있다.

"내가 여덟 시간마다 확인할게. 하지만 내가 전화 못하더라도 넌 하던 일을 계속해야 해. 싸워나가야 해."

나도 무슨 말인지 안다. 세라는 자기가 전화를 안 한다고 해서 내가 앨라배마로 달려오길 바라지 않는다. 어쩌면 세라도 느끼고 있는지 모른다. 우리가 결말에 가까워가고 있다는 걸. 아니면 적어도 돌아올 수 없는 선을 넘었다는 걸.

세라가 내 눈을 들여다본다.

"존, 이건 우리만의 문제가 아니야."

"우리만의 문제가 아니야."

나는 세라의 말을 따라 한다. 정말 그렇다. 인정하고 싶지 않지만, 세라를 보내고 싶지 않지만, 그렇게 해야 한다.

나는 한데 얽힌 손을 내려다보며 모든 것이 참 단순했던, 적어도 한동안은 평온했던, 파라다이스로 처음 이사 갔던 때를 떠올린다.

"있지, 처음 내 염력이 나타났던 건 추수감사절에 너희 집에 갔을 때였어."

"처음 듣네?"

세라가 눈썹을 추어올린다. 내가 갑자기 감상적이 돼서 의아한 눈치다.

"우리 엄마의 요리 때문인가?"

내가 킥킥 웃는다.

"몰라. 어쩌면 그렇겠네. 그날 밤에 헨리가 원래의 〈그들이 우리 가운데 있다〉 사람들이랑, 그들을 감시하고 있던 모가도어 인들과 마주치기도 했어. 그래서 헨리가 파라다이스를 떠나려고 했지만, 내가 거부했어. 실은 그냥 거부한 게 아니라 염력을 이용해서 헨리를 천장으로 밀어붙였어."

"너답네. 고집쟁이."

세라가 고개를 절레절레 흔든다.

"또 도망치며 살 순 없다고, 파라다이스가 좋고, 너도 있다고 했지."

"아, 존……."

세라가 나를 끌어안는다.

나는 세라의 턱을 부드럽게 들어 올리며 말한다.

"그때는 네 곁에 있을 수 없다면 이런 전쟁, 싸울 가치가 없다고 생각했어. 하지만 지금은 이 모든 일이 일어나고 나도 보고 겪으면서, 내가 미래를 위해 싸우고 있다는 걸, 우리의 미래를 위해 싸우고 있다는 걸 깨달았어."

계기판의 시계가 말도 안 되게 커다란 숫자로 보인다. 겨우 5분

남았다. 나는 세라에게 시선을 모으고는, 시간을 멈추는 레거시도 있으면 좋겠다고 생각한다. 아니면 이 순간을 저장해둘 수 있는 레거시가.

세라의 눈에서 눈물이 떨어진다. 내가 엄지로 세라의 뺨을 닦는다. 세라가 내 손을 꼭 쥐며 마음을 다잡으려 하는 것 같다. 깊이 숨을 들이마시더니 눈물을 참는다.

"가야겠다."

"너를 믿어. 그냥 마크를 찾아내는 것뿐 아니라, 상황이 안 좋아지더라도 꼭 살아남을 거라고. 다치지 않고 내 곁으로 돌아올 거라고."

세라가 나를 잡아당긴다. 내 뺨에 아직 젖어 있는 그녀의 뺨이 느껴진다. 내 머릿속에서 모든 생각을 몰아낸다. 잃어버린 친구들, 전쟁, 작별……. 지금은 세라의 키스만을 느끼고 싶다. 파라다이스로 세라와 함께 돌아갔으면. 지금과 같은 상황 말고, 몇 개월 전 세상으로. 헨리가 식료품을 사러 나간 동안, 몰래 내 방에서 세라와 키스를 하고 수업 시간에 눈빛을 주고받는 평범하고 평화로운 삶으로. 하지만 그 생활은 끝났다. 우리는 더 이상 애들이 아니다. 우리는 전사고, 군인이다. 임무를 완수해야 한다.

세라가 몸을 떼더니 빠른 동작으로 가방을 든 다음, 문을 열고 나간다. 이 고통스러운 순간을 더 이상 길게 끌고 싶지 않은 거다. 가방을 들쳐 메고 휘파람을 분다.

"가자, 버니 코사!"

버니가 앞좌석으로 기어들어 와 머리를 빼고 나를 본다. 왜 나는 안 나가는지 궁금해한다. 나는 버니의 목덜미를 긁어주고, 버니는 조금 끙끙거린다.

'세라를 지켜줘, 버니.'

내가 텔레파시로 말한다.

버니가 내 다리에 앞발을 올리고 얼굴을 핥는다.

세라가 웃는다. 버니가 뛰어내리자 목줄을 매며 묻는다.

"작별 키스 실컷 했어?"

"작별 키스 아냐. 진짜 작별은 아니니까."

"네 말이 맞아. 곧 다시 봐, 존 스미스. 무사해야 해."

세라의 미소가 점점 떨리며 목소리도 힘이 없어진다.

"곧 다시 봐, 세라 하트, 사랑해."

"나도 사랑해."

세라가 몸을 돌려 서둘러 터미널로 들어간다. 버니 코사도 종종거리며 따라간다. 문이 닫히기 전에 딱 한 번 돌아본다. 나는 손을 흔든다. 그러고서 버스터미널 안으로, 앨라배마의 비밀 장소를 향해 떠나간다. 이 전쟁에서 우리가 이기도록 도울 방법을 찾아서.

나는 당장 따라서 뛰어가고 싶은 걸 꾹 참느라 손가락이 하애지도록 운전대를 꽉 움켜잡는다. 그러다가 나도 모르게 루멘 빛이 켜진다. 손이 빛나기 시작한다. 내가 그 정도로 자제력을 잃었나……. 파라다이스를 떠난 이후로는 이런 적이 없는데. 심호흡을 하며 마음을 진정시킨다. 사방을 두리번거리며 누가 보진 않았는지 확인한다. 시동을 걸고 터미널을 빠져나온다.

세라가 보고 싶다. 벌써 보고 싶다.

볼티모어의 훨씬 험한 동네로, 샘과 맬컴 아저씨와 애덤이 공격 작전을 세우며 기다리는 곳으로 돌아간다. 어디로 가는지, 뭘 하는지, 알고는 있지만 여전히 멍한 기분이다. 존 핸콕 펜트하우스에서 애덤과 짧게 실랑이를 벌였던 순간을 기억한다. 하마터면 까마득한 밖으로 추락할 뻔했다. 그때 바로 뒤에서 느껴졌던 휑한 기분, 낭떠러지 옆에서 비틀거리던 느낌. 바로 지금도 그렇다.

하지만 이번엔 세라의 손이 나를 그 텅 빈 공간에서 끌어내는 상상을 해본다. 그리고 다시 만나면 어떨까 상상해본다. 세트라쿠스 라를 무찌르고, 모가도어 인들을 춥고 텅 빈 우주 밖으로 내쫓는 상상을 해본다. 그런 미래를 상상해보고 나서야 희미한 미소를 지을 수 있다. 그렇게 되려면 한 가지 방법뿐이다.

싸우러 가야 할 때다.

04
살아남은 세 가드

우리는 어두운 길을 계속 걷는다. 늪지대의 진흙길을 따라 걷는 우리의 푹 젖은 운동화에서 규칙적으로 뽁, 뽁 소리가 난다. 그 이외에는 끊임없이 벌레들이 찌르륵거리는 소리뿐이다. 외로이 서 있는 나무 전봇대를 지나쳐 간다. 반 넘게 기울어져 완전히 뿌리 뽑히기 직전이고 가로등은 꺼져 있다. 웃자란 나무들 아래로 전선들이 늘어져 있다. 늪지대에서 이틀을 지낸 후에야 문명사회를 알리는 반가운 물건이 나타났다. 자지도 못하고, 조금만 이상한 소리가 들려도 모습을 안 보이게 만들며 진창 속을 헤쳐나갔다.

 늪지대로 우리를 안내한 것은 파이브였다. 파이브는 길을 알았고, 함정을 준비해놓았다. 나가는 길을 찾기가 쉽지 않았다. 그렇다고 차를 주차해뒀던 곳으로 돌아가려는 건 아니지만 말이다. 모가도어 인들이 뻔히 기다리고 있을 텐데.

모기가 무는지, 앞장서서 가던 나인이 뒷목을 철썩 친다. 그 소리에 마리나가 깜짝 놀란다. 그리고 파이브와 대치한 이후 계속 발산하고 있던 차가운 기운이 순간적으로 강해진다. 새로운 레거시를 잘 통제하지 못해서 그런 건지, 아니면 일부러 공기를 시원하게 해주고 있는 건지 궁금하다. 플로리다 늪지대가 워낙 습하다 보니, 움직이는 에어컨과 같이 다니는 것도 별로 나쁘지 않다.

"괜찮아?"

내가 세븐에게 조용히 묻는다. 나인이 엿듣지 않았으면 해서 그런 거지만, 초 청력을 가졌으니 듣지 않기란 불가능하다. 에이트가 죽은 후 세븐은 나인에게 말을 안 한다. 나에게도 거의 말이 없다.

마리나가 고개를 돌리지만, 어두워서 표정이 안 보인다.

"어떨 것 같아, 식스?"

마리나의 팔을 꼭 잡는데 손이 시리다.

"놈들을 꼭 잡을 거야."

내가 입을 열지만, 리더십을 보여주는 연설 같은 건 그다지 잘 하는 편이 아니다. 그런 건 존이 잘하지. 그냥 무뚝뚝하게 이야기하는 수밖에 없다.

"모두 죽여버릴 거야. 에이트의 죽음이 헛되지 않도록."

"에이트는 무슨 일 때문이든 죽어선 안 됐어. 그렇게 놔두고 와서도 안 됐고. 그들이 가져갔을 거야. 무슨 짓을 할지도 모르는데."

"어쩔 수 없었어."

내가 반박한다. 사실이다. 파이브에게 호되게 당한 후, 우주선까지 타고 온 모가도어 대대와 맞서 싸울 상황이 아니었다.

마리나는 고개를 저으며 다시 침묵한다.

"산도르한테 늘 캠핑을 가자고 졸랐지."

나인이 우리를 돌아보며 난데없이 불쑥 끼어든다.

"그 푹신한 펜트하우스에서만 생활하는 게 지긋지긋했거든. 근데 말이야, 이렇게 헤매고 있으니 좀 그립다."

마리나와 나는 대꾸하지 않는다. 에이트가 죽고 나서 나인은 계속 저런 식이다. 아무 상관도 없는 얘기들을 기묘하도록 경쾌하게, 마치 우리에게 아무 일도 없었다는 듯이 멋대로 늘어놓는다. 주절거리지 않을 때는 초스피드 능력을 이용해 우리를 훌쩍 앞서가곤 한다. 따라잡아보면 벌써 뱀 같은 동물을 잡아서, 드물게 나타나는 마른땅에서 작게 불을 피워 굽고 있다. 우리가 캠핑 여행이라도 하러 놀러 온 척하고 싶나보다. 나는 까다로운 편은 아니다. 나인이 뭘 잡든 먹을 수 있다. 마리나는 먹지 않는다. 늪지대 동물 구이가 싫다기보다 나인이 잡은 것이라서 그러는 것 같다. 지금쯤 기력이 많이 달릴 것이다. 나나 나인보다도 더.

몇 킬로미터 더 가자, 길이 좀 더 단단해지고 사람의 흔적도 더 많이 보인다. 앞쪽에서 불빛이 보인다. 곧 끊임없는 벌레 소리만큼이나 앵앵대는 소리가 들려온다.

컨트리뮤직이다.

마을이라고 하긴 힘든 곳이다. 자세한 지도에도 나오지 않을 만한 곳이다. 사람들이 떠나기를 잊은 야영지 같은 분위기다. 아니면 근처 사냥꾼들이 마누라에게서 탈출해 남자들끼리 어울리는 곳인지도 모른다. 그러고 보니 근처 자갈 주차장엔 소형 트럭만 잔뜩 모였다.

늪지대 옆 개간지 여기저기에 20여 채의 투박한 오두막이 흩어져 있다. 재래식 변소와 별로 다르지 않은 모양새다. 오두막은 기본적으로 널빤지 몇 개를 대충 이어붙인 것들이라, 강한 바람만 한 번 불어도 쓰러질 것처럼 보인다. 플로리다 주 습지대 근처에 집을 세울 때는 너무 많은 수고를 들일 필요가 없나보다. 오두막들 사이에는 크리스마스 전구 줄들이 깜빡이고, 가스 랜턴 몇 개가 이 작고 험악한 풍경에 빛을 비추고 있다. 오두막들 너머로 마른땅이 다시 사라진 늪지대에는 닳아빠진 부두에 너벅선이 몇 척 매여 있다.

음악이 흘러나오는 이 '마을'의 중심은 유일하게 견고하게 지어진 통나무집으로, '덫 사냥꾼'이라는 이름의 허름한 술집이다. 지직거리는 녹색 네온 글자가 지붕에 자랑스레 설치돼 있다. 나무로 된 현관 주변에는 박제된 악어들이 입을 딱 벌리고 줄줄이 놓여 있다. 술집 안에서는 컨트리뮤직 너머로 남자들이 소리치고 당구대가 삐걱이는 소리가 들린다.

"좋아, 내 구역이네."

나인이 손바닥을 부딪치며 말한다.

내가 혼자 도망다닐 때 들르던 외진 장소들과도 비슷하다. 서로 잘 알고 억센 주민들 덕분에, 모가도어 인들은 눈에 띄지 않기가 힘든 곳들이었다. 그렇더라도 현관 그늘에 앉아 뒷머리를 기르고 민소매를 입은 앙상한 중년 남자가 줄담배를 피우며 우리를 노려보고 있는 모습을 보자, 더 안전한 곳을 찾는 게 낫지 않을까 하는 생각이 든다.

하지만 나인은 벌써 삐걱대는 나무 계단을 반쯤 올라가고 있다. 마리나도 바로 따라가서 나도 가는 수밖에 없다. 적어도 여기엔 전화가 있어서 시카고의 남은 애들과 연락을 할 수 있으면 좋겠다. 존과 엘라는 괜찮은지 알고 싶다. 파이브가 자기 함에 들어 있는 프리즘으로 혼수상태에서 깨울 수 있다고 주장했지만, 거짓말이라는 걸 이젠 안다. 다른 애들에게도 파이브에 대해 경고해주어야 한다. 모가도어 인들에게 어떤 정보를 전했을지 모른다.

우리가 덫 사냥꾼 술집 여닫이문을 밀어젖히고 들어가도, 영화에서처럼 음악이 지직거리며 멈추지는 않는다. 하지만 안에 있던 모두가 고개를 돌려 우리를 응시한다. 거의 동시에. 안은 비좁다. 바 말고는 남은 공간이 별로 없다. 당구대 하나와 낡아빠진 야외용 탁자와 의자 몇 뿐이다. 땀과 석유, 술 냄새가 코를 찌른다.

"이런 세상에."

누군가 커다랗게 휘파람을 분다.

그제야 여기서 여자는 마리나와 나뿐이라는 사실을 깨닫는다. 젠장. 여기 들어온 최초의 여자일지도 모르겠다. 우리를 노려보는 술꾼들은 엄청난 거구부터 무섭도록 마른 남자까지 다양하다. 다들 반쯤 풀어헤친 체크 셔츠나 땀에 전 흰색 민소매를 입고 있다. 우리를 훑어보며 빠진 이를 드러내고 활짝 웃거나, 텁수룩한 수염을 쓸어내린다.

너덜거리는 헤비메탈 티셔츠를 입고 입안 가득 씹는담배를 우물거리던 남자 하나가 당구대를 떠나 마리나에게 다가간다.

"이거 복 터진 밤인걸."

느릿한 남부 말투다.

"왜냐하면 내가 이 여……."

나머지 대사는 영영 뱉지 못한다. 남자가 마리나의 어깨에 손을 올린 순간, 마리나가 남자의 손목을 거칠게 잡아챘기 때문이다. 남자의 팔이 등 뒤로 비틀리며 몸 안의 수분들이 따닥 얼어붙는 소리가 들리고, 비명이 터져나온다.

"가까이 오지 마."

마리나가 침착하게, 그러나 술집 안의 모두가 들을 수 있도록 크게 말한다. 팔이 부러질 뻔한 남자만을 위한 경고는 아닌 것이다.

이제 실내는 정말 조용해진다. 한 남자가 마시던 맥주를 미끄러뜨려 병목 부분을 잡는 게 보인다. 던지려는 것이다. 뒤쪽 탁자에 앉아 있던 건장한 남자 둘이 서로 눈짓을 교환하더니 벌떡 일어선다. 이렇게 전부 달려드는 건가, 걱정이 된다. 많이들 다칠 텐데. 나는 눈빛으로 소통을 시도해본다. 검은 머리가 엉키고 얼굴도 지저분해서 이곳에 잘 어울려 보이는 나인이 손가락 관절을 꺾으며 목을 돌려 사람들을 둘러본다.

결국 당구대에 서 있던 시골뜨기 가운데 한 명이 부른다.

"마이크, 이 멍청이. 미안합니다, 하고서 이리 와! 네 차례야."

"미안."

마이크가 끙끙거리며 마리나에게 말한다. 손이 닿은 부분은 파랗게 변해가고 있다. 마리나가 밀쳐버리자, 팔을 문지르며 친구들에게 간다. 우리의 눈길을 피한다.

긴장이 풀어지고, 다들 하던 일로 돌아간다. 즉, 다시 맥주를 꿀꺽대기 시작했다. 이런 식으로 으르대다 주먹질하고 칼부림도 일어나는 건 이 덫 사냥꾼 술집에서 늘 벌어지는 일이려니 하는 생각이 든다. 큰일이 아닌 것이다. 짐작했듯이, 서로에 대해 굳이 질문하지 않는 그런 곳이다.

"자제해."

바 쪽으로 가며 내가 마리나에게 말한다.

"그러고 있어."

"별로 그런 것 같지 않은데."

나인이 먼저 바로 가서 구부정한 술꾼 둘 사이를 밀치고 들어간 다음, 흠집투성이 나무 표면을 철썩 내리친다.

앞치마까지 걸쳐서인지 손님들보다는 정신이 멀쩡하고 깨끗해 보이는 바텐더가 지치고 불만스러운 표정으로 우리를 보며 경고한다.

"바 아래 총이 있다는 걸 명심해. 더 이상 문제 일으키지 마."

나인이 씩 웃는다.

"문제없어, 아저씨. 주방에 먹을 거 좀 없어? 우리 굶어 죽기 직전이라고."

바텐더가 잠시 생각하다 대답한다.
"버거 좀 지져줄 수 있지."
"쥐고기나 그런 건 아니지?"
나인이 묻다 말고 손을 들어올린다.
"상관없어. 알고 싶지 않아. 제일 좋은 걸로 세 개 갖다줘요."
바텐더가 주방으로 들어가기 전에 내가 몸을 내밀며 묻는다.
"전화 있어요?"
바텐더가 바 구석을 엄지로 가리킨다. 벽에 공중전화가 비딱하게 걸려 있다.
"한번 해봐. 될 때도 있으니까."
"여긴 안 되는 게 더 많은 것 같아."
나인이 바 위의 텔레비전을 흘긋 보며 투덜거린다. 수신 상태가 좋지 않아 뉴스 화면이 지직거린다. 위로 튀어나온 V자형 안테나는 부러져 제구실을 못하고 있다.
바텐더가 사라지자, 마리나는 나인과 몇 자리 떨어져서 앉더니 눈을 피하며 지직거리는 텔레비전에 집중한다. 그러는 동안 나인은 손가락으로 바를 두드리며 주변을 둘러본다. 술꾼들에게 말이라도 걸 기세다. 보모 노릇이 이렇게 힘들 줄은 몰랐다.
"내가 시카고에 전화를 걸게."
하지만 미처 전화로 가기도 전에 밖에서 담배를 피우고 있던 앙상한 남자가 내 옆으로 비집고 들어온다. 호감을 표현하는 미소를 지어 보이려 애쓰지만, 치아 몇 개는 보이지도 않고 눈은 미소 근처도 가지 못해 더욱 사납고 절박해 보인다.

"안녕, 자기. 술 한 잔만 사줘. 그럼 엄청난 얘기를 들려줄게."

아무래도 밖에 있다가 들어와서, 우리에게 치근대던 술꾼에 대한 마리나의 시범을 보지 못했나보다. 나는 노려보며 말한다.

"저리 비켜."

바텐더가 주방에서 음식 냄새를 풍기며 돌아온다. 뱃속이 요동친다. 내 옆에 있는 남자를 보더니, 그 얼굴에 대고 손가락을 딱 튕기고 쏘아붙인다.

"돈 없으면 들어올 생각 말라고 얘기했을 텐데, 데일. 자, 꺼져."

데일은 바텐더를 무시하고 나에게 간절한 눈길을 쏘아 보낸다. 내가 꿈쩍 않는 것을 보더니, 슬며시 물러나 바의 다른 사람들에게 한 잔을 구걸한다. 나는 고개를 저으며 심호흡을 한다. 여기서 나가고 싶다. 샤워도 하고, 뭔가 부수고 싶다. 마음을 가라앉히려 애쓴다. 냉정하게 생각해야 한다. 더구나 나의 동료 둘이 그다지 안정된 상태가 아닐 때는. 하지만 화가 난다. 깊은 분노가 치민다. 파이브가 나를 때려눕혔다. 거의 죽을 뻔했다. 기절해 있는 동안 세상이 뒤집어졌다. 그럴 줄은 상상도 못했다. 우리 중 하나가 배신할 줄은 몰랐다. 설령 파이브 같은 괴짜라고 해도. 그렇더라도 내가 경계를 게을리하지 않았다면 상황이 달라졌으리라는 생각을 지울 수가 없다. 그 주먹을 피할 정도로 빨랐더라면, 에이트는 아직 살아 있을지 모른다. 나에겐 싸울 기회조차 주어지지 않았고, 나는 그저 속아 넘어간 쓸모없는 존재가 된 기분이 든다. 나는 분노를 꾹꾹 눌러 담는다. 다음에 모가도어 인을 볼 때까진 봉해두어야 한다.

마리나가 갑자기 힘없는 목소리로 부른다.

"식스, 저거 봐."

바 위의 텔레비전이 다시 들어왔다. 여전히 화면은 자꾸 지직거리지만 뉴스 하나가 또렷이 눈에 들어온다. 경찰 저지선이 쳐진 존 핸콕 센터를 배경으로 머리를 부풀린 기자가 나와 있다.

"무슨 일이지?"

내가 숨죽여 내뱉는다. 지붕이 갑자기 우르릉하는 천둥소리로 떨린다. 내 분노가 통제가 안 되고 있다.

이어서, 불타는 존 핸콕 센터 최상층 동영상이 나온다.

"그럴 수가."

마리나가 눈을 휘둥그레 뜨고 나를 보며 믿을 수 없다는 표정을 지어 보인다. 차라리 이 모든 게 꿈이라고 말해줄 수 있으면 좋겠다. 속이 울렁거려 아무 말도 할 수 없다.

바텐더도 텔레비전을 보더니 혀를 찬다.

"다들 미쳤어. 정신 나간 테러리스트들 같으니."

나는 바를 넘어 바텐더의 앞치마를 움켜잡고 을러댄다.

"언제 이런 거지?"

"뭐야 이거?"

하지만 바텐더는 내 표정에서 무엇을 느꼈는지, 숨겨둔 총을 찾거나 하지 않고 고분고분 대답한다.

"나도 잘 몰라. 이틀 전인가? 온통 저 얘기들뿐인데, 너희는 어디 있다 나온 거야?"

"뭣 같은 일을 좀 당하느라."

나는 중얼거리며 바텐더를 휙 놓는다. 공포에 질리지 않으려, 정신을 가다듬으려 애를 쓴다.

나인은 뉴스를 보기 시작한 후로 아무 말이 없다. 건너다보니 아무 표정도 없다. 그저 텔레비전만, 자신의 집이자 우리 본부였던 펜트하우스가 불타는 영상을, 입을 약간 벌린 채 노려보고 있다. 꼼짝도 안 하고. 온몸이 딱딱하게 굳은 듯하다. 아무 생각도 안 나는 것처럼, 이 마지막 타격에 아예 뇌 활동이 정지된 것처럼 보인다.

"나인……."

내 목소리가 그를 최면 상태에서 깨웠나보다. 한 마디 말도 없이, 우리를 돌아보지도 않고 자리를 박차고 문으로 나가버린다. 당구대에 있던 남자들 가운데 하나가 미처 비키지 못하고 나인에게 밀쳐져 쓰러진다.

내가 없는 동안 마리나가 아무도 얼려 죽이지 않길 바라며, 나는 나인을 쫓아간다. 현관으로 나가보니 나인은 벌써 주차장으로 들어서 자갈길을 향해 가고 있다.

내가 현관 난간을 뛰어넘어 따라가며 외친다.

"어디 가?"

나인이 퉁명스레 대답한다.

"시카고."

"시카고까지 걸어가려고? 그게 네 작전이야?"

"좋은 지적이다. 차를 하나 훔치려고. 너네 따라올 거야, 말 거야?"

"멍청한 짓 좀 그만둬."

내가 쏘아붙이지만 그래도 나인이 속도를 늦추지 않자, 염력으로 그를 잡아당겨 나를 보도록 몸을 돌린다. 나인이 발꿈치로 버티며 자갈길이 마구 파인다.

"이거 놔, 식스. 당장."

"잠깐 멈춰서 생각 좀 해보란 말이야."

나는 외치다가 문득, 나인뿐 아니라 나 자신에게도 하는 말임을 깨닫는다. 손톱이 손바닥으로 파고든다. 염력으로 나인을 잡아놓느라고 정신을 모으고 있어서 그런지, 아니면 내 스스로 마음을 다잡으려 애쓰고 있어서 그런 건지 모르겠다. 지난번 존 핸콕 센터에서, 나는 샘에게 우리는 전쟁 중이며 사상자가 생길 것이라고 말했다. 그때는 내가 마음의 준비가 돼 있는 줄 알았다. 하지만 에이트를 잃고, 게다가 시카고의 다른 친구들도 잃었을지 모른다 생각하니, 도저히 감당이 안 된다. 그게 샘과의 마지막 대화라니. 그럴 순 없다.

"애들은 시카고를 떠났을 거야. 도망 중이겠지. 우리도 그래야 해. 존이 살아 있다는 건 알 수 있잖아. 아니면 또 다른 상처가 생겼겠지. 존에게는 태블릿이 있어. 로리언의 함도 있고. 우리가 그 애들을 찾는 것보다 그 애들이 우릴 찾는 게 더 빠를 거야."

"젠장, 존은 혼수상태였잖아. 누굴 찾으러 다닐 상황이 아니었다고."

"건물이 폭파됐어. 깨어나서 빠져나왔을 거야. 안 그랬으면 벌써 죽었겠지."

그러자 나인도 마지못해 고개를 끄덕인다.

"알았어, 알았다고. 이제 놔줘."

내가 염력을 풀자, 나인은 휙 돌아서 어두운 길 쪽을 바라본다. 어깨가 축 처진다. 다시 입을 여는 나인의 목소리가 갈라진다.

"완전히 망한 기분이야. 우린 벌써 졌는데, 그것도 모르고 이러고 있는 것 같아."

나는 옆으로 가서 어깨에 손을 올린다. 네온 불빛을 내는 덫 사냥꾼 술집이 등 뒤에 있어서 나인의 얼굴이 어둠에 묻혀 보이지 않지만, 그의 눈에 눈물이 맺혀 있는 게 분명하다.

"바보 같은 소리 마. 우리는 지지 않아."

"에이트한테 한번 말해보지."

"나인, 이러지 마."

나인이 두 손으로 검은 머리를 움켜쥔다. 한바탕 쥐어뜯기라도 하려는 것 같다. 그러다가 손을 내리며 얼굴을 문지른다. 그리고 다시 양옆으로 늘어뜨린다. 최선을 다해 참는 듯하다.

"그것도 내 잘못이었어. 내가 죽인 거나 마찬가지야."

"그렇지 않아."

"그래. 파이브 때문에 열 받아서 자제를 못했어. 가만히 있을 수가 없었어. 계속 지껄이고 말았어. 대신 내가 죽었어야 했는데. 너도 알고, 나도 알고, 마리나도 우라지게 잘 알지."

나는 나인의 어깨에서 손을 떼고 턱에 주먹을 먹인다.

"으악! 씨……. 왜 그래?"

나인이 비틀거리며 비명을 지른다.

"이걸 원한 거 아니었어? 에이트가 그렇게 된 것에 대해 벌을 받길 바라?"

나는 다시 한 번 주먹을 쥐고 다가간다. 나인이 양손을 들어올린다.

"그만둬, 식스."

"네 잘못이 아니야. 파이브가 에이트를 죽였어. 책임은 모가도어 인들에게 있고. 알아들어?"

나는 주먹을 풀며 덤덤하게 말하고는 손바닥으로 나인의 가슴을 짝 때린다.

"그래, 알았어."

정말 알아들었는지, 그저 더 얻어맞고 싶지 않아서 그러는지는 모르겠다.

"좋아, 징징대는 헛소리는 그만 집어치워. 이제 어떻게 할지 머리를 짜내야 해."

"내가 벌써 생각해냈어."

마리나가 끼어든다.

나인을 두들겨 패서 달래는 데 열중하느라 마리나가 다가오는 지도 몰랐다. 나인도 몰랐는지 엄청 당황한다. 마리나가 어디서부터 엿들었는지 궁금한 표정이다. 그러나 마리나는 나인이 얼마나 징징대고 있었는지에 관심이 없는 듯하다. 술집에서 나에게 끝내주는 이야기와 맥주를 맞바꾸자고 했던, 데일이라는 앙상한 남자를 데려오느라 바쁘다. 비행소년을 교장실로 데려오는 잔인한 교사처럼, 귀 한쪽을 잡고 주차장으로 끌고 온다. 데일의 얼굴 한쪽에 살짝 서리가 내린 것이 보인다. 내가 말한다.

"마리나, 그 남자를 놔줘."

마리나가 데일을 앞으로 확 민다. 데일은 비틀거리며 내 앞까지 밀려와 결국 무릎을 꿇는다. 나는 마리나를 째려본다. 왜 저렇게 폭력적으로 행동하게 됐는지는 이해하지만, 마음에 들지 않는다. 마리나가 내 시선을 모른 척한다. 그리고 데일에게 명령한다.

"그 '놀라운' 이야기, 다시 해봐."

데일이 우리 셋을 둘러보는데, 겁에 질리기는 했지만 이야기도 몹시 들려주고 싶어 안달이 난 것 같다.

"늪지대에 오래된 NASA 기지가 있어. 1980년대에 늪지대가 범람하기 시작해서 폐쇄됐지."

데일이 얼굴을 문지르며 더듬더듬 말을 시작한다.

"나는 주워 팔 게 없나 가끔 가보는데, 대부분 쓸모없는 것들뿐이지. 하지만 어제는 정말이지 맹세하는데, UFO가 돌아다니는 걸 봤다고. 게다가 오싹하게 생긴 놈들이 처음 보는 총같이 생긴 걸 들고 지키고 있었어. 너희는 걔네 편 아니지?"

"아니야. 대부분은."

내가 대답한다.

"데일이 길을 알려주겠대."

마리나가 말하며 운동화 끝으로 데일을 툭 친다. 데일은 침을 꿀꺽 삼키고 열심히 고개를 끄덕인다.

"멀지 않아. 늪지대를 뚫고 몇 시간만 가면 돼."

나인이 소리친다.

"늪지대에서 빠져나오느라 이틀 걸렸어. 다시 들어가라고?"

마리나가 이를 악물고 말한다.

"놈들이 그를 데리고 갔어. 놈들이 넘버 원에게 무슨 짓을 했는지 맬컴 아저씨한테 들었잖아. 레거시를 훔쳐 갔다고."

나는 마리나를 향해 인상을 구긴다. 무슨 말인지 거의 못 알아듣는다고 해도, 데일이 열심히 듣고 있다.

"계속 여기서 그렇게 말할 거야?"

마리나가 코웃음친다.

"너, 지금 데일을 걱정하는 거야, 식스? 놈들은 우릴 죽이고 친구들이 있던 곳을 날려버렸어. 이 술꾼에게 비밀을 지키는 게 그렇게 중요해?"

데일이 손을 번쩍 든다.

"맹세해. 너희……에 대해 아무 말도 안 할 거야."

나인이 묻는다.

"시카고는 어쩌고? 다른 애들은?"

마리나는 나인을 한번 흘긋 노려볼 뿐 시선을 다시 나에게 고정하고 대답한다.

"나도 그 애들이 걱정돼. 하지만 존이나 다른 애들이 어딨는지 알 수가 없잖아, 식스. 우리가 아는 건 에이트가 있는 곳뿐이야. 그리고 나는 그 어떤 경우에도 그 역겨운 자식들이 그를 데리고 있게 놔둘 수 없어."

말하는 투로 보아 마리나를 설득할 방법은 없어 보인다. 우리가 같이 가지 않으면 혼자라도 갈 것이다. 나도 가고 싶지 않은 건 아니다. 마리나만큼이나 나도 싸우고 싶어 몸이 달았다. 모가도어 놈들의 손아귀에 들어간 에이트의 시신이 아직 여기 남아 있을 가능성이 있다면, 게다가 파이브도 아직 있다면, 적어도 가보긴 해야 한다. 어떤 가드도 그대로 내버려둘 순 없다.

내가 데일에게 묻는다.

"우리가 빌려 쓸 배도 한 척 있나요?"

05
세트라쿠스 라와의 대화

내 앞의 고깃덩이는, 아무 조직도 안 보이는 점만 빼면 물컹한 날생선처럼 생겼다. 내가 포크로 찌르자, 희끄무레한 덩어리가 묵처럼 덜렁거린다. 아직 살아 있어서 도망이라도 치려는 건가? 입맛 떨어지게 꿈틀거려서 천천히 접시에서 빠져나가려는 게 아닐까? 그러다가 내가 고개를 돌리면 재빨리 환기구로 달려갈지 모르지.

토 나온다.

"먹어."

세트라쿠스 라가 명령한다.

자기가 내 할아버지란다. 음식보다 더 역겹다. 믿고 싶지 않다. 전에 보았던 환영들처럼, 나를 고문하려는 심리전일지도 모른다.

하지만 왜 이 모든 수고를 하는 걸까? 날 왜 이리 데려왔지? 왜 그냥 죽이지 않지?

세트라쿠스 라가 내 건너편에, 우스꽝스럽도록 거대한 연회 탁자 저 끝에 앉아 있다. 마치 용암에서 만들어낸 것처럼 생긴 탁자다. 놈의 의자는 왕좌와 비슷하고 탁자와 같은 검은 돌로 만들어져 있는데, 분명 둘세 기지에서 우리와 싸웠던 거대한 군주의 몸집에 맞는 크기는 아니다. 하지만 어느 순간 내가 보고 있지 않을 때, 세트라쿠스 라는 훨씬 실용적으로 2미터 정도로 줄어들어 모가도어 음식 앞에 편안히 앉아 몸을 숙이고 있다.

몸 크기를 변화시킬 수 있는 것도 레거시인가? 나이를 바꿀 수 있는 내 능력과 상당히 비슷하게 작동하는 것 같다.

"질문할 게 많겠지."

세트라쿠스 라가 나를 찬찬히 보며 우렁우렁 말한다.

"넌 뭐야?"

내가 불쑥 말을 뱉는다. 놈이 고개를 갸웃한다.

"무슨 뜻이냐, 아이야?"

난 겁에 질리지 않은 척하려 애쓰며 말한다.

"넌 모가도어 인이고, 난 로리언 인이야. 우리가 어떻게 친족이라는 거야?"

"아, 참 단순한 생각이구나. 지구인, 로리언 인, 모가도어 인, 이런 건 그저 분류하기 위한 단어일 뿐이란다, 얘야. 수 세기 전에 지어 붙인 이름이지. 내 실험에 의해 우리의 유전자는 바뀔 수 있다는 게 증명되었어. 보강될 수 있지. 우리는 로리언 행성이 우리에게 레거시를 선물해줄 때까지 기다릴 필요가 없어. 필요한 레거시를 그냥 가져올 수도 있단다. 다른 자원처럼 활용하는 거지."

"왜 자꾸 '우리'래? 넌 로리언 인이 아니잖아."

세트라쿠스 라는 엷은 미소를 짓는다.

"나도 예전엔 로리언 인이었단다. 열 번째 원로였지. 추방되기 전에는. 그리고 나서 현재와 같은 위치가 되었다. 가드의 능력이 모가도어 인의 힘과 합쳐진 거야. 혁명적 진화였어."

탁자 밑에서 다리가 떨리기 시작한다. 열 번째 원로라는 말이 나온 다음부터는 무슨 말인지 잘 들리지 않는다. 크레이튼의 편지가 기억난다. 나의 아버지는 우리 가족이 한때 원로였다는 사실에 집착했다고 말했다. 그게 세트라쿠스 라였을까?

"넌 미쳤어. 그리고 거짓말을 하고 있어."

"둘 다 아니란다."

놈이 참을성 있게 대답한다.

"나는 현실주의자이자 미래주의자야. 나는 내 유전자를 바꾸어 그들과 좀 더 가깝게 만들었어. 그들이 나를 받아들일 수 있게 말이다. 그들이 나에게 충성하는 데 대한 보답으로, 나는 그들의 번성을 도왔지. 멸종 직전에서 구해내고. 나는 모가도어 인들에게 합류함으로써 로리언 인들이 질색했던 실험을 계속할 기회를 얻었어. 이제 나의 작업이 거의 끝났다. 곧 우주의 모든 생명, 즉 모가도어 인과 지구인, 남아 있는 로리언 인 모두, 나의 인자한 지도 아래 진화하게 될 것이다."

"넌 로리언 행성의 생명들을 진화시키지 않았어! 모두 죽여버렸잖아!"

"그들은 진보에 반대했다."

세트라쿠스 라는 행성 전체의 죽음이 아무것도 아니라는 듯이 말한다.

"넌 역겨운 괴물이야."

나는 그에게 욕을 해주는 것이 두렵지 않다. 나를 해치지 않으리라는 것을 아니까. 적어도 당분간은. 나를 해치기엔 너무 자만심이 강하고, 또 다른 로리언 인을 대의에 합류시키기를 간절히 원하고 있다. 저놈은 내 악몽 속 세상을 그대로 실현시키기를 원한다. 여기서 깨어나보니, 내 시중을 들 모가도어 여자들의 팀을 꾸려놓았다. 나에게 꿈속에서 본 것과 비슷한 기다랗고 검은, 격식 있는 드레스를 입혔는데, 짜증나게 간질거려서 계속 목 부분을 잡아당겨야 한다.

저 흉측한 얼굴을 대놓고 뜯어보며 닮은 점을 찾으려는 내가 미워진다. 둥그스름하고 창백한 머리는 복잡한 모가도어 문신들로 뒤덮이고, 눈동자는 텅 빈 검은색이다. 다른 모가도어 인들과 똑같다. 이는 뾰족하게 갈아냈다. 정말 열심히 들여다보면 로리언의 흔적이 보이는 듯도 하다. 창백한 피부와 천박한 모가도어 예술에 파묻힌 생김새 같은 것들에서 말이다.

세트라쿠스 라가 음식에서 고개를 들고 내 시선을 마주 본다. 아직도 똑바로 마주치면 몸이 떨린다. 시선을 피하지 않으려고 기를 써야 한다.

"먹어라. 그래야 힘이 생기지."

나는 잠시 망설인다. 얼마나 반항하며 버틸 수 있을지 잘 모르겠다. 하지만 모가도어의 날고기를 시식하고 싶지 않기도 하다. 나는 포크를 접시 옆에 떨어뜨려 큰 소리를 냄으로써 의사 표시를 한다. 세트라쿠스 라만의 식사 장소인 천장이 높은 방에 땡그랑 소리가 울린다. 이 방은 아누비스호의 다른 황량한 방보다는 좀 더 장식이 돼 있다. 벽에는 용감하게 전투에 뛰어드는 모가도어 인들의 그림이 그려져 있다. 천장이 열려 있어 숨 막힐 듯 아름다운 지구가 조금씩 자전하는 모습이 보인다. 세트라쿠스 라가 으르렁거린다.

"내 인내심을 시험하지 마라. 시키는 대로 해."

나는 접시를 밀어버린다.

"배고프지 않아."

놈이 나를 찬찬히 뜯어본다. 말썽쟁이 아이에게 참을성을 보여주는 부모처럼, 사려 깊은 척하는 표정을 짓는다.

"다시 잠을 재우고 관을 통해 음식을 공급할 수도 있지. 그게 낫겠니? 전쟁이 끝난 다음에 깨우면 태도는 좀 나아지겠지만, 그동안 우리가 얘기를 할 수가 없지 않느냐? 할아버지가 승리하는 영광의 순간을 직접 보며 축하를 할 수도 없고. 헛된 탈출 시도도 즐겨볼 틈이 없겠지."

나는 침을 꿀꺽 삼킨다. 곧 지구로 내려가리라는 것을 알고 있다. 이 전함들이 지구 둘레를 돌다가 평화롭게 떠나가려고 모인 것은 아닐 테니까. 침공이 임박했다. 그래도 일단 착륙하고 나면 도망칠 기회가 있으리라며 벼르고 있다. 세트라쿠스 라 역시 내가 그와 함께 통치자인지, 포로인지가 되느니, 차라리 죽으리라는 것을 안다. 하지만 잘난 체하는 표정으로 보아 그래도 상관없는 듯하다. 지구로 돌아가기 전에 나를 세뇌시킬 수 있다고 확신하는 듯하다.

저 자만에 찬 얼굴이 무너지는 게 보고 싶다.

"네 역겨운 얼굴을 보면서 어떻게 먹어? 도저히 입맛이 안 생긴다고."

놈은 당장 뛰어올라 내 숨통을 움켜쥘까 말까 고민이라도 하는 듯 나를 응시한다. 잠시 후, 의자 옆에 세워둔 지팡이를 향해 손을 뻗는다. 은은한 황금빛 금속이 화려하게 조각된 손잡이에 불길한 검은 눈이 달려 있는, 둘세 기지에서 싸울 때 사용한 지팡이다. 나는 공격에 대비해 몸을 긴장시킨다.

내 표정을 보고 놈이 설명한다.

"탈록의 눈이다. 지구와 마찬가지로, 언젠가 네가 물려받게 될 물건이야."

내가 질문을 더 하기도 전에 손잡이의 흑요석 눈이 번쩍인다. 나는 흠칫 놀라지만, 그 빛이 나를 향한 게 아니라는 게 드러난다. 대신 세트라쿠스 라가 경련을 일으키기 시작한다. 붉은색과 보라색의 빛의 띠들이 탈록의 눈에서 발산돼 놈의 몸을 훑는다. 어떻게 그럴 수 있는지는 모르겠지만, 지팡이에서 에너지가 나와 세트라쿠스 라에게로 들어간다는 걸 알 수 있다. 놈이 몸부림을 치며 몸을 비틀고, 피부가 부글거리며 녹듯 갈라지고 변형된다.

변신이 완료되자, 세트라쿠스 라는 지구인처럼 보인다. 마치 영화배우 같다. 40대 중반의 잘생긴 중년 남자의 모습이다. 희끗희끗한 머리는 한 점 흐트러짐 없이 정돈돼 있고, 감정이 풍부해 보이는 푸른 눈에 약간의 수염이 자랐다. 키가 크지만 위압적일 정도는 아니며, 세련된 푸른 정장에 다림질된 정장 셔츠는 맨 위 단추를 풀어뒀다. 이전 모습의 흔적이라고는 세 개의 로리언 펜던트뿐이다. 하늘빛 보석이 셔츠와 잘 어울린다.

"이제 괜찮니?"

신경을 긁는 평소의 목소리 역시 부드럽고 중후하게 바뀌었다. 나는 어안이 벙벙한 표정으로 바라보다가 묻는다.

"그게…… 누구 모습인 거야?"

"지구인들을 위해 고른 모습이지. 조사해보니, 지구인들은 이런 형질의 중년 백인 남성에게 자연스레 매력을 느낀다더구나. 보아하니 지도자로 믿을 만하게 느끼는 모양이야."

나는 정신을 수습하며 다시 묻는다.

"지구인을 위해서라는 게 무슨 뜻이야?"

세트라쿠스 라가 내 접시를 가리킨다.

"먹어라. 그러면 네 질문에도 대답을 해주지. 그래야 공평하지 않겠니? 지구인들은 '오는 게 있어야 가는 게 있다'고 한다지?"

나는 희멀건 덩어리를 내려다본다. 식스와 나인과 나머지 가드들을 생각해본다. 그들이 내 처지라면 어떻게 했을까. 세트라쿠스 라는 아무래도 속내를 다 털어놓으려 하는 것 같다. 그렇다면 그러게끔 놔둬야겠지. 나를 어떻게든 꾀어 넘기려다가 모가도어 인들을 무찌를 방법을 흘릴 수도 있다. 그런 방법이 정말 있는지 모르겠지만. 어떻든 이 삶은 애벌레를 한입 삼켜서 조그만 정보라도 얻어낼 수 있다면……. 그래, 내가 포로로 잡혔다고 생각하지 말고, 밀정의 임무를 수행하고 있다고 생각하자.

나는 빌어먹을 간첩이라고.

칼과 포크를 들고 고기 끝을 조금 잘라 입에 넣는다. 거의 아무 맛도 안 난다. 종이를 뭉쳐 씹으면 이런 맛이 날까. 더욱 기분 나쁜 건 식감이다. 고기는 내 혀에 닿자마자 피식거리며 녹아내리기 시작한다. 너무 빨리 허물어져 씹을 새도 없다. 나도 모르게 모가도어 인들이 죽으면서 분해되던 모습이 생각나 구역질이 난다.

"네가 먹던 것과는 다르겠지만, 아누비스호에서 생산해낼 수 있는 최고의 음식이란다."

사과라도 하는 투다.

"지구를 정복하고 나면 좋아질 거야."

모가도어의 음식 따위, 좋아지든 말든 상관없다.

"자, 먹었어. 이제 대답해줘."

놈이 내 무덤덤한 표정이 재미있다는 듯 고개를 갸우뚱한다.

"이 모습을 택한 건 인간들이 좋아하는 모습이라서야. 그들이 이 행성을 나에게 바칠 때 이 모습을 하고 있으려 한다."

나는 입을 딱 벌린다.

"그들은 너한테 이 행성을 바치지 않을 거야."

놈이 미소 짓는다.

"당연히 그렇게 할 거야. 가능성 없는 싸움을 계속했던 로리언 인들과 달리, 지구인들은 굴종에 익숙한 역사를 가지고 있지. 우월한 힘을 보여주면 존중하고, 기꺼이 모가도어의 진보를 받아들일 거야. 그러지 않는 자들은 멸망할 거고."

"모가도어의 진보라고? 그게 대체 뭔데? 모든 사람을 너같이 만들려고? 괴……."

나는 괴물이라는 말을 하려다가 멈췄다. 갑자기 환영 속의 내가 생각났기 때문이다. 나는 존과 샘, 군중 앞에서 냉담하게 식스의 처형을 명령하고 있었다. 내 안에도 이미 세트라쿠스 라 같은 괴물이 도사리고 있으면 어떻게 하지?

"그렇게 독설을 퍼붓는 중에도 한 가지 의문은 남겠지."

세트라쿠스 라는 여전히 밉살스러운 미소를 띠고 말을 잇는다. 잘생긴 지구인의 얼굴을 하고 있으니 더욱 흉물스럽다. 다시 한 번 나의 접시를 가리킨다. 나는 끔찍한 음식을 또 한 조각 입에 처넣는다. 놈은 일장연설이라도 하려는 것처럼 목청을 가다듬는다.

"우리는 같은 피를 공유하고 있다, 손녀여. 그래서 바보처럼 나에게 저항하는 가드들과 운명을 같이하지 않고 살아남게 된 것이다. 왜냐하면 그들과 달리 너는 변화의 능력을 가지고 있으니까. 내가 한때 로리언 인이었을지 몰라도, 수 세기를 살아오면서 스스로를 더 나은 존재로 변화시켰어. 그리고 지구까지 손에 넣고 나면 수십억의 생명을 변화시킬 힘을 얻게 된다. 그들은 그저 모가도어의 진보를 받아들이기만 하면 돼. 그러면 나의 과업이 드디어 열매를 맺을 것이다."

나는 눈을 가늘게 뜨고 그를 본다.

"힘을 얻게 된다고? 어디서?"

세트라쿠스 라가 목에 걸린 펜던트들을 만진다.

"때가 되면 보게 될 것이다, 아이야. 그때가 되면 너도 이해하리라."

"난 이미 이해하고 있어. 넌 나쁜 모가도어 인으로 스스로를 개조한 역겨운 변태 학살자라는 걸."

세트라쿠스 라에게서 미소가 사라진다. 내가 인내심의 한계를 넘어섰나 싶어 걱정이 된다. 하지만 그는 한숨을 쉬더니, 자신의 목을 손가락으로 긋는다. 그러자 변신한 모습의 피부가 갈라지며 목둘레에 두꺼운 보라색 상처가 드러난다.

"피타커스 로어가 나를 죽이려다가 이 상처를 남겼지. 나도 그들 중 하나였지만 그와 다른 원로들이 나를 쫓아냈다. 나의 사상 때문에 로리언에서 추방했어."

"뭐, 널 최고 통치자인지 뭔지로 뽑기 싫었대?"

세트라쿠스 라가 다시 손을 움직이자 목의 상처가 사라진다. 예전 기억이 살아나 화가 나는 듯 목소리가 낮아진다.

"그들에겐 이미 지배자가 있었어. 다만 인정하기를 거부했을 뿐."

"그게 무슨 소리야?"

이번에는 자기 이야기에 취해 나에게 음식을 강요하지 않는다.

"얘야, 원로들은 행성의 지배를 받고 있었어. 로리언 행성이 선택을 했단다. 누가 가드가 되고, 누가 세판이 될지. 그들은 우리가 관리인으로 살아야 하고 자연이 우리의 운명을 결정하게 해야 한다고 믿었지. 나는 동의하지 않았다. 로리언 행성이 부여하는 레거시들은 그저 자원일 뿐이야. 다른 것들과 마찬가지로. 바닷속의 생물들이 누가 자기들을 먹을 자격이 있는지 지시하게끔 해야 하니? 아니면 땅속의 철광석이 자기가 언제 연마될지 결정하도록 할까? 당연히 아니지."

나는 이 모든 정보들을 받아들이는 동시에 크레이튼의 편지에서 배운 것과 비교하려 애쓰다가 말한다.

"넌 그냥 지배하고 싶은 거잖아."

"난 진보를 원했다. 모가도어 인들은 이해했고. 로리언 인들과 달리 그들은 진화될 준비가 돼 있었어."

"넌 미쳤어."

나는 말하고 접시를 밀어버린다. 질의응답 시간은 이제 끝났다.

"넌 배움이 필요한 아이야."

세트라쿠스 라에게서 이해심 있는 척하는 표정이 되살아난다.

"공부를 시작하게 되면 너를 위해 내가 어떤 일들을 이뤄냈는지, 로리언 인들이 무엇을 부정하고 있었는지 알게 될 거고 이해하게 될 거다. 나를 사랑하고 존경하게 될 거야."

나는 일어선다. 갈 곳은 없지만 말이다. 세트라쿠스 라가 지금까지 나에게 잘 대해주었다 해도, 아누비스호의 황량한 복도들을 돌아다니는 것 이상은 허락해주지 않을 게 분명하다. 강제로라도 저녁 식사를 마치게 만들 수는 있을 것이다. 절반의 진실과 왜곡에도 의문을 제기하지 않고 가만히 앉아 있으면 별일 없이 지나갈 시간이다. 하지만 난 그럴 수 없다. 나인, 식스 그리고 다른 아이들도 이 괴물과 마주한다면 입을 다물고 있지는 않을 것이다.

나는 할아버지라는 놈의 참을성 있는 척을 흉내 내려 노력하며 말한다.

"넌 우리 행성을 파괴했고, 지금까지 이룬 업적이라곤 사람들을 해친 것뿐이야. 넌 괴물이고, 난 너를 영원히 미워할 거야."

세트라쿠스 라가 한숨을 쉬고 잘생긴 얼굴이 답답한 듯 주름 진다.

"무지의 마지막 도피처는 분노란다."

그러고서 놈이 손을 들어올린다.

"그들이 무엇을 부정해왔는지 알려주마, 손녀야."

놈이 들어올린 손 주위로 밝고 붉은 에너지가 소용돌이치며 휘감기기 시작한다. 나는 놀라 한 발짝 뒤로 물러난다.

"원로들이 로리언에서 탈출시킬 애들을 선택했지. 넌 그 애들 중 하나가 아니었어. 넌 다른 가드들과 같은 특권을 부정당한 거야. 내가 바로잡을 거다."

붉은 에너지가 손 앞에서 따닥거리며 둥글게 뭉치더니 나를 향해 휙 날아온다. 내가 옆으로 피하자 붉은 공은 지능이라도 있는 것처럼 곧장 다시 나를 향해 날아온다. 나는 차가운 바닥에 엎드리고 구르며 피하려 했지만, 공이 더 빠르다. 내 치맛단을 태우고 들어가 발목에 들러붙는다.

나는 비명을 지른다. 고통이 극심하다. 전류가 흐르는 전선이 피부에 감긴 듯하다. 다리를 굽혀 그 부분을 마구 때리며 불을 끄듯 붉은 에너지를 꺼트리려 한다.

이런 건 처음 본다. 지글거리던 붉은 에너지가 사라지고, 비죽비죽한 분홍색 상처만 발목 둘레에 남는다. 많은 모가도어 인들의 두개골에 새겨져 있던 네모난 문신이 생각나지만, 기이하게 낯익은 기분도 든다.

가드들에게 로리언의 마법이 남기는 상처와도 아주 닮았다.

내가 비명을 참으며 세트라쿠스 라를 쳐다보니, 놈의 바지 밑단도 타서 사라졌고 놈의 발목에도 나의 것과 똑같은 마력이 새롭게 새겨졌다.

놈이 기쁜 미소를 지으며 말한다.

"자, 그들과 마찬가지로, 우리도 연결되었다."

06
모가도어 인의 기지를 찾아가다

어떤 의미에서, 우린 데일을 납치한 셈이다. 그는 아무렇지 않은 듯하지만. 이 앙상한 시골뜨기 남자는 수십 년 묵은 낡은 너벅선 후미에 느긋하게 앉아 나와 마리나에게 뻔뻔스레 윙크를 날리고, 휴대용 술통에 담긴 싸구려 위스키를 마시며, 최고로 즐거운 시간을 보내고 있다. 데일의 배는 박스테이프와 신발 끈으로 배의 형태를 유지하고 있다. 엔진이 과열될까봐 구불구불한 늪지대 강줄기를 빠른 속도로 지나가진 못한다. 또한 탁한 갈색 물이 계속 새어 들어와, 배가 가라앉기 전에 나인이 쉼 없이 양동이로 퍼내야 한다. 그다지 우아한 여행은 아니다. 그래도 마리나는 데일이 모가도어 야영지를 어떻게 해서든 발견했다고 여전히 굳게 믿었고, 그를 안내자로 쓰고 있다.

어젯밤 데일은 너무 어두워서 늪지대를 헤쳐나갈 수 없다고,

91

하지만 내일 오전 중에 폐쇄된 NASA 기지로 꼭 데려가겠다고 주장했다. 알고 보니 술집의 바텐더가 오가는 사람들에게 주변 오두막을 빌려주고 있었다. 우리에게도 거저나 다름없이 하나 내주고, 음식도 날라다 주었다. 아마 돕지 않으면 우리가 가만있지 않을까봐 그러는 듯했다.

데일이 도망갈지도 모르기 때문에 차례로 감시하기로 했다. 나인이 첫 순번이었는데, 작은 오두막 바깥에 둘이 앉아 그동안 늪지대에서 주워올린 온갖 신기한 것에 대한 이야기를 들어주었다.

마리나와 나는 바닥에 놓인 벼룩투성이 매트리스 위에 나란히 누웠다. 수도나 하수관에 전혀 연결되지 않은 것 같은 녹슨 개수대와 전열판 하나, 기름 랜턴이 유일한 설비였다. 지난 이틀간 늪지대에서 헤매며 거의 쉬지 못했기에, 그나마 며칠 만에 편히 쉬는 자리였다. 눕고 나서야 마리나가 에이트의 죽음 이후 처음으로 차가운 기운을 뿜어내길 멈췄다는 걸 깨달았다. 잠이 들었나 싶었는데 어둠 속에서 속삭이기 시작했다.

"그의 존재가 느껴져, 식스."

"무슨 소리야? 에이트는……."

"나도 죽었다는 거 알아. 하지만 여전히 그…… 모르겠다, 본질? 영혼? 그런 게 느껴져. 나를 부르고 있어. 어떻게 해선지, 왜 그러는지는 모르겠지만, 뭔가 있다는 건 알 수 있어. 그리고 중요한 일이라는 것도."

나는 아무 말도 할 수 없었다. 에이트의 이야기가 기억났다. 인도에서 숨어 다니는 동안 신비한 늙은 남자를 만났다던. 노인은 에이트에게 힌두교와 무술을 가르쳤고, 결국 어딘지는 몰라도 자신이 있던 곳으로 돌아가버렸다고, 사라져버렸다고 했다. 에이트는 힌두교에서 배운 것을 소중히 여겼고, 그래서 세판의 죽음을 극복할 수 있었다고 생각한다. 휴, 영생인지 뭔지 하는 게 진짜 있다면, 에이트야말로 우리 중 제일 영적인 애였으니까. 죽어서도 우리를 부를 수 있다면 바로 그 애일 것이다.

"우리가 찾아낼 거야."

나는 확신은 없지만 조용히 말했다. 전날 나인이 난리칠 때, 벌써 전쟁에 졌는데 우리만 모르고 있는 거 아니냐던 말이 기억났다.

"하지만 그다음엔 어떻게 해야 할지 모르겠어."

"때가 되면 저절로 알 수 있을 거야."

마리나가 내 손을 꼭 잡으며 평온하게 대답했다. 내가 알던, 배려하고 보살피는 마리나가 잠깐이나마 되살아났다. 지난 이틀 동안 힘들게 끌고 와야 했던 분노와 복수심 가득한 아이가 아니었다.

"분명 그럴 거야."

그래서 오늘 아침, 우리는 늪지대로 나왔다. 양쪽으로 빽빽한 나무들이 진흙탕 속에 뿌리를 내리고 있어서, 자주 물속의 울퉁불퉁하고 거대한 나무뿌리에 걸려 속도가 늦어진다. 머리 위 잎들도 무성해 햇빛은 드문드문 들어온다. 반쯤 썩은 나무들이 떠다니는 통에 울퉁불퉁한 악어 등껍질과 구분이 가지 않는다. 그래도 더 이상 벌레에 물리지는 않는다. 내가 익숙해져서 그런가.

마리나는 뱃머리에 서서 앞쪽을 똑바로 바라보고 있다. 공기 중 습기에 얼굴과 머리가 푹 젖었다. 나는 그녀의 등을 응시하며, 마리나가 맛이 간 건지, 아니면 에이트의 시체에 대한 육감이 또 다른 레거시의 발현인지 생각한다. 이럴 때 세판들이 있으면 얼마나 좋을까. 마리나는 얼음 레거시를 통제하느라 힘들어하고 있다. 나인과 나는 참견할 생각도 못한다. 나인은 마리나에게 언제 응징을 당할까 무서울 테고, 나는 그저 마리나가 통제력을 익히기를, 더불어 분노도 다스리기만을 기다리고 있다. 그러니 이렇게 늦지 대로 돌아오게 된 건 새로 나타난 레거시가 혼란을 일으키고 있기 때문이거나, 직감 때문이거나, 슬픔 혹은 영적 세계와의 합당한 조우 때문이다. 아니면 이 넷이 모두 합쳐진 결과일 수도 있다.

이유가 어떻든 상관없다. 정말로. 우리는 그냥 이렇게 하기로 선택했을 뿐이다.

파이브가 이런 물길을 따라 우리를 안내했던 게 겨우 며칠 전이다. 그때는 훨씬 행복했다. 마리나와 에이트가 꼭 붙어 다니며 때로 불꽃이 튀었고, 나인은 바보처럼 악어를 발견할 때마다 소리를 질러댔다. 머리를 쓸어본다. 이 습기 속에서 이러고 지냈으니, 푹 젖어 엉켜 있다. 추억에 잠길 때가 아니다. 우리는 위험 속으로 들어가고 있다. 하지만 적어도 이번에는 그것을 알고 있다.

"얼마나 더 가야 하지?"

내가 데일에게 묻는다. 데일이 어깨를 으쓱한다. 어제저녁 마리나가 얼굴 반쪽을 얼려버렸는데도 이제는 아주 편안해 보인다.

술 때문이겠지.

"한 시간쯤."

"장난치는 거면 가만두지 않을 거야. 여기 그냥 놔두고 가버릴 거니까."

그제야 조금 일어나 앉는다.

"정말이라니까, 맹세해. 괴상하게 생긴 외계인들을 여기서 봤어."

나는 그를 노려본다.

물 푸기를 마친 나인이 데일의 손에서 휴대용 술통을 빼앗아 냄새를 맡는다.

"뭐가 든 거야? 페인트 시너 냄새가 나는데?"

"전부 페인트 시너는 아니야. 마셔봐."

데일이 주장한다.

나인이 눈살을 찌푸리고 술통을 돌려준 후 나를 본다.

"정말로? 이 남자를 믿을 수가 있는 거야?"

목소리를 잔뜩 낮춘 이유는, 바로 옆의 데일이 아니라 마리나에게 들릴까봐서다.

"이 남자 때문만은 아니야. 뭔가 느껴진대."

내가 대답하며 마리나를 본다.

"뭐? 언제부터……."

나인이 웬일로 주저하며 단어를 고르다가 말을 맺는다.

"아무래도 정신 나간 짓인 것 같아서 그래."

내가 대답하기 전에 마리나가 우리를 향해 손을 흔들며 숨죽여 소리친다.

"엔진 꺼!"

데일이 재빨리 엔진을 끈다. 배는 조용히, 조금씩 움직인다.

"무슨 일이야?"

"앞쪽에 누가 와."

나도 들린다. 딸꾹질이 심한 데일의 보트 엔진보다 훨씬 매끄러운 엔진 소리가 점점 더 가까워지고 있다. 나무 사이로 지그재그를 그리는 지류의 모양새 때문에 아직 보이지는 않는다.

"늪지대에서 이렇게 멀리까지 오는 놈들이 또 있나?"

나인이 데일을 보며 묻는다.

"가끔 있지."

데일이 대답하더니 우리를 둘러본다. 무슨 생각이 떠오른 듯하다.

"잠깐, 위험한 놈들한테 쫓기는 거였어? 난 그런 계약엔 동의한 적 없는데."

"아무 계약도 한 적이 없지."

나인이 말한다.

"조용, 놈들이 온다."

마리나가 말한다.

데일 혼자 배에 탄 것처럼 마리나와 나인의 손을 잡고 안 보이게 만들까 생각해보지만, 그러지 않기로 한다. 둘 다 손을 잡을 분위기도 아닌 것 같다. 만일 모가도어 놈들이 오는 거라면 싸우고 싶다.

우리 앞 뒤엉킨 나무들 사이로 미끄러져 들어오는 검은 형체가 보인다. 우리와 같은 너벅선이지만 훨씬 매끈하고, 바닥에 구멍 따윈 뚫려 있지 않을 것 같다. 그들도 우리를 보자마자 즉시 엔진을 끈다. 30미터쯤 앞에 멈춰선 배에서 밀려오는 잔물결에 우리 배가 끄덕인다.

배에는 세 명의 모가도어 인이 타고 있다. 더위 때문에 바보 같은 검은 가죽 트렌치코트는 벗고, 민소매 차림으로 밀가루 반죽처럼 하얀 팔을 빛내고 있다. 허리에 찬 광선총과 단도가 똑똑히 보인다. 벌건 대낮에 변장도 안 하고 이런 데서 뭘 하고 있는지 궁금하다. 어쩌면 우리를 찾고 있었는지도 모른다. 우리가 아직 늪지대를 벗어나지 못했을 수도 있으니까. 운 나쁘게도 늪지대 수색 임무를 맡은 모가도어 병사들이다.

모두 꼼짝 않는다. 우리는 놈들을 노려본다. 이런 상황에서 우리를 알아볼까 궁금하다. 모가도어 인들도 우리를 노려보지만, 배의 시동을 다시 걸거나 몸을 숨기거나 하는 행동도 하지 않는다.

"너네 친구야?"

데일이 묻는다.

그 말이 정적을 깨는 동시에 두 놈이 광선총을 잡는다. 세 번째는 휙 돌아 엔진을 점화시킨다. 내가 제치고 앞으로 나서서 염력으로 뱃머리를 있는 힘껏 밀친다. 뱃머리가 물 위에서 벌떡 일어서면서 운전을 하려던 놈은 배 밖으로 떨어지고 다른 두 놈도 비틀거리다 넘어진다.

 나의 염력 공격과 동시에 마리나가 배 옆 물속에 손을 담근다. 물이 따닥대고 튀어오르며 급속 냉동되어 모가도어 배 쪽으로 얼음판이 퍼진다. 그들의 배는 물속에 반쯤 박혀 곤두선 채 얼음판에 갇혀버렸다.

 나인이 배에서 뛰어올라 우아하게 마리나의 빙판을 건너 모가도어의 배에 착지한다. 그러면서 모가도어 한 놈의 목을 잡고 배 뒤쪽으로 함께 구른다. 두 번째 놈이 광선총을 겨누지만, 나인은 이미 착지해서 첫 번째 모가도어 인을 던져버린다.

 배 밖으로 떨어졌던 놈이 물에서 나와 마리나의 빙판 위로 오르려 했지만, 그건 실수였다. 비죽비죽한 고드름이 빙판 가장자리에서 자라나 놈을 꿰뚫는다. 놈이 재로 변하기도 전에 내가 염력을 이용해 고드름을 뽑아 배 위의 한 놈에게 꽂는다. 세 번째 모가도어 인이 단검을 뽑아 나인에게 달려들지만, 나인이 단검 든 팔목을 잡아 그대로 눈에 찔러버린다.

 그렇게 싸움이 1분도 안 돼 끝나버린다. 지금은 그렇게 좋은 상태도 아닌데, 몇 놈 정도는 순식간에 죽일 수 있다.

 "이제야 좀 상쾌하네!"

 나인이 소리를 지르며 나를 보고 씩 웃는다.

 뒤쪽에서 첨벙 소리가 들려 돌아보니 데일이 정신없이 물속으로 뛰어들었다. 앙상한 팔과 취기에도 불구하고 있는 힘을 다해 개헤엄을 치고 있다.

"멍청이, 어딜 가는 거야?"

내가 외쳐 부른다. 데일은 물 밖으로 드러난 진흙투성이 뿌리 하나를 잡고 매달려 숨을 몰아쉬며 눈을 희번덕거린다.

"너네 다 괴물이잖아!"

"그건 너무하네."

나인이 웃으며 조심스레 다시 데일의 배로 돌아온다. 마리나가 만든 빙판은 벌써 플로리다의 더위에 녹기 시작했다.

"배는 어쩌고? 술집까지는 헤엄쳐 가려고?"

내가 외친다. 데일이 나를 노려보며 대꾸한다.

"돌연변이들이랑 엮이지 않는 방법을 알아봐야지. 걱정해줘서 아주 고맙네."

나는 한숨을 쉬고 손을 들어 염력으로 데일을 끌어오려 하지만, 마리나가 내 어깨를 잡고 말린다.

"내버려둬."

"기지를 찾으려면 필요하잖아."

"어차피 다 왔어."

"앗, 저놈들……."

나인이 이마를 가리며 하늘을 본다.

"저걸 따라가면 되겠네."

마리나도 하늘을 보며 말한다.

갑자기 사방이 어두워진다. 나도 눈을 들어 머리 위로 지나가는 그림자를 본다. 무성한 나무 사이로 하강을 시작한 모가도어 우주선이 보인다. 잘 조준된 번개 몇 번으로 추락시킬 수 있었던 비행접시 스타일의 깜찍한 우주선이 아니다. 항공모함 크기에 무시무시한 함포들이 튀어나와 있는 우주선이다. 새들이 비명을 지르며 일제히 날아오른다.

나는 본능적으로 나인과 마리나를 잡아 안 보이게 만든다. 모가도어 너벅선 한 척은 그렇다 해도 이렇게 큰 놈을 상대할 준비는 안 돼 있다. 우리 위의 전함은 신경 쓰지 않고 지나간다. 우리를 눈치채지 못한 거다. 저런 우주선에 비하면 우리는 모기나 마찬가지다. 우주선이 지나가고 다시 햇빛이 내리쬐자, 나는 작아진 듯 위축감을 느낀다.

어린애가 된 것 같다.

로리언에서의 마지막 날이 기억난다. 우리 아홉과 세판이 우리를 지구로 데려갈 우주선을 향해 뛰었다. 사방에서 비명이 들려오고, 도시에서 일어나는 불길, 허공을 가르던 광선, 저것과 같은 전함들이 별빛을 지우며 밤하늘을 날아가던 기억이 난다. 함포가 불을 뿜었고 화물칸 문이 벌컥 열려 피에 굶주린 파이켄 무리를 풀어냈다. 그제야 깨닫는다. 방금 지나간 건 모가도어의 전함이다. 지구를 쓸어버릴 때 사용하려는 거다.

숨이 멈추는 듯하다.

"놈들이 왔어. 드디어 시작된 거야."

07
애시우드의 본거지

점차 워싱턴 교외의 모습이 바뀐다. 집들이 커지고 드문드문해진다. 마침내 도로에서는 집이 아예 안 보인다. 밴의 창문 밖으로, 꼼꼼하게 관리된 풀밭과 강박적일 정도로 일정한 간격으로 나무를 심어 뒤쪽의 집들을 가린 작은 공원들이 보인다. 도로 좌우로 뻗어 나간 거리들엔 모두 고급스러운 이름이 붙어 있다. 참나무 문장길, 금나무 대로, 모두 엄격한 사유지 경고문이 붙어 있다.

뒷자리에 앉은 샘이 휘파람을 분다.

"여기서 부자처럼 살고 있었다니 믿기지 않네."

"그러게."

내가 땀이 나는 손으로 운전대를 잡은 채 대꾸한다. 나도 같은 생각이었지만, 질투심을 내비칠까봐 입 밖에 내어 말하고 싶지는 않았다. 평생을 도망다니며 이런 집에서 안정되고 조용하게 살고 싶어했는데, 모가도어 인들은 진본 상류층들을 위해 평범한 생활 환경을 구축하고, 그저 침략해 파괴할 생각뿐인 행성에서 품격 있는 삶을 살고 있었다.

"남의 떡이 커 보이는 거야."

맬컴 아저씨가 말한다.

"위로가 될진 모르겠지만, 그들은 그다지 좋아하지도 않아. 소유할 수 없는 것을 좋아하지 말라고 배우거든."

애덤이 조용히 말한다. 자신의 예전 집이었던 애시우드 단지에 들어온 이래 처음 입을 열었다.

샘이 묻는다.

"그게 무슨 소리야? 그럼 모가도어 인들은 공원에 가지 않나……."

애덤이 빈정거리는 어조를 억누르며 암송하듯 읊조린다.

"소유할 수 없는 물건에 대해 만족하지 않는다. 세트라쿠스 라의 『모가도어의 위대한 확장』에 나오는 말이야. 공원이 아무리 좋아도 그곳의 나무들을 자기 마음대로 베어버릴 수 없으면 모가도어 인들은 좋게 보지 않아."

내가 무미건조하게 대꾸한다.

"'위대한' 책답네."

나는 조수석에 앉은 애덤을 본다. 그는 멍한 표정으로 창문을 뚫어지게 내다본다. 기분이 이상하지 않을까 싶다. 지구 출신은 아니지만 고향으로 돌아온 건데. 애덤이 내 시선을 느끼고 돌아본다. 왠지 부끄러워하는 표정이지만, 얼른 평소의 냉정한 모가도어인 특유의 무표정으로 돌아간다.

"여기 세워. 여기서부터는 1킬로미터만 더 가면 돼."

나는 밴을 길가에 세우고 엔진을 끈다. 엔진 소리가 꺼지니 뒷좌석에서 끊임없는 쩍쩍 소리가 더욱 크게 들린다.

"얘들아, 좀 진정해."

샘이 뒷좌석 중간에 놓인 박스에 대고 흥분한 키메라들에게 말한다.

키메라들은 모두 새 모습을 하고 있다. '제왕'은 평상시 모습인 당당한 매의 모양을 하고 있고, 그중 셋은 산비둘기, 집비둘기, 울새 같은 평범한 새 모습을 하고 있다. 매끈한 회색 송골매는 '먼지'일 것이고, 뚱뚱한 부엉이는 스탠리가 분명하다. 모두 가벼운 가죽 목걸이를 목에 느슨하게 둘렀다. 우리의 첫 단계 작전이다.

"다 작동돼?"

내가 샘에게 묻는다.

샘은 자랑스레 씩 웃으며 무릎에 놓인 랩톱 컴퓨터를 나에게 보여준다.

"확인해봐."

키메라들을 이렇게 활용하자는 건 그의 아이디어였다.

여섯 개의 저해상 동영상 화면이 바둑판 모양으로 떠 있다. 모두 내 얼굴을 약간씩 다른 각도로 비춘다. 카메라가 작동하고 있는 것이다.

볼티모어에서 워싱턴으로 오다가 '스파이형제'라는 작은 가게에 들렀다. 보안 카메라 전문점 직원은 맬컴 아저씨에게 왜 이렇게 많은 초소형 무선 카메라를 구매하는지 묻지 않았다. 그저 고마워하며 소프트웨어 설치하는 법까지 시범을 보여주었다. 그다음, 반려동물 가게에서 목걸이를 사고 운전해서 오는 동안 꼼꼼히 장착시켜주었다.

지금까지는 모가도어 인들이 우리를 감시하고 추적하는 데 열을 올렸다. 이제는 우리가 그 수고를 되돌려줄 때다.

'애시우드 주변에 흩어져서 되도록 모든 각도에서 시야를 확보해줘. 특히 모가도어 인들이 많은 곳에 집중하고.'

내가 키메라들에게 텔레파시를 보낸다. 전날부터 열심히 머리에 넣어둔 애시우드의 위성사진 이미지도 함께 보낸다.

키메라들은 신나서 꺅꺅거리며 날개를 퍼덕인다. 내가 샘에게 고개를 끄덕이자, 샘이 승합차의 옆문을 벌컥 연다. 키메라들이 앞다투어 밖으로 나간다. 여섯 마리의 변신 첩보 동물이 일제히 날아오른다. 긴장되는 상황이긴 하지만, 그 모양이 장관이기도 하다. 샘도 웃고, 애덤도 미소를 짓는다.

"잘될 거야."

맬컴 아저씨가 말하며 샘의 등을 두드린다. 샘의 얼굴이 더욱 밝아진다.

키메라들이 제각기 다른 방향으로 상승하고 활공하면서 컴퓨터 화면 속 영상이 정신없다. 첫 번째 키메라가 어느 나무 위에 앉은 듯 애시우드 단지의 철제 관문이 내려다보인다. 관문 주변의 돌담은 몇 미터 이어지다가, 도로에서 보이지 않는 곳부터는 살벌해 보이는 철망 울타리로 바뀐다.

"경비병이다."

내가 초소에 앉아 있는 모가도어 인 두 명과 문 앞에서 서성이는 한 명을 가리킨다.

"이게 전부인가? 겨우 셋? 쉽겠네."

샘이 묻는다.

"급습은 생각도 못하고 있어. 저 셋도 그냥 잘못 들어선 운전자들 겁줘서 쫓는 용도야."

애덤이 설명한다.

나머지 키메라들도 나뭇가지나 지붕에 자리를 잡아 영상들이 또렷해지고 애시우드 단지의 모습도 명확해진다. 입구를 지나 짧지만 구불거리는 진입로는 아주 넓은 공동 여가 시설 주변을 한 바퀴 도는 원형 도로로 이어진다. 원형 도로 주변에 잘 정돈된 스무 채의 주택들이 배치돼 있다. 보아하니 모가도어 인들에게도 피크닉 테이블, 농구대, 수영장이 있다. 대체로 한가로운 교외 지역 주택 단지의 모습이다. 아무도 안 보인다는 점만 빼면.

내가 영상들을 훑어보며 묻는다.

"너무 조용한데? 원래 이래?"

애덤이 대답한다.

"아니. 좀 이상하긴 해."

키메라 한 마리가 날아올라 아까까지는 안 보이던 주택 하나를 향해 간다. 쓰레기차가 보도 옆에 주차돼 있다.

"저기 하나 있네."

샘이 말하며 화면을 확대한다.

모가도어 인 하나가 태블릿 컴퓨터를 들고 트럭 옆에 서 있다. 지루한 표정으로 태블릿을 터치하고 있다. 애덤이 두개골의 문신을 들여다보더니 말한다.

"엔지니어네."

내가 묻는다.

"그걸 알 수 있어?"

"문신을 보면 알 수 있어. 진본 태생에게는 자신의 성취에 대한 명예로운 상징이고, 대량 태생에게는 직책을 나타나는 표시야. 그러면 알아보고 명령을 내리기가 쉽잖아."

샘이 말한다.

"또 있다."

모가도어 병사 넷이 냉장고만한 컴퓨터 장비를 집에서 꺼내온다. 길가로 들고 와서 엔지니어 앞에 내려놓는다. 엔지니어가 기계를 돌아보며 검사한다. 맬컴 아저씨가 애덤에게 묻는다.

"서버 같네. 네가 파괴한 장비를 교체하는 걸까?"

"그럴 수도 있죠."

자신 없이 대답하고 애덤이 몇 집 지나서 테라스가 있는 이층집을 가리킨다.

"내가 살던 집이에요. 저 집에서 지하 시설로 가는 통로는 확실히 알고 있지만, 다른 집에도 있긴 할 거예요."

그동안 엔지니어가 서버 검사를 끝내고 고개를 젓는다. 다른 모가도어 인들이 장비를 들어 쓰레기차에 던져 넣고 다시 집으로 들어간다.

샘이 말한다.

"재활용엔 별로 신경을 안 쓰나보네."

하지만 모가도어 인들이 다시 집으로 들어가기 전에 다른 모가도어 무리가 나온다. 조악한 공상과학 영화에 나오는 이발소 의자 비슷한 걸 들고 나온다. 특이하고 무섭게 생긴 연결선과 부품이 늘어져 있다. 엔지니어가 앞으로 나서 두 번째 무리를 도와 장비를 조심스레 잔디밭에 놓는다.

애덤이 낯선 목소리로 말한다.

"저건 뭔지 알아. 아누 박사의 기계야. 나와 맬컴 아저씨에게 사용했던."

"이번엔 또 뭔 짓을 하려는 거지?"

내가 묻는다. 엔지니어가 검사를 시작한다. 애덤이 설명한다.

"수리 팀인 것 같네. 지난번에 내가 지하 시설을 파괴했거든. 살릴 수 있는 건 살리고, 나머지는 버리려는 거야."

"여기 산다던 진본 태생들은 다 어디 가고?"

"검사가 끝날 때까지 다른 데 가 있을 수도 있어."

"그럼 우린 헛수고한 거야? 기계는 고장 나고, 진본들은 철수하고?"

내가 눈을 부라리며 말하자, 애덤이 눈을 가늘게 뜨며 대책을 생각하는 것 같다.

"아냐, 이 수리 팀만 조용히 제거할 수 있으면 여기 남아 있는 시설에 마음대로 들어갈 수 있을 거야. 거기서 네트워크에 접속하고……."

"그래서 얻는 게 뭔데?"

"우리 종족이 네 함을 열어볼 수 있는 것과 같지. 그들의 작전과 기밀을 볼 수 있잖아."

"한발 앞설 수 있겠네."

"하여간 빨리 들어가야 해. 수리 팀이 파기하기로 결정한 물건도 우리에겐 쓸모 있을 수 있으니까."

"좋아. 그럼 저기 비밀 입구가 있다고?"

모가도어 팀들이 다시 집 안으로 들어간다.

"지금으로선 그냥 공격하는 수밖에 없을 것 같아. 그래도 되겠어?"

애덤이 나를 보며 묻고, 나는 대답한다.

"당연하지!"

원래는 키메라 네트워크를 이용해 한동안 지켜보면서 어떻게 공격하면 좋을지 계획을 짜기로 했다. 하지만 이렇게 와보니 싸우고 싶어서 몸이 근질거린다. 나인의 집을 파괴하고, 엘라까지 빼앗긴 데다, 가드 한 명을 잃은 복수를 하고 싶다. 그냥 쳐들어가자고 해도 좋았다.

맬컴 아저씨가 의자 밑에서 상자 하나를 꺼내 애덤에게 이어폰 두 개를 준다. 샘과 맬컴 아저씨가 쓰는 무전기에 연결돼 있다. 나와 애덤이 귀에 꽂는다.

"지역 경찰은 걱정 안 해도 되나? 대낮에 총성이라도 터지면 듣는 사람이 생길 텐데."

맬컴 아저씨가 묻자 애덤이 고개를 젓는다.

"완전히 매수돼서 신경 안 쓸 거예요."

그러고는 나에게 말한다.

"하지만 빨리 해야 돼. 본부에 도움을 청하기 전에 죽여야 하니까. 저들 몰래 내가 살던 집에 들어갈 수 있으면 내가 통신을 두절시킬 수 있을 거야."

"내가 빨리 해치울 수 있어."

나는 발목에 로리언의 단검을 차고 바지를 내린다. 그리고 팔목에 붉은 팔찌를 끼운다. 가운데에 박힌, 방패를 만드는 호박색 보석이 한낮의 태양빛에 반짝인다. 팔찌를 차는 즉시 찌르는 듯한 감각이 전해지며, 옆에 모가도어 인이 있다고 경고한다. 애덤 덕분에 나의 위험 감지 장치에 상당한 혼란이 예상된다.

"준비됐어?"

애덤은 몸통에 총집을 둘러 소음기를 단 권총을 양쪽 겨드랑이에 꽂고 고개를 끄덕인다.

그때 샘이 외친다.

"워, 잠깐. 이놈 좀 봐."

다시 랩톱 컴퓨터를 보니, 수리 팀이 일하고 있던 집에서 또 다른 모가도어 인이 나온다. 키가 크고 떡 벌어진 몸집에 권위가 배어 있다. 다른 놈들과 달리 등을 가로지른 거대한 검을 메고 있다. 엔지니어에게 뭐라고 명령을 뱉고, 다시 집으로 들어간다. 애덤을 흘깃 보니 얼굴이 더욱 창백해졌다.

"뭐야?"

"아무것도 아냐."

대답이 너무 빠르다.

"잘 지켜봐야 해. 진본 장군이야. 세트라쿠스 라의 측근 가운데 하나지."

그러더니 잠시 망설이다가 말한다.

"전에 가드를 죽인 자야."

손으로 열기가 밀려나오는 것이 느껴진다. 좀 전까지는 싸울 준비가 안 되어 있었을지 몰라도, 이제는 분명 준비가 되었다.

"놈은 죽은 목숨이야."

내가 말하자, 애덤은 그저 고개를 끄덕이며 문을 열고 나간다. 나는 샘과 맬컴을 본다.

"우리가 걸어 들어가서 경비들을 처치할게. 그리고 나면 너랑 아저씨랑 차를 몰고 들어와서 뒤를 봐줘."

샘이 대답한다.

"알았어, 알았어. 화면 보고 있다가 문제가 생기면 귀가 멍멍하게 해줄게."

맬컴 아저씨는 벌써 저격 총을 꺼내고 있다. 아칸소에서도 저걸로 내 목숨을 구해주었다. 내 뒤를 지켜줄 사람들은 구드 부자밖에 없다.

"조심해라. 둘 다."

아저씨가 목소리를 올려 애덤도 들을 수 있게 외친다. 샘과 나는 손바닥을 마주친다.

"본때를 보여줘."

나도 나간다. 모가도어의 본거지를 향해 자갈길을 뛰어가자, 애덤이 옆으로 따라온다.

"존, 네가 알아야 할 게 또 있어."

그렇겠지. 이 남자에 대한 적개심을 슬슬 풀고 있었는데, 막 함께 싸우려는 순간 뭔가 내놓으려 한다.

"그 장군이 내 아버지야."

08
모가도어 장군과 맞싸우다

나는 멈춰 설 뻔한다. 하지만 애덤은 전혀 속도를 늦추지 않는다. 그래서 계속 뛰어가며 묻는다.

"혹시 농담이야?"

"아니. 사이가 좋진 않았어."

"그렇다고 너……."

대체 어떻게 말을 해야 할지 모르겠다.

"너 정말로……."

"싸울 수 있냐고? 죽일 수 있냐고? 그래. 조금도 망설여선 안 돼. 왜냐하면 그도 우리에게 그렇게 할 테니까."

"친아버지를? 아무리 모가도어 인이라고 해도 너무한 거 아니야?"

"지금 이 상황에선, 싸움에서 그를 이기는 게 그나마 그가 나를 조금이라도 자랑스러워할 유일한 길이야. 사실 별로 상관없지만."

애덤의 말엔 힘이 없다. 나는 고개를 절레절레 젓는다.

"너희는 정말 이해가 안 간다."

우리는 말없이 애시우드 입구가 보이는 곳까지 뛰어간다. 모가도어 경비병이 우리를 보고 손으로 차양을 드리워 눈 위에 그늘을 만든다. 우리는 속도를 유지하며 굳이 모습을 감추려 하지 않는다. 그냥 조깅하는 남자애들로 보일 거다. 아직은 애덤의 총을 눈치채지 못했을 테니까. 이제 50미터 앞까지 왔다.

"좀 더 가까이 갈 때까지 기다려."

내가 이를 악물고 잇새로 말하자, 애덤이 끄덕인다.

30미터 앞에서 모가도어 인이 고개를 돌려 초소의 두 명에게 뭐라고 말한다. 누가 오고 있다고 경고했겠지. 그들이 일어서서 우리를 내다보는 게 보인다. 서 있던 놈이 조금 물러나며 코트 속에 손을 넣으려 한다. 하지만 아직은 망설이고 있다. 너무 과민한가 생각했을 것이다. 정말 우리가 올 줄 생각도 못했던 것이다.

20미터 앞에서 나는 손에 루멘 불꽃을 피워올린다. 옆의 애덤은 총을 둘 다 꺼내 조준한다.

제일 앞의 모가도어 인이 광선총을 꺼내려 하지만 너무 늦었다. 애덤이 소음기를 단 쌍권총으로 두 발을 발사하고, 가슴에 맞은 모가도어 인이 비틀거리다가 푹 터져 재가 된다.

나는 초소에 불을 쏘아 보내고, 안의 두 놈은 빠져나오려 하지만 역시 너무 늦었다. 불덩이가 창문을 박살내며 사방으로 유리가 튀고 한 놈이 불길에 휩싸인다. 다른 한 놈은 간신히 밖으로 나오지만 등에 불이 붙었다. 그놈이 애시우드 입구의 문 앞으로 나오자, 내가 염력으로 문짝을 떼다가 뭉개버린다.

"소리가 들렸을까?"

내가 애덤에게 물으며 입구로 들어간다.

"그렇게 조용한 입장은 아니었지."

애덤이 주변을 둘러보며 대답한다. 샘의 목소리가 귀에서 지글거린다.

"네 명이 그쪽으로 간다. 광선총도 들고."

진입로는 언덕을 올라가 약간 구부러진 다음 주택가에 도달한다. 가는 길엔 몸을 숨길 곳이 없다.

"내 뒤로 가."

내가 애덤에게 말한다.

그때 모가도어 인들이 길을 돌아 모습을 드러낸다. 아무 질문도 없이 일제히 광선을 뿜어댄다. 나의 방패가 펼쳐지고 애덤이 내 뒤로 숨는다. 방패는 낙하산처럼 터지며 진홍빛 물결이 구불거리듯 광선들을 흡수한다.

애덤이 내 셔츠를 잡고 외친다.

"앞으로 가."

내가 방패를 밀고 나간다. 팔찌는 끊임없이 징징거리며 팔목에 아프다 못해 얼얼한 통증을 선사한다. 애덤은 조심스레 내 발걸음을 따라오며 슬쩍 고개를 내밀어 한번에 두 명을 쓰러뜨린다. 소용이 없다는 걸 깨닫고 다른 둘이 후퇴하려 한다. 내가 방패를 내리고 불덩이를 쏘아 보내자, 둘 사이에서 폭발하며 둘 다 쓰러진다. 애덤이 총으로 명중시켜 처리한다. 위험이 없어지자 방패가 저절로 줄어든다.

"잘하네."

내가 칭찬하자 애덤이 대답한다.

"이제 시작이야."

진입로를 뛰어올라가자 드디어 애시우드 단지의 훌륭한 주택들이 눈에 들어온다. 밖에는 아무도 없고, 창문도 모두 컴컴하다. 마치 유령 마을 같다. 오른쪽으로 애덤의 옛날 집이 보인다. 몇 집 건너 집이 쓰레기차가 있고 엔지니어가 하이테크 의자를 검사하던 곳이다. 수리 팀과 엔지니어, 장군은 보이지 않는다.

"뒷마당에서 나가고 있어!"

샘이 소리친다.

애덤과 내가 휙 돌아보자, 마침 모가도어 전사들이 두 집 사이에서 몰래 나오고 있다. 우리에게 키메라 정찰병들이 없었더라면 당할 뻔했다. 놈들이 광선총을 들어올리는 순간, 애덤이 발을 굴러 지면으로 충격파를 일으켜 보낸다. 아스팔트와 잔디밭이 출렁이며 일어난다. 제일 앞의 놈은 확 넘어지고, 다른 놈들은 비틀거리다가 그중 하나가 실수로 동료의 등에 광선총을 쏘아버린다.

"내가 처리할게! 넌 가서 다른 놈들이 지원 요청 못하게 해!"

내가 외친다.

애덤이 고개를 끄덕이고, 잔디밭을 가로질러 옛날 집으로 뛰어간다. 그런데 비틀거리고 있는 모가도어 인들 옆으로, 집 밖에 설치된 금속 탱크가 보인다. 청각에 집중을 해보니 희미하게 가스가 새나오는 소리가 들린다. 운 좋게도 가스관이다.

나는 모가도어 놈들이 정신을 차리기 전에 불덩이를 쏘아 보낸다. 불덩이는 앞쪽 모가도어 놈을 스치며 날아간다. 순간 그놈이 비웃은 것 같다. 내가 빗맞힌 줄 알았겠지만, 바로 가스탱크가 폭발하며 놈들을 불덩이로 만들어버린다. 양옆의 집 두 채에서 창문들이 폭발하며 안쪽으로 깨졌다. 잔디밭도 타버리고 커다란 검은 원이 그려진다. 잠시 멈춰 그 꼴을 감상한다. 이곳을 파괴하는 기분이, 모가도어 인들이 만들어낸 것들을 부숴버리는 기분이 상쾌할 정도다. 평범한 삶을 살아보려던 우리의 노력을 그들이 얼마나 짓밟아왔던가.

"우와, 야, 여기서도 통쾌하다."

샘이 말한다. 나는 바지 뒷주머니에서 무전기를 꺼낸다.

"주변은 어때?"

"아무도 없어. 놈들이 더 있을 줄 알았는데, 이상하네."

"지하에 있을 수도 있지."

나는 애덤이 들어간 집으로 향하며 빈 창문들을 경계한다. 하지만 너무 인기척이 없다.

샘이 말한다.

"덩치 큰 장군 놈이 안 보여."

내가 애덤의 집을 향해 잔디밭을 뛰어가는데, 전면 창문이 깨지면서 애덤의 몸이 날아온다. 그의 다리가 테라스 난간을 부수고 한 바퀴 굴러 헝겊 인형처럼 앞마당으로 떨어진다. 내가 달려가자, 비틀거리며 일어나려 애쓴다.

"무슨 일이야?"

내가 옆으로 뛰어가서 묻는다.

"아버지가…… 기분이 별로인가봐."

애덤이 신음하며 나를 올려다보는데, 뺨에 커다란 유리 조각이 박혀 검은 피가 목으로 흘러내린다. 애덤이 유리를 확 빼더니 던져버린다.

"일어날 수 있겠어?"

내가 부축하며 묻지만, 미처 대답을 듣기도 전에 커다란 목소리가 울린다.

"넘버 포!"

장군이 성큼성큼 현관으로 나와 잔디밭 중간의 우리를 내려다본다. 거대한 몸집에 근육질이다. 창백한 두개골엔 세트라쿠스 라 말고는 그 어떤 모가도어 인보다도 화려한 문신이 아로새겨졌다. 그 뒤에도 모가도어 인들이 보이지만, 몇 명인지는 알 수 없다. 그들은 집 밖으로 나오지 않고, 장군 혼자 나를 상대하려는 것 같다.

나는 일어서며 손에서 불길을 일으킨다. 손바닥 위로 불덩이가 떠 있다.

"내가 누군지 안다는 거지?"

"정말이지, 진작 만나고 싶었다."

"흠, 내가 누군지 알면 날 이길 수 없다는 것도 알 텐데."

나는 목을 쭉 빼고 장군 뒤쪽을 기웃거린다.

"너희도 마찬가지고."

놈은 싱긋 웃는다.

"그런 허세, 아주 좋아. 신선하군. 예전에 마지막으로 만난 로리언 인은 도망가길래 뒤에서 찔러야 했거든."

이만하면 대화는 충분했다. 나는 불덩이를 던져 보낸다. 놈은 날아오는 불덩이를 보며 몸을 숙이더니 놀랄 만큼 유연한 동작으로 칼집에서 검을 뽑는다. 불덩이를 향해 빛나는 모가도어의 검을 휘두르자 내 공격이 흡수돼버린다.

예감이 좋지 않다.

놈이 머리 위로 검을 들어올리고 뛰어올라 나를 향해 가차 없이 그어내린다. 지금까지 본 그 어떤 놈들보다도 빠르다. 나의 방패가 간신히 펼쳐져 커다란 쨍 소리와 함께 검을 막아내지만, 그 기세에 나는 넘어지고 만다.

"존!"

애덤이 외치지만, 바로 옆에 착지한 장군이 아들의 얼굴을 힘껏 걷어찬다. 애덤이 비명과 함께 나가떨어진다.

"실망시키지 않는 법이 없구나. 가만히라도 있으면 불쌍히 여겨줄까 했더니."

장군이 낮은 목소리로 그렁거려 잘 들리진 않는다.

나는 재빨리 일어나 또 다른 불덩이를 만들어낸다. 장군이 나에게 검을 겨누자, 갑자기 바람이 밀려드는 것처럼 검이 주변의 에너지를 빨아들이는 것 같다. 나의 불덩이가 흐트러지며 줄어든다. 아무리 애를 써도 불덩이를 크게 만드는 게 힘들다. 한편, 그 주변의 잔디가 녹색에서 갈색으로 변한다. 검이 생명력을 고갈시키는 것이다. 파라다이스 고교 옆의 숲에서 싸울 때 처음 본 무기다.

"저것에 맞으면 안 돼!"

애덤이 피를 뱉으며 경고한다.

하지만 너무 늦었다. 단도 모양의 에너지 전류가 검에서 떨어져 나와 나를 향해 소리를 지르며 날아온다. 검은색이다. 아니, 그 어떤 색도 결여된 것 같다. 그것이 가르는 공기마저도 질감이 바뀌며 생명과 산소를 빨아들이는 작은 블랙홀 같다.

미처 피할 새가 없었다. 나의 방패가 펴졌지만, 단도에 맞는 즉시 까맣게 얼어붙어 파직거리더니 재로 변한 모가도어 인들처럼 부서져내린다. 그리고 녹 같은 검은 줄이 팔찌에까지 퍼진다. 내가 서둘러 벗겨내자, 땅에 떨어져 두 쪽으로 갈라진다.

장군이 다시 웃으며 묻는다.

"이제 도망갈래?"

09

애덤, 아버지를 죽이다

집 안에 숨어 있던 모가도어 인들이 웃기 시작한다. 하나씩 현관 밖으로 나선다. 자기들의 위대한 장군이 가드를 처리하는 모습을 가까이에서 보고 싶어 안달이 났다. 스무 명도 넘는 것 같다. 수리 팀에다 전사 몇 명, 수색자도 몇 명 있다. 모두 대량 태생이다. 우리가 이런 놈들을 공격하러 온 건 아니었지만, 이제는 상관없다. 이곳 애시우드 단지에 진본 모가도어 인은 두 명뿐이다. 그중 하나는 애덤이고, 그는 지금 얼굴에서 검은 피를 흘리며 잔디밭에 널브러져 있다.

다른 한 명은 나를 향해 달려든다. 내 목을 겨냥하고 덮치는 검을 보며, 우리가 너무 무리한 일을 벌였나 하는 생각이 스친다. 모가도어 놈들의 마을 전체를 애덤과 둘이서 상대하려 했다니.

하지만 우린 둘만이 아니라는 생각이 떠오른다.

빽, 날카로운 울음소리와 함께 송골매 모양의 '먼지'가 장군에게 달려든다. 매의 발톱이 장군의 얼굴을 깊이 파고든다. 거대한 모가도어 인이 신음을 지르며 먼지를 손등으로 쳐낸다.

그거면 충분했다. 나는 재빨리 또 다른 불덩이를 만들어 던진다. 이번엔 미처 막아내지 못하고 가슴에 정통으로 맞는다. 적어도 넘어지긴 할 줄 알았는데, 그저 몇 걸음 비틀거리며 물러날 뿐이다. 제복 앞부분은 타버려 흑요석 같은 재질의 모가도어의 방호복이 드러난다.

한 대 맞은 '먼지'가 퍼덕이다 근처에 내려앉자, 장군이 검을 내려친다. 하지만 '먼지'는 간신히 뱀으로 변해 풀숲 사이로 피한다. 얼굴에 발톱 자국이 난 장군이 나를 휙 돌아보며 소리친다.

"비겁하게 애완동물 뒤에 숨어? 명예롭게 싸워라, 애송이. 속임수 쓰지 말고."

사방에서 새들이 몰려오는 소리를 들으며, 나는 손을 들어올린다.

"잠깐만, 한 번만 더 쏠게."

그때 하늘에서 코뿔소가 떨어진다. 어느 녀석이었는지는 잘 모르겠는데, 순수한 울새 모양으로 날아온 키메라가 500킬로그램은 나가는 코뿔소가 되어 모가도어 인들 위로 쾅 떨어진 것이다. 현관으로 나왔던 모가도어 몇 명이 깔리며 나뭇조각이 사방으로 튀고 작은 구덩이가 생겼다. 그리고 나서 날뛰기 시작한 코뿔소에 다른 모가도어 하나도 곤죽이 되고, 다른 모가도어 인들도 웃음을 거두고 광선총을 쏘며 마당으로 뛰어나온다. 장군에게서 지켜보기만 하라는 지시를 받았던 품위 있는 처형식이 작은 키메라들의 군대 때문에 엉망이 됐다.

대혼란이 벌어진다. 사방에서 새들이 곰, 표범 같은 무서운 야수로 변해 모가도어 인들에게 달려든다. 하나는 코모도드래곤인가 싶은 커다란 도마뱀이 되었다. 모가도어 인들이 미친듯이 쏴대는 광선총에 맞은 아이들도 보인다. 오래 버티지는 못할 거다. 그래도 놀라게는 한 것 같다.

"이번엔 네가 도망갈 차례네."

내가 장군을 향해 소리치지만, 솔직히 어떻게 해야 할지 모르겠다. 어쨌거나 애덤의 아버지다. 애덤이 봐주면 절대 안 된다고 하긴 했지만, 아무리 모가도어 인이라고 해도 아들 앞에서 아버지를 죽이는 건 잘못된 일 같다. 애덤이 어떻게 할지 쳐다보지만, 아직도 잔디밭에서 몸을 일으키지 못하고 있다. 역시 다친 먼지가 그 옆에서 늑대 모습을 하고 얼굴을 핥고 있다.

"내 이름은 이미 가드를 죽인 자로 역사에 기록돼 있어! 오늘이 내가 죽는 날이라 해도, 너는 데리고 가야겠다."

자기 주변에서 죽어나가는 부하들은 신경도 쓰지 않는 것 같다.

장군이 내 몸통에 검을 겨누고 달려든다. 나는 팔을 치켜들며 방패로 막아보려다가 순간적으로 팔목에 아무것도 없다는 것을, 방패가 파괴되었다는 것을 깨닫는다. 팔찌만 믿다가 검에 잘릴 뻔했다. 순간적으로 몸을 돌려 피하다가 등 쪽의 셔츠가 찢어진다.

검은 피했을지 몰라도 팔꿈치 공격은 피하지 못한다. 장군이 관성을 이용해 그대로 팔을 휘둘러 나의 관자놀이를 정통으로 때린다. 온몸을 모가도어의 방호복으로 감쌌나보다. 팔꿈치가 아니라 망치에 맞은 것 같다. 눈에서 불꽃이 튀며 비틀거리는데, 다시 검이 날아와 간신히 염력으로 밀쳐낸다.

놈은 뒤꿈치로 잔디를 파고들어 버티며 다시 달려드는 대신, 검 끝에서 작은 소용돌이를 만들어낸다. 나는 방패도, 엄폐물도 없이 노출되었다. 그 생명을 빨아들이는 에너지에 다시 맞서서는 안 된다. 나는 옆으로 몸을 피하려 한다.

하지만 검에서 단도가 발사되기 전에 장군의 오른쪽 손이 폭발해버린다. 그는 비명을 지르며 검을 떨어뜨리고는 손을 들어보니 동전만한 구멍이 뚫렸다.

"아빠가 인사는 생략하겠대."

샘이 냅다 외치는 소리가 들려온다.

돌아보니 승합차가 진입로로 들어와 있고, 맬컴 아저씨가 조수석 문 뒤에서 저격 총을 들고 있다.

"침입자들."

장군이 으르렁거리더니, 맬컴 아저씨가 또 총을 쏘기 전에 몸을 쓰레기차 뒤로 날린다. 그 몸집에, 그렇게 방호복을 두르고 믿을 수 없을 만큼 빠르다.

뭐, 도망가는 모습이 보기 좋긴 하다. 그 뒤를 쫓으며, 놈이 어떻게 가드들을 쫓아가 죽였을지 생각하니 가슴에서 불이 일어나는 듯하다. 언뜻 모가도어 전사 하나가 나를 향해 광선총을 겨누는 것이 보인다. 검은 표범 모양의 키메라가 놈에게 뛰어들어 광선총이 잘못 발사되고, 닥터 아누의 의자라는 기계가 불에 탄다. 저 모가도어 기술이 필요하다는 건 알지만, 지금은 신경 쓸 겨를이 없다. 가드를, 어린아이를 죽였다는 걸 너무나 자랑스러워하는 말을 듣고 나니 눈이 뒤집힌다.

그 소중한 개인사의 마지막 장을 바로 지금 내가 쓸 것이다. 내가 쓰레기차 뒤로 쫓아가자, 농구장까지 달려간 장군이 멈춰서 손짓한다. 나는 달려들며, 놈이 뭔가 함정을 준비해놓았을 거라는 생각은 무시한다. 걱정은 되지만, 그렇다고 멈추지는 않을 것이다.

장군이 모가도어 말을 외친다. 명령어 같다. 그러자 발아래 아스팔트가 진동하며 정전기 같은 것이 솟아나 반구형 막이 형성된다. 나와 장군은 그 안에 갇힌다. 갑자기 사방이 조용해진다. 모가도어 인들을 공격하던 키메라들의 소리도, 광선총 소리도 들리지 않는다.

나는 벽에서 물러난다. 웨스트버지니아의 기지에서 겪었던 자기장의 파직거림이 느껴진다. 거기 뛰어들었다가 회복하는 데 며칠 걸렸던 게 기억난다. 가까이 가면 안 된다.

그런 생각을 하는 동안, 호랑이 모양을 한 의욕 과다의 키메라가 장군을 덮치려 뛰어들다가 푸른 자기장 막에 튕겨 나간다. 감전된 키메라는 바닥에 쓰러져 경련을 일으키고 있다. 꼼짝도 못하는 것 같아 걱정된다.

"이 안에서 파이켄들끼리 싸움을 시키곤 했지."

장군이 손을 휘저으며 싱글거린다.

"대량 태생들에게 주는 오락이었어. 오늘의 대결을 좀 더 많이 지켜보지 못하다니 안타깝군."

"나랑 단둘이 있고 싶었던 거야?"

내가 자기장에 닿지 않으려 조심하며 빈정거린다.

"난 널 평화롭게 죽여주고 싶다. 많은 친구들이 무기력하게 지켜보는 가운데."

"행운을 빌어."

나는 더 이상 주저하지 않고 달려들며 불덩이를 날리지만, 놈은 족족 흡수해버린다. 제복은 다 타버렸지만 그 아래 방호복에는 소용이 없는 것 같다. 조금도 아프지 않은 표정으로, 그 역시 나를 향해 달려든다. 그냥 몸을 부딪치려는 것 같다.

방호복만도 100킬로그램은 나갈 테지만, 그쯤이야.

부딪친 충격에 나는 잠시 숨이 막히지만, 그럭저럭 버틴다. 여전히 루멘 불꽃이 타오르는 손으로 장군의 뺨을 밀친다. 그는 신음을 내지르지만, 창백한 피부가 치익, 하며 타들어가는데도 내 목을 조르는 손을 놓지 않는다. 손이 너무 커서 목 뒤에서 맞잡힐 정도다.

목이 졸리자, 눈앞에 검은 점들이 어른거리며 숨을 쉴 수가 없다. 얼굴을 태우지 않는 손으로 놈의 손가락을 잡아떼려 노력한다. 조금만 더 힘이 들어오면 목이 찌그러질 것 같다.

목이 졸려 집중이 힘들지만, 그럭저럭 루멘 불꽃을 더욱 키우는 동시에 염력을 사용해 발목의 단도를 꺼낸다. 남는 손이 없으니 염력을 최대한 그러모아 단도로 그의 심장을 찌르려 한다.

단도가 방호복을 뚫지 못한다. 다시 찌르려는데 놈의 손아귀 힘이 더욱 강해져 염력을 놓치고 정신이 혼미해진다. 남은 힘으로는 놈의 뺨을 태우는 루멘 불꽃만 지키고 있다.

"누가 먼저 죽을 것 같으냐, 애송이?"

자기 살이 타들어가 벌어진 입으로 연기를 뿜으면서도 놈이 빈정거린다. 나는 뒷걸음을 치며 도망쳐보지만, 놈이 몸무게를 모두 실어 나를 무릎 꿇린다.

갑자기 모가도어의 검이 내 얼굴 앞으로 불쑥 나온다. 나는 흠칫 놀라지만 머리를 움직일 수가 없다. 빛나는 칼끝이 코앞에서 멈췄다. 장군의 손이 풀어지다가 툭 떨어진다. 나도 옆으로 쓰러져 헐떡거리며 무슨 일인지 알아보려 애쓴다.

"뒤를 노려라. 당신이 가르쳐준 거 아닌가요, 아버지?"

애덤이 양손으로 아버지의 대검을 잡고 있다. 벅차 보인다. 그리고 아버지의 등에서 칼날을 빼낸다. 몸통 정중앙에 찔러넣었던 것이다. 빛나는 검이 모가도어의 방호복을 은박지마냥 뚫어버렸다. 나는 목숨이 경각에 달린 상황이라 자기장이 사라진 것도 알아채지 못했다. 다행히 장군도 마찬가지였다. 그가 멍하니 애덤을 노려본다. 자신의 실수를 깨달은 것이다. 모든 모가도어 인이 자기장을 해제시키는 명령어를 알고 있고, 그중 하나는 그의 편이 아니었다.

장군이 가슴의 상처를 더듬기에 괜찮은 건가 싶다. 하지만 바로 비틀거리며 애덤을 향해 손을 휘젓는다. 안아주려는 건지, 목을 조르려는 건지 알 수가 없다.

애덤이 초연한 표정으로 물러선다. 장군은 앞으로 쓰러진다. 농구장 밖에서도 싸움은 끝났다. 모가도어 인은 모두 죽었다. 애덤의 집 앞마당에서 샘이 상처 입은 키메라들을 돌보고 있다. 맬컴 아저씨는 농구장 가장자리에서 걱정스러운 표정으로 지켜보고 있다. 나는 몸을 일으켜 애덤 옆으로 간다.

"괜찮……?"

내 목소리는 완전히 쉬어 있다. 애덤이 손을 들어 내 말을 막는다.

"이걸 봐."

감정 없는 목소리다.

우리 발치에서 장군의 몸이 분해되기 시작한다. 다른 대량 태생 요원들이나 전사들처럼 빠른 속도가 아니다. 천천히 허물어지며 어떤 부분은 다른 부분보다 빠르게 사라진다. 어떤 곳에서는 살은 다 녹고 뼈만 남아, 몸통 옆 땅 위에 팔꿈치 뼈가 불쑥 솟아 있다. 두개골은 반쯤 분해된 채 몸통에 붙어 있다.

"세트라쿠스 라가 어디를 강화시켰는지 알 수 있지."

마치 해부학 교수 같은 말투다.

"상처를 치료하고, 질병을 고치고, 힘과 속도를 강화시키고. 불멸을 약속했지만, 자연스럽지 않은 부분들은 분해돼버려. 대량 태생들처럼. 남은 것들이 진본이야. 진짜 육체지."

"지금 이럴 필요는 없어."

나는 여전히 숨을 헐떡이느라 그렇게만 말한다. 정보를 얻는 건 좋지만, 지금 애덤의 아빠가 발치에 죽어 누워 있는데 모가도어 생명공학 강의를 듣고 있을 순 없다.

"그들은 갈 때까지 갔기에 깨닫질 못해. 하지만 이게 세트라쿠스 라가 나의 종족에게 선물한 운명이야. 재와 부품들."

애덤이 말하며 아버지의 유해를 응시한다.

"위대한 지도자가 아버지의 몸과 정신에 독을 주입하지 않았더라도 얼마나 더 많은 게 남아 있었을까 싶어."

애덤이 검을 버리자, 텅 하고 바닥에 떨어진다. 나는 그의 어깨에 손을 올린다. 지난 며칠간 느꼈던 거부감은 잊어버렸다. 그는 방금 내 목숨을 구하려고 아버지를 죽였다.

"애덤, 그만해."

나는 입을 열지만 이 당혹스러운 상황에 뭐라 말을 해야 할지 모르겠다.

"증오스러워."

애덤이 나를 보지 않고 대꾸한다. 한때 장군이었던 타버린 제복, 잿더미, 몇 조각의 뼈를 노려본다.

"하지만 내 아버지였어. 다른 결말이었다면 좋았을 텐데. 우리 모두를 위해서."

나는 쭈그리고 앉아 장군의 유해 가운데서 등에 메고 있던 단순한 검은 가죽 칼집을 조심스레 꺼낸다. 조금 그을긴 했지만 아직 멀쩡했다. 나는 애덤이 떨어뜨린 검을 주워 칼집에 넣은 후, 그에게 내민다.

"필요 없어."

애덤은 혐오스러워하는 표정으로 노려보며 거부한다.

"다른 결말이었을 수도 있었어. 네 아버지와는 전혀 다른 방향으로 사용해봐. 이 전쟁에서 우리가 이기도록 도와줘. 두 종족의 운명을 바꾸자."

애덤이 잠시 망설이더니 검을 받는다. 양손으로 들고 내려다본다. 한참 고민하다가 칼집을 어깨에 두른다. 무게 때문에 조금 끙끙거리더니 어깨를 편다.

"고마워, 존. 이 검은 다시는 로리언 인들을 해치는 데 사용되지 않을 거야."

샘이 우리에게 걸어온다.

"너희, 괜찮아?"

애덤이 끄덕인다.

나는 목을 더듬는다. 졸렸던 자국이 벌써 부풀어올랐다.

"응, 괜찮아."

그러고서 애덤에게 묻는다.

"그런데 이제 다 끝난 거야? 아니면 또 군대가 올까?"

애덤이 고개를 젓는다.

"내가 통신을 막고 나서, 아버…… 장군에게 들켰어. 군대는 더 안 올 거야."

샘이 텅 빈 주택의 창문들을 기웃거리며 대꾸한다.

"잘됐네. 그럼 우리가 모가도어 기지 하나를 접수한 거야?"

성취감을 즐겨보기도 전에 애덤의 얼굴에 어두운 표정이 드리워진다. 더 이상 아버지 쪽은 쳐다보지 않고 지평선으로 시선을 돌리며, 뭔가 안 좋은 것이 당장이라도 나타나지 않을까 걱정하는 것 같다.

"왜 그래?"

"할 말이 또 있어. 통신을 막기 전에 군대의 움직임에 대해 몇 마디 들었는데, 웨스트버지니아 요새로 진본들을 대량 이동시켰어. 전사 부대도 인구집중지역으로 재배치했고."

"워, 워. 그게 무슨 소리야?"

"침공이 시작됐어."

10
독방에서의 몸부림

세트라쿠스 라는 아랫것들을 시켜 창문도 없는 추운 방에 나를 넣어두었다. 더 이상 불쾌한 식사를 하며 입 발린 대화를 나누는 일은 없을 것이다. 방이 너무 작아서 한가운데 서서 팔을 뻗어도 벽에 손끝이 닿을 것 같다. 천장에 조그만 반구형 돌출부가 있는데, 카메라가 분명하다. 한쪽 벽에는 조그만 금속 책상과 의자가 있는데, 불편을 극대화시키도록 설계된 듯하다. 책상 위에는 『모가도어의 위대한 확장』이 놓여 있다.

여기 앉아서 할아버지의 걸작을 공부하라는 거다. 세 장을 읽으면서 각각 최소한 20분을 들여 깊이 생각해보란다.

사양한다.

첫날 모가도어 부인을 가격하는 데 사용했던 책인지는 모르겠다. 아누비스호 여기저기에 많이도 굴러다니니까. 읽을 거라곤 이

것밖에 없는 것 같다. 어쨌거나 내가 무기로 써먹지 못하게 놈들이 책상에 묶어두었다.

나는 책상 반대편 벽에 기대고는 모가도어 인들의 인내심이 떨어지길 기다린다. 발목에 새로 새겨진 모가도어의 마력이 간질간질하지만 꾹 참는다. 분명 계속 지켜보고 있을 텐데, 불편해하는 모습을 보여주기 싫다.

세트라쿠스 라와 연결된 것에 얼마나 끔찍해하는지도 알려주고 싶지 않다. 모가도어 인들은 로리언 인들을 싫어하지만, 한때 로리언 인이었던 그들의 경애하는 지도자를 기쁘게 만들고 싶어 기를 쓴다. 저녁을 먹으면서 들은 얘기로 볼 때, 세트라쿠스 라는 한 원로의 강력한 레거시와 모가도어의 기술적 발전을 이용해 자신을 기형적인 혼종으로 변화시켰다. 어디까지가 진실이고 어디까지가 지어낸 말인지 알 순 없지만, 어쨌든 그는 수 세기 동안 모가도어 인들이 자신을 구세주로 여기도록 만들어왔다. 신과 같은 존재로 말이다. 그가 어디 출신인지는 더 이상 상관없다. 그리고 몇몇 병사에게서 삐딱한 시선을 발견하긴 했지만, 대부분의 아누비스호 승선자에게 나는 세트라쿠스 라와 같은 수준이다.

나는 스스로 신이라 주장하는 남자의 손녀이고, 그것으로 지금까지는 안전이 유지되고 있다. 혈연만으로는 부족했는지, 이제는 로리언의 마력까지 사용해 우리를 묶어놓았다. 모든 가드들이 같은 방식으로 연결된 것을 알았을 때, 한때 같은 힘에 의해 보호받았던 것을 알았을 때, 외톨이가 된 기분이었다. 나도 그들 중 하나가 되고 싶었다. 그랬더니 이제 발목 둘레에 두 줄의 두툼한 상처가 비뚤비뚤 새겨졌다.

소원을 빌 땐 조심했어야지, 엘라.

이 마력이 뭘 하는 건지 다치지 않고 알아내는 방법이 없을까 머리를 굴리고 있는데, 시끄러운 소리가 울리기 시작한다. 화재경보기랑 거의 똑같다. 처음에는 귀가 쨍 울리더니 몇 초 후엔 확 커져서 아무 생각도 할 수 없을 지경이다. 귀를 막아보지만 소리만 더 커진다. 사방에서 동시에 벽을 뚫고 나오는 소리 같다.

"소리 좀 꺼!"

나를 지켜보고 있을 게 분명한 모가도어 인들에게 고함친다. 응답이라도 하듯 음량이 더 커진다. 머리가 둘로 쪼개질 것 같다.

나는 비틀거리며 벽에서 몸을 일으킨다. 그러자 즉시 음량이 줄어들며 귀가 먹먹한 꽝꽝 소리에서 날카로운 삑삑 소리로 낮아진다.

책상을 향해 한 걸음 더 가까이 가자 또 한 단계 낮아진다. 알아들었다. 결국 책을 펴자, 소음은 신경 쓰이는 잉잉 소리 정도로 줄어든다.

세트라쿠스 라가 나를 이렇게 교육시키려나보군. 그의 모가도어 백과사전 속에서만 평화를 찾을 수 있게 만드는 것이다. 어쩌면 이걸 최대한 활용해야 할지도 모르겠다. 이 고통스러울 정도로 지루한 책에서 내가 역으로 활용할 정보를 찾을 가능성도 있다. 조금 훑어본다고 해서 해가 되진 않겠지. 내가 이 거짓말들을 조금이라도 믿을 가능성은 없으니까.

　내가 첫 번째 페이지를 읽기 시작하자 경보기 소리는 완전히 끊긴다. 화가 나긴 해도 안도의 한숨이 나오는 것은 어쩔 수 없다.

　　한 종족이 자신의 생물학적 운명을 책임지고 나아가는 것보다 더 큰 성취는 없다. 그래서 모가도어 종족이 우주를 통틀어 가장 높은 수준의 생명체로 간주되는 것이다.

　윽, 이런 식으로 500페이지가 계속되는 건가? 모가도어 인들이 전부 이걸 꼭 읽어야 한다고? 아무래도 쓸모 있는 정보는 찾아내지 못할 것 같다.
　나의 시선이 책에서 떠나자마자 저 사악한 잉잉 소리가 다시 살아난다. 아까보다 강도가 세졌다. 나는 이를 악물고 다시 책을 본다. 몇 문장 더 훑어 내려가다가, 뭔가 속에서 울컥 솟는다.
　나는 첫 30쪽 정도를 움켜쥐고 책에서 찢어낸다. 경보기 소리가 귀청을 뚫을 듯 터진다. 눈물까지 나지만, 나는 멈추지 않는다. 찢어낸 종이들을 모가도어 인들에게 잘 보이도록 쳐들고 다시 반으로 가른다. 그걸 또 네 조각으로, 점점 더 작게 잘라서 『모가도어의 위대한 확장』의 종잇조각들을 양손에 움켜쥐고 허공에 뿌린다.
　"내가 지금 이런 걸 어떻게 읽어?"
　경보 소리는 그렇게 수 분 동안 계속되고, 나는 어깨를 잔뜩 움츠리고 있느라 목과 등이 아파오기 시작한다. 나는 책에서 종이를 계속 찢는다. 종이가 찢기는 소리조차 들리지 않는다.

그러다가 갑자기 소음이 멈춘다. 얼굴 근육과 치아까지, 모든 곳이 아프다. 하지만 내가 이겼다. 이 조그맣고 불편한 방의 침묵이 내가 지금까지 경험한 가운데 가장 좋은 것이 된다.

몇 시간 동안 혼자 보내는 보상을 얻어냈다. 정확히 얼마의 시간이 흘렀는지 알 수 있는 건 아니다. 나는 불편한 의자에 걸터앉아 머리를 책상에 얹고 낮잠을 청한다. 머릿속의 생각들도 마구 들끓고 귀에서도 이명이 웅웅 울려 잠은 오지 않는다. 거기에다 감시당하는 느낌. 눈을 뜨자 방이 더욱 작아진 것 같다. 기분일 뿐이라는 걸 알지만 좀 무서워지기 시작한다.

발목이 미치게 가렵다. 나는 모가도어 드레스 자락을 들어본다. 세트라쿠스 라가 태운 후 새것으로 갈아입었다. 아직 아물지 않은 상처를 한참 쳐다본다. 아무것도 하지 않으려던 결심이 허물어지고 있다. 어쩔 수 없다. 손을 뻗어 발목을 문지르며 깊은 신음을 토해낸다. 손바닥으로 상처를 꾹 누르며 사라져버리기를 바라보지만 소용없다. 그래도 축축한 손바닥이 화상에 닿으니 느낌이 나쁘지 않다.

그때 문득 좋은 생각이 떠오른다. 나의 아에테르누스 능력을 이용해서 어린아이가 돼버리면 어떨까? 다리 상처가 없어질까?

해보기로 한다. 눈을 감고 2년 전 내 모습을 떠올린다. 참았던 숨을 내쉬는 듯한 감각과 함께 조금씩 작아진다. 적어도 이번엔 눈을 떠보니 방이 더 커 보인다.

나 자신을 내려다본다. 십몇 센티미터가 줄었다. 지난 몇 달간 생겨났던 근육이 줄어들고 마른 몸이 됐다. 그래도 다리의 모가도어의 상징은 여전히 분홍색으로 남아 있고 더욱 쑤셔댄다.

"아에테르누스. 우리는 같은 능력을 가졌구나."

세트라쿠스 라다. 작은 서재 문이 열리고 그가 서 있다. 여전히 기분 나쁜 가짜 인간의 모습이다. 놈이 팔짱을 끼고 실실 웃으며 문간에 기댄다.

"쓸모가 없잖아. 너랑 친족인 덕분에 얻은 능력은 레거시 중에서도 가장 바보 같아."

내가 내뱉으며 발목을 가리고 다시 눈을 감아 원래 나이로 돌아온다.

"너도 내 나이가 돼보면 생각이 달라질 거야. 영원히 젊고 아름다운 몸을 유지할 수 있지. 원한다면 말이야. 너의 피지배자들도 나이 들지 않는 신비한 지도자를 우러를 수 있고."

"나는 피지배자 같은 거 없어."

"지금은 그렇지만 곧 생길 거다."

세트라쿠스 라가 무슨 말을 하는지 잘 알고 있었지만 인정하긴 싫다. 아에테르누스를 사용한 게 후회된다. 놈이 나에 대해 또 한 가지를 알게 됐다. 게다가 공통점이라며 우리가 같은 존재인 것처럼 말하고 있다.

"상처가 아프냐?"

놈이 부드럽게 묻는다. 나는 재빨리 대답한다.

"괜찮아. 별것도 아닌데."

"그래? 염증은 하루 정도 지나면 가라앉을 거야. 지금은 아프겠지, 엘라. 하지만 때가 되면 지금 네가 배우고 있는 것들에 대해 감사하게 될 거야. 자애를 보여준 나에게 감사하게 될 거고."

나는 인상을 꽉 구기지만 내가 뭐라고 하든 놈은 지껄일 테니 대꾸는 하지 않는다. 대신 질문을 한다.

"그래서 이게 뭔데? 나를 보호해주기라도 하는 주문이야? 그런 거야?"

"너에게 위험은 닥치지 않을 거란다, 아이야."

"가드들이 가졌던 마력과 비슷한 거 아냐? 내가 지금 도망치려 하면 네 아랫것들 중 하나가 나를 막으려 할 테고, 그놈이 나를 어떤 식으로든 해치려 하면 그게 오히려 그놈한테 반사되고……."

나는 세트라쿠스 라에게 한발 다가간다.

"아니, 이 마력은 그런 식으로 작용하지 않는다. 또한 너를 막는 건 내가 할 거야. 내 아랫것들 중 하나가 아니라."

나는 다시 다가가며 세트라쿠스 라가 혹시나 물러서지 않을까 기대해본다. 하지만 꿈쩍도 않는다.

"혹시 내가 너무 가까이 다가가면 마력이 깨지는 거 아냐?"

"각각의 마력들이 서로 다른 것처럼, 제각각 독특한 약점을 가지고 있지. 가드들이 모이면 원로들의 비겁한 마력이 깨진다는 걸 내가 좀 더 일찍 알아냈더라면, 가드들은 벌써 흔적도 없이 사라졌을 거야. 뭐, 사냥도 꽤 즐겁긴 하지만."

놈이 목에 걸린 세 개의 로리언 펜던트를 만지며 말한다.

나는 최대한 덤덤한 말투로 물어본다.

"그 약점이 뭔지 나도 알아야 되지 않을까? 실수로 우리의 연결이 끊어지면 안 되잖아, 할아버지."

세트라쿠스 라가 함빡 웃는다. 아무래도 이놈은 내가 이런 연기를 하면 좋아하는 것 같다. 그러다가 문득 내가 찢어발긴 책에 시선이 머물더니 웃음이 싹 가신다.

"곧 알게 되겠지. 네가 준비가 되면, 내 동기가 순수함을 네가 믿게 되면 말이다."

그러다가 갑자기 화제를 바꾼다.

"얘기해보렴, 손녀야. 아에테르누스 말고 또 어떤 레거시가 발현되었지?"

"둘세 기지에서 너를 쓰러뜨렸던 레거시만."

나는 거짓말을 한다. 나의 텔레파시 능력은 숨기는 게 좋을 것 같다. 가드들과 연결하려는 시도를 해보았지만, 지구와 아누비스 호의 거리는 너무 먼 것 같다. 착륙만 하면 다시 해볼 거다. 그때까지는 세트라쿠스 라가 나에 대해 적게 알수록 좋다.

"그런데 능력을 조종도 못하고, 심지어 뭔지도 몰라."

"난 쓰러졌던 게 아냐. 그리고 다른 레거시도 곧 나타날 거다, 얘야. 그러는 동안 네 능력이 어느 정도인지 가르쳐줄까?"

"응."

나도 모르게 열렬히 대답하며 조금 놀란다. 그러나 이놈이 우주 제일의 악마라고 해도, 레거시에 대해 배우는 건 영리한 선택이라고 스스로를 다독인다.

기다렸다는 듯 세트라쿠스 라가 미소를 짓는다. 나를 꿰뚫어 보았다고 생각하는 것 같다. 천만에. 어쨌든 나는 배우고 싶어 몸이 달았다고 생각하게 만들려 한다.

내가 엉망으로 만든 책을 향해 세트라쿠스 라가 손짓을 하며 명령한다.

"먼저 저것부터 치워라. 네 정혼자가 도착한 후에 레거시를 연습할 시간이 되는지 보자."

뭐? 정혼자?

11
모가도어의 격납고

 거대한 모가도어 전함이 지평선을 더럽히지 않았더라면 에버글레이즈의 일몰은 아름다웠을 것이다. 어떤 외계 금속을 사용했는지 모르겠지만, 전함은 빛을 전혀 반사하지 않는다. 지는 해의 분홍색과 주황색 빛이 선체에 흡수돼버린다. 거대 물체는 착륙하지 않는다. 어차피 늪지대에 그만한 공간도 없다. 아래쪽 좁은 활주로에 착륙해 있는 작은 모가도어 우주선들을 짓누르려는 게 아니라면. 대신 전함은 공중에 떠서 아래쪽 출구를 열어 지상과 연결시킨다. 모가도어 인들이 서둘러 경사로를 오가며 전함에 장비를 싣는다.
 "우리가 쓸어버려야 해."
 마리나가 사무적으로 말한다. 나인이 눈을 껌뻑인다.
 "진심이야? 최소한 수백 명은 돼 보이는 모가도어 인에, 이제까지 본 것 중 가장 큰 우주선이야."

"그래서 뭐? 싸우고 싶지 않단 말이야?"

"이길 수 있는 싸움을 하고 싶어."

"그래서, 이길 수 없으면 입이나 놀리시겠다?"

"그만해! 지금이 말다툼할 때야?"

내가 숨죽여 쏘아붙인다. 마리나가 얼마나 더 나인에게 화를 내야 직성이 풀릴지, 냉전이 끝나려면 얼마나 있어야 할지 알 수 없지만, 지금은 이럴 때가 아니다.

우리는 늪지대 중간에 인공으로 만들어진 공터 가장자리, 높은 풀숲에 숨어 진흙바닥에 엎드려 있다. 우리 앞에는 건물 두 채가 서 있다. 하나는 유리와 철로 지어진 1층 건물인데 온실 같아 보인다. 다른 한 채는 좁은 활주로가 딸린 비행기 격납고인데, 작은 프로펠러 비행기나 비행접시 모양의 우주선에는 알맞겠지만 우리 위에 떠 있는 전함에는 턱없이 부족하다. 데일이 도망치기 전에 말했던 것처럼, 최근까지 버려져 있던 곳 같다. 늪지대가 침입해 들어와 아스팔트가 갈라지기 시작했기 때문이다. 온실의 금속 뼈대가 녹슬었고, 격납고 옆의 NASA 로고가 거의 지워졌다. 물론 모가도어 인들이 작은 기지를 세울 수 없을 정도로 낡지는 않은 듯하다.

그런데 지금은 짐을 싸고 있는 것처럼 보인다.

"마리나, 느껴지는 것 있어?"

내가 묻는다. 지금으로서는 직감 외에는 별로 의지할 만한 게 없다. 결국 그것 때문에 여기까지, 모가도어 인들이 득실거리는 소굴 한복판까지 온 거다. 좀 더 의지해보는 수밖에 없다.

"에이트는 여기 있어. 어떻게 아냐고 하면 할 말 없지만, 그냥 알 수 있어."

"그럼 들어가야지. 하지만 영리하게 해야 해."

나는 둘의 손을 잡아 안 보이게 만든다. 모가도어 인들이 이곳을 봐도 수풀 속 움푹 들어간 진흙 자국 세 개밖에 안 보일 것이다.

우리는 함께 일어선다. 모가도어 인들은 우리를 보지 못할 거다.

"마리나, 네가 앞장서."

내가 속삭인다.

셋이 늪을 빠져나오다가 나인이 뿌리에 걸려 엎어질 뻔하면서 손도 놓칠 뻔한다. 사상 최단의 비밀 작전이 될 뻔했다. 나는 나인의 손을 꽉 쥔다. 나인이 속삭인다.

"미안. 내 다리를 볼 수가 없으니까 이상해서."

"또 이러면 절대 안 돼."

"그냥 쳐들어가서 다 죽여버리는 게 오히려 낫겠다는 생각도 들어. 몰래 숨어들어가는 건 장기가 아니라서."

마리나가 쳇, 하는 소리를 내자, 내가 그녀의 손도 꽉 쥔다.

아까 모가도어 요원들과 싸울 때 그럭저럭 본능적으로 발현되었던 팀워크가 꼭 다시 나왔으면 좋겠다.

"천천히, 일심동체처럼 움직여야 해. 어디 부딪히지 말고."

우리는 천천히 앞으로 나간다. 울퉁불퉁한 아스팔트 때문에 발자국 소리가 신경 쓰이긴 하지만, 모가도어 인들은 온실에서 무거운 물건들을 내와 전함에 싣느라 바쁘고 수레가 덜덜거리며 끽끽거리는 소리도 요란하다. 나는 안 보이는 몸으로 본능적 감각들에 의지하여 돌아다니는 데 익숙하지만, 다른 애들에겐 어려울 것이다. 우리는 서로 손을 꼭 잡고 가능하면 조용히, 천천히 접근한다.

마리나가 우리를 온실로 먼저 데리고 간다. 모가도어 인들이 북적거리며 괴상하고 정신 나가 보이는 과학 장비들을 가득 실은 수레들을 밀고 나온다. 한 놈은 화분에 든 꽃, 풀, 묘목이 들어찬 바퀴 달린 선반 하나를 밀고 나온다. 모두 지구 식물들이지만 이상한 회색 액체를 주입받은 듯 그물 같은 핏줄이 불거져 있고 축 늘어져 곧 죽을 것 같다. 놈들이 또 무슨 실험을 하고 있었는지 걱정된다.

전함으로 올라가는 경사로 아래에 키 큰 모가도어 인이 있는데, 보통 전사 복장과 다른 제복을 입었다. 그놈들은 고스 족 같긴 해도, 적어도 지구인과 아주 다른 복장은 아니었다. 이 남자는 분명 장교 같은 걸 텐데, 엄격해 보이는 새까만 제복을 차려입고 빛나는 메달과 견장이 온통 박혀 있다. 두개골의 문신은 지금까지 본 것들보다 훨씬 정교하다. 손에는 태블릿 컴퓨터를 들고 병사들이 물건을 실어올 때마다 하나씩 확인하고 있다. 이따금씩 거친 모가도어 어로 명령을 외친다.

마리나가 우리를 온실로 더 끌어가려고 한다. 하지만 나는 손을 꼭 잡으며 버티고 선다. 나인이 나와 충돌해 짜증스레 툴툴거리고 우리는 다 같이 멈춰 선다. 더 나아가려면 모가도어 장애물 경기라도 하는 것 같을 거다. 놈들이 사방으로 오간다. 이 와중에 뛰어들었다간 부딪힐 가능성이 너무 크다. 에이트가 저 온실인지, 실험실인지에 있는 거라면 그를 꺼내 올 방법은 전면전뿐이다. 난 아직 그럴 준비가 안 됐다. 마리나의 손이 불만스러운 듯 조금 차가워진다.

"아직은 안 돼. 격납고를 먼저 확인해봐야겠어."

열 걸음쯤 더 갔을까, 동물의 신음 소리가 들려 발을 멈춘다. 온실에서 한 무리의 모가도어 인들이 커다란 우리를 끌고 나온다. 그 안에는 예전에 암소였을 것 같은, 지금은 뭔가 끔찍한 모습으로 변형된 괴물이 들어 있다. 눈은 누렇게 짓무르고, 아파 보이는 뿔이 머리를 뚫고 나왔다. 유방은 식물들에게서 본 것과 같은 회색 핏줄로 뒤덮여 거대하게 부풀어올랐다. 암소 괴물은 무기력하고 힘들어하며 오래 살기 힘들어 보인다. 모가도어 놈들이 무슨 실험을 하고 있는지는 모르겠지만 정말 역겹다. 나인과 마찬가지로 나도 거대 전함이든 뭐든 몽땅 쓸어버리자는 마리나의 제안을 다시 생각해보기 시작한다. 그때 나인이 속삭인다.

"잠깐, 좋은 생각이 있어."

적들 한복판에 있는 지금, 나인의 정신 나간 작전을 믿어도 될까 걱정하고 있는데, 잠시 후 철장 안의 암소 괴물이 다시 신음하며 힘겹게 발을 굴러 한쪽으로 움직인다. 온몸의 무게를 실어 한쪽 철망 벽을 민다. 넘어지려는 우리를 모가도어 인들이 떠받치며 도와달라고 고함친다. 그러자 암소가 거대한 갈라진 발굽으로 철망을 뻥 차 어떤 모가도어 인의 얼굴을 으깨버릴 뻔한다.

"내가 소란 좀 부려달라고 부탁했어. 그랬더니 저 불쌍한 것이 기꺼이 해주네."

모가도어 인들이 철제 우리로 달려들어 동물을 마취시키려고 애쓴다. 나인의 동물 텔레파시가 마법처럼 먹혔다. 괴물은 드디어 살아가야 할 이유를 발견한 것처럼 날뛰며 철장을 들이받다가 뿔로 모가도어 인 하나의 어깨를 꿰기까지 한다. 그러는 동안 길이 뚫려서 우리는 온실 앞의 난리통을 피해 격납고 쪽으로 간다.

그때 모가도어 광선총 소리가 들린다. 돌아보니 장교가 광선총을 도로 넣고 있다. 암소의 머리에 구멍이 뚫려 연기가 피어오른다. 녀석은 우리 바닥에 쓰러져 움직이지 않는다. 장교가 뭐라고 명령을 외치고 모가도어 인들이 시체를 전함에 싣는다.

내가 몸을 딱딱하게 굳히자 나인이 속삭인다.

"이게 차라리 나아. 녀석은 너무 고통스러워하고 있었어."

우리가 있는 쪽은 모가도어 인들이 많지 않아 나도 긴장이 좀 풀어져 물어본다.

"놈들이 무슨 짓을 하고 있었던 거야?"

"나도 잘 몰라. 오래 얘기하진 못해서. 어쨌든 더 효율적으로 만들려고 했던 게 아닌가 싶어. 말하자면 생체 실험을 한 거지."

"미친 괴물들."

마리나가 투덜댄다.

우리는 격납고 쪽으로 서둘러 간다. 우리 오른쪽, 활주로 끝에 비행접시 모양의 작은 우주선 세 대가 있고, 그중 한 곳에 다섯 명의 정비 팀이 모여 아래쪽 회로판을 끄집어내 끙끙대고 있다. 모가도어 인들도 기술적 문제를 겪나보다. 그들 말고는 장애물이 없다.

격납고의 거대한 금속 문은 작은 비행기는 드나들 수 있을 만한 크기인데, 사람 하나 들어갈 정도만 열려 있다. 안에 불도 켜져 있지만, 들여다보이는 부분은 텅 비어 있다.

마리나가 먼저 안을 들여다본다. 내가 뒤를 돌아보니 상황은 그대로다. 모가도어 인들은 계속 전함에 짐을 싣고 있다. 우리가 이러고 있는 줄은 전혀 모르는 채.

"뭐 있어?"

나인도 몸을 이리저리 움직이며 묻는다.

그때 마리나가 헉하고 숨을 들이마시며, 내 손을 꿰뚫을 듯 차가운 감각이 느껴진다. 마치 얼음덩이를 잡고 있는 것 같다.

"아얏, 마리나!"

내가 날카롭게 속삭이지만, 마리나는 듣지도 않고 문 안으로 달려들어간다. 나는 손이 얼얼한 상태에서 있는 힘을 다해 마리나를 잡느라 애쓴다. 나인도 내 뒤에서 끌려오다가 문에 어깨를 부닥치고 쾅 소리와 함께 신음이 터져나온다.

격납고는 거의 완전히 비었다. 모가도어 인들은 벌써 설비들을 다 비웠다. 커다란 투광조명들이 천장에 달려, 유일하게 한가운데 남아 있는 금속 테이블과 의자를 비춘다.

에이트의 시체가 테이블 위에 놓여 있다. 검은 시체 주머니에 싸여 허리까지 지퍼가 열려 있다. 셔츠는 입혀져 있지 않아서 파이브가 심장을 관통시켜 찌른 동전만한 상처가 가슴에 그대로 드러나 보기가 괴롭다. 갈색 피부는 잿빛이 되었지만, 외모는 여전해 보인다. 금세라도 텔레포트해 우리 곁으로 와서 짜증나는 농담을 날릴 것 같다. 짧고 가는 안테나들이 달린 검은 전극 같은 것이 에이트의 관자놀이에 붙어 있고, 흉골을 따라서도 몇 개 붙어 있다. 눈에는 잘 안 보이는 자기장 같은 것이 전극에서 생성되어, 에이트의 시신 전체에 낮은 전류가 계속 흐르고 있는 것 같다. 모가도어 인들이 실험을 위해 시신이 상하지 않도록 붙여놓은 게 아닐까 싶다. 그뿐 아니라 에이트에게서 핏자국도 닦아냈는데, 놀랍게도 로리언의 펜던트가 그대로 목에 걸려 있다. 보석이 가슴에서 탁한 빛을 내고 있다. 가슴이 찢어지는 듯하지만, 에이트는 평화로워 보이기까지 한다.

그리고 마리나가 격납고 문을 박차고 들어가서 나의 손을 지독한 동상에 시달릴 만큼 얼리고 있는 이유는 에이트 때문이 아니다.

에이트 옆에는 머리를 손으로 감싸고 파이브가 앉아 있다.

파이브는 잔뜩 웅크리고 있다. 몸을 반으로 접어버리고 싶은 듯하다. 마리나가 고드름으로 찔러버린 눈 위에 댄 두툼한 거즈 밖으로 희미한 분홍색 물이 배어나왔다. 멀쩡한 눈 역시 가장자리가 붉다. 울고 있었거나 잠을 못 잔 것 같다. 머리는 **빡빡** 밀어버렸다. 언제 모가도어의 문신을 두개골에 새기게 될까 궁금하다. 제복도 바깥의 장교와 비슷한 것으로 갖춰 입고 있지만, 심하게 구겨져 있고 목의 단추는 풀려 있다. 게다가 너무 작아서 몸에 껴 보인다.

저 외눈박이 배신자가 우리의 소리를 못 들었을 리는 없다. 마리나 덕분에 우리는 문으로 들어오며 큰 소리를 냈으니까. 게다가 텅 빈 격납고에서는 조그만 소리도 우렁우렁 증폭이 된다. 심지어 내 숨소리도 신경이 쓰인다. 설상가상 마리나가 낮은 소리로 으르렁거리며, 고래고래 고함치고 싶은 걸, 당장 달려들고 싶은 걸 있는 힘을 다해 참고 있다. 나인은 아예 숨을 멈췄다.

파이브의 한쪽 눈이 번뜩 우리 쪽을 본다. 분명 소리를 들었다. 하지만 보이질 않는다. 바깥에서 나는 소리라고 생각할 가능성도 있다.

배신자 가드와 한판 더 붙고 싶다. 이번에는 방심한 틈에 얻어맞아 싸워볼 기회도 없이 기절하진 않을 거다. 하지만 대결의 장소를 잘 골라야 한다. 모가도어 전함까지 뒤에 있는 상황에서 적들에 둘러싸인 지금은 파이브와 정면 대결할 때가 아니다. 에이트의 시신을 되찾을 방법을 찾아내야 한다.

나는 마리나를 잡아당긴다. 따끔거리던 손은 아예 감각이 없다. 지금 달려드는 게 얼마나 형편없는 행동인지 알려주려고 애써본다. 마리나도 한동안 지지 않고 내 팔을 잡아당기다가, 점차 진정하는 게, 내 손에 다시 피가 도는 게 느껴진다.

하지만 마리나가 천천히, 그리고 조용히 깊은 숨을 내쉬자, 그녀 앞에 입김이 서린다. 주변 공기가 너무 차가웠던 것이다. 입김이 뭉게뭉게 일어나며 눈부신 조명 아래서 하얀 구름처럼 빛난다.

파이브가 그걸 보고 눈을 가늘게 뜨며 일어난다. 우리 쪽을 똑바로 바라본다.

"그럴 생각은 아니었어."

12
에이트의 시신을 되찾다

나는 마리나와 나인의 손을 꽉 잡는다. 그 말에 대꾸를 해서 우리를 완전히 노출시키지는 말라는 뜻이다. 아직은 투명 능력의 이점을 포기할 때가 아니다. 고맙게도 둘 다 그럭저럭 참아준다.

아무도 대꾸하지 않자, 파이브가 다시 입을 연다.

"내 말 못 믿는 거 알아. 하지만 누구도 죽을 필요는 없었어."

파이브의 읍소하는 눈빛은 여전히 우리 쪽을 똑바로 보고 있다. 그래서 나는 조용히, 천천히 다른 애들을 데리고 옆으로 움직인다. 한번에 겨우 몇 센티미터씩, 서로 조심하며 아무 소리도 내지 않는다. 우리는 조금씩 파이브의 시선에서 벗어나 그 옆에 선다. 이제 파이브는 완전히 텅 빈 공간을 응시하며 바보처럼 대답을 기다리고 있다.

파이브는 끙, 하더니 몸을 돌린다. 마치 자기가 언제 말을 걸었

냐는 듯이, 이번에는 에이트의 시체에 대고 훈계조의 연설을 시작한다.

"그러지 말았어야지. 나인 앞으로 뛰어들다니."

탄식처럼 들리기도 한다.

"영웅적인 행동이었을지는 몰라. 존경스럽기도 하다고. 하지만 그래봐야 소용없어. 모가도어 인들이 어쨌든 이길 거란 말이야. 너처럼 분별 있는 애는 자기 역할을 알 수 있었을 텐데. 세계를 재건하고 통일시키는 데 큰 도움이 되었을 거야. 하지만 나인은…… 자기가 졌다는 걸 알 정도의 머리도 안 돼서. 아무짝에도 쓸모가 없어."

나인의 팔에 힘이 들어가는 게 느껴진다. 하지만 역시 달려들고 싶은 충동은 참아낸다. 좋아, 나인도 배울 수 있다. 아니면 나처럼 그저 이 상황 자체가 충격이어서 엄두를 못 내는 건지도. 파이브는 그렇게, 마치 우리가 없는 것처럼 에이트에게 지껄여댄다.

파이브가 에이트의 어깨에 손을 살며시 올린다. 제복의 소매가 접혀 있어, 가죽 토시를 차고 있는 것이 보인다. 우리 친구를 죽일 때 썼던, 바늘 모양의 단도가 튀어나오는 토시다.

파이브의 목소리가 조금 갈라진다.

"그가 말했어……. 너희를 설득해볼 기회를 주겠다고. 모가도어의 진보를 받아들이기만 하면 누구도 다칠 필요가 없어. 전부터 계속 말했던 거야. 내가 산증인이잖아, 안 그래? 마력이 깨졌을 때 나를 죽일 수도 있었지만, 그러지 않았어."

세트라쿠스 라 얘기를 하는 것이다. 파이브가 모가도어 지도자와 타협을 보았던 거래에 대해서 말이다.

파이브가 테이블을 돌아 우리에게 등을 보인다. 마리나가 한 발짝 나가지만, 내가 잡아 누른다. 파이브가 왜 이렇게 많은 말을 하는지 알 수 없다. 하지만 놈은 우리가 여기 있다는 걸 안다. 이게 함정인지, 우리를 꾀어내려는 건지, 무슨 꿍꿍이인지 알 수가 없다. 하지만 듣고 싶다.

"너희가 그렇게 세뇌되어 있을 줄은 몰랐어."

파이브가 에이트 위에 몸을 숙이고 있어서, 그의 등은 우리에게 딱 좋은 표적이 된다.

"모든 걸 흑백으로, 영웅과 악당으로만 생각하면서 말이야."

파이브가 손을 뻗어 에이트의 펜던트를 잡고 보석을 주먹에 꼭 쥔다. 렉스테르나라고 부르는 레거시, 어떤 것을 만지면 그것으로 자신의 피부를 변형시킬 수 있는 능력 때문에 파이브의 피부가 잠깐 은은한 하늘색 로럴라이트로 변해 반짝인다. 곧 한숨과 함께 펜던트를 놓자 피부가 원래대로 돌아간다.

"하지만 어쩌면 내가 세뇌된 건지도 모르지. 너네는 그렇게 말하고 싶은 거지?"

그러더니 조그맣게 후후후 웃는다. 그리고 나서 망가진 눈 위의 거즈를 조심스레 바로잡는다.

"원로들이든, '위대한 확장'이든, 너희 머리를 쓰레기로 가득 채운 거야. 우리가 어때야 한다는 둥, 어떻게 하라는 둥. 하지만 난다 관심 없어. 그저 살아남으려 노력할 뿐이야."

나인의 손이 땀으로 축축해진다. 달려들고 싶은 걸 참느라 힘든 모양이다. 반면에 마리나는 더 이상 분노에 찬 냉기를 내뿜지 않는다. 아마도 눈앞에 펼쳐진 광경이 안타깝고 딱해서일 것이다. 분명 우리를 위해서일 저 장광설이 알려주는 것이 한 가지 있다면, 파이브가 돌이킬 수 없는 상태라는 점이다.

파이브가 에이트의 이마에서 작은 얼룩을 부드럽게 닦아내고 고개를 절레절레 흔든다.

"어쨌든 미안해, 에이트. 지금이야 아무 소용 없지만 말이야."

자신이 한 수 위라는 거만한 말투는 여전하지만, 일말의 진심이 깔려 있다.

"나는 겁쟁이, 배신자, 살인자로 평생 살아갈 거야. 그건 바뀌지 않아. 하지만 다른 결말을 간절히 바랐다는 건 알아줬으면 좋겠어."

우리 뒤에서 누가 목청을 가다듬는다. 우리 모두 파이브의 산만한 독백에 푹 빠져 모가도어 장교가 들어오는 줄 몰랐다. 파이브도 마찬가지였다. 장교는 파이브를 조심스레 바라보며 뻣뻣한 정자세를 취한다. 보고라도 올리는 듯한 태도로 병사처럼 서 있는 모습을 보니, 이 장교가 파이브에게서 명령을 받는 입장이라는 걸 알 수 있다. 그리고 그 사실을 혐오스러워하는 듯하다.

"선적을 끝냈어."

장교가 말한다.

하지만 파이브는 이상할 정도로 오랫동안 아무 말도 하지 않는다. 에이트의 시체 위에 몸을 숙이고 천천히 숨을 내쉰다. 나는 몸을 긴장시키며 이 괴상한 쇼를 끝내고 경보를 울릴 생각을 하고 있는 건지 걱정한다.

모가도어 장교는 파이브의 침묵이 얼마나 짜증나는지 잘 숨기지 못한다.

"추적선 하나가 돌아오지 않았어. 정비 팀에서 정찰기 한 대를 고치는 데 어려움을 겪고 있고."

파이브가 한숨을 쉰다.

"상관없어. 놔두고 간다."

"그래, 나도 그렇게 명령했어."

자기 권력을 그다지 은근하지 않게 과시한다.

"갈 준비, 됐나?"

파이브가 돌아서서 남은 눈을 심술궂게 반짝인다.

"그래, 여기서 나가자."

그러고는 일부러 느릿느릿 문 쪽으로 간다.

우리는 옆에 서서 이 모든 상황을 조용히 지켜본다.

장교는 눈썹을 추어올리고 파이브가 코앞까지 다가가도록 비켜서지 않는다.

"뭐 잊은 거 없어?"

파이브가 머리를 긁적인다.

"어?"

장교가 신경질적으로 말한다.

"시체 말이야. 로리언 인의 시체를 가져가야 하잖아. 펜던트도."

"아, 저거?"

파이브가 대답하며 뒤를 돌아본다.

"시체가 사라졌어, 대장. 가드들이 몰래 들어와 가져갔나봐. 아니면 뭐겠어?"

모가도어 인 대장은 어안이 벙벙하다. 목을 빼고 파이브 뒤로 에이트가 누워 있는 테이블을 확인하는 척한다. 그런 다음 파이브의 표정을 찬찬히 들여다보며 눈살을 찌푸린다.

"지금 무슨 농담을 하는 거야, 로리언 인? 아니면 양 눈이 다 먼 거야? 저기 시체가 있잖아."

파이브가 고개를 절레절레 저으며 혀를 찬다.

"내가 그렇게 잘 감시하라 일렀는데. 전리품을 도둑맞다니. 어떤 처벌이 기다리고 있을지는 알고 있지?"

모가도어 인이 다시 한 번 입을 열어 항의를 하려는 순간, 착 하는 소리와 함께 파이브의 칼날이 소매 속에서 튀어나온다. 파이브는 주저하지 않고 칼끝을 장교의 턱 아래서 위로 찔러넣는다. 모가도어 인은 완전히 놀란 표정을 지은 채 서서히 분해되기 시작한다.

장교가 재로 바뀌는 동안 파이브는 움직이지 않는다. 장교는 다른 모가도어 인들보다 천천히 분해된다. 게다가 완전히 분해되지 않고 구겨진 제복 밖으로 울퉁불퉁한 뼈들이 비죽 튀어나왔다. 파이브는 칼날을 다시 소매 속으로 집어넣고 장교의 남은 유해를 뻥 차버린다. 그런 다음 조심스레 자기 몸을 털고 옷을 바로잡는다.

우리는 파이브의 옆모습을 보고 있는 데다 우리에게 보이는 눈은 거즈에 덮힌 쪽이라 표정을 읽을 수가 없다.

"행운을 빌어."

파이브가 말하고 격납고 문을 나선다. 그리고 문까지 닫는다.

우리는 잠시 침묵 속에 움직이지도 못한다. 금방이라도 모가도어 대대가 들이닥칠 것 같다.

마침내 나인이 내 손을 뿌리치고 모습을 드러내며 소리친다.

"대체 뭐 하자는 수작이지? 저 자식이 이제 와서 다시 친구라도 되자는 거야, 아니면 완전히 미친 거야?"

내가 대꾸한다.

"상관없어. 에이트만 찾으면 돼. 파이브는 다음에 상대해주지."

마리나도 내 손을 놓으며 조용히 말한다.

"혼자 길을 잃은 거야."

내가 손을 마구 문지르며 아직 남아 있는 냉기를 떨쳐버리려 하는 걸 보더니 미안한 표정을 짓는다.

"미안해, 식스. 그놈 때문에 어쩔 수 없었어."

지금이 마리나의 레거시 조절 능력에 대해 토론할 때는 아니라서, 나는 손을 내젓고 만다. 살금살금 격납고 문으로 가 조금 열고 내다보니, 마침 파이브가 전함 입구로 사라지고 있다. 그가 마지막 탑승자였는지, 경사로가 다시 전함 속으로 말려들어가 문이 닫힌다. 그리고 거대한 우주선이 상승하기 시작한다. 그만한 크기의 우주선이라고는 믿기지 않을 만큼 작은 엔진 소리만 부릉거린다. 어느 정도 높이까지 상승하자, 전함이 반짝이기 시작하더니 보랏빛 구름들과 윤곽이 잘 구분되지 않는다. 저 덩치에 조용한 데다 은폐 장치까지 갖췄다. 저런 것들을 상대로 어떻게 싸우지?

"놈이 안됐다는 투다?"

나인이 마리나에게 말한다.

"아니거든!"

마리나가 쏘아붙이지만 스스로도 확신이 없는 것 같다. 그동안의 사나웠던 표정도 좀 허물어진 것 같다.

"난 그저……. 걔 눈 봤어?"

"머리에 뚫린 구멍은 봤지. 붕대를 붙였더라. 차차 더 뚫어주려고."

"에이트가 그걸 원할 거 같니? 에이트는 우리가 서로를 죽이는 걸 막으려다가 죽었어."

전함이 사라지자, 나는 돌아서서 마리나와 나인을 보며 말한다.

나인은 입술을 깨물고 눈을 내리깐다.

마리나는 파이브가 앉았던 에이트 옆의 의자에 앉는다. 조심스레 전극들 사이 전자파 속에 손을 넣어본다. 아무 일도 일어나지 않자, 부드럽게 에이트의 곱슬머리를 쓸어준다. 눈물이 반짝이지만 꾹 참는다.

"널 발견할 줄 알았어. 그렇게 놔두고 가서 미안해."

나도 마리나 곁으로 가서 에이트를 내려다본다. 기분 탓인지,

에이트가 희미한 미소를 띤 것 같다. 에이트의 어깨에 살짝 손을 얹고 말한다.

"널 더 많이 알 기회가 있었더라면 좋았을 텐데. 우리 운명이 이렇지 않았더라면 좋았을 텐데."

나인이 망설이더니, 결국 우리 곁으로 와 마리나 곁에 선다. 처음에는 에이트의 시신을 똑바로 보지 못한다. 입을 꼭 다물고, 어깨 근육은 무거운 것이라도 올려놓은 듯 꿈틀거린다. 부끄러움을 느끼는 것이다. 엄청난 노력이 필요한 듯했지만, 결국 잠시 후 나인이 에이트에게 시선을 맞추더니, 얼른 시체 주머니의 지퍼를 좀 올려 상처를 가린다.

"어, 미안하다······."

나인이 머리를 움켜쥐었다가 쓸어넘기며 말한다.

"목숨을 구해줘서 고맙고. 파이브 말이 맞아. 그러니까, 그러지 말았어야지. 내가 입만 다물었더라면 넌······. 젠장, 미안해. 정말 미안해."

그러더니 떨리는 숨을 들이쉰다. 눈물을 참고 있는 것이다. 마리나가 살며시 나인의 어깨에 손을 올리며 말한다.

"에이트는 용서할 거야. 나도 용서했어."

나인이 마리나를 끌어당겨 꽉 껴안는다. 마리나의 어깨에 얼굴을 묻고 눈물을 감춘다.

내 마음은 늘 그랬듯 또다시 존, 샘, 다른 이들을 떠올리며 어떻게 다시 만날 수 있을까, 아직 잡히지 않고 살아 있긴 한 건가 걱정스럽다. 하지만 마리나와 나인이 화해한 걸 보니, 새로운 희망이 생긴다. 우리는 강한 사람들이다. 어떤 어려움도 극복해나갈 것이다.

"이제 나가자."

나도 이 순간을 깨긴 싫지만, 어쩔 수 없이 조심스레 재촉해본다.

나인도 마리나를 놓아주고, 나는 에이트의 시체 주머니의 지퍼를 올린다. 나인이 양팔로 에이트를 들어올린다.

막 돌아서려는데, 격납고 문이 우르릉 열린다. 정찰선에서 일하고 있던 모가도어 인들이다. 까맣게 잊고 있었다. 놈들은 고장 난 우주선을 격납고 안으로 밀고 들어오다가 딱 멈춰 선다. 우리를 보고 우리만큼이나 놀란 듯하다.

우리가 미처 공격 태세를 취하기도 전에 우주선에서 기계음이 징 거리며 비행접시의 앞에서 광선포가 튀어나와 우리를 겨냥한다. 안에도 모가도어 인이 있나보다.

"엎드려!"

나인이 외친다.

텅 빈 격납고 안에서 금속 테이블 말고는 막을 물건도 없고, 투명 능력을 쓰기엔 너무 늦었다. 마리나는 테이블 뒤로 숨고, 나인은 에이트의 시신을 그대로 안은 채 웅크린다. 나도 옆으로 뛰쳐나가며 너무 늦지 않았기만을 바라본다. 함포가 불을 뿜기 시작한다.

13
우주선을 해킹하다

"그라이시 샤르마, 라고 하면 생각나는 거 없어?"

세라가 묻는다.

나는 잠시 머리를 짜낸다.

"왠지 낯익은 이름이네. 왜?"

나는 애덤의 예전 집 마당에 서서 일회용 휴대전화로 세라와 통화를 하고 있다. 텅 빈 농구장 너머 지평선으로 태양이 지고 있다. 커다란 새 한 마리가 주황빛 하늘을 가로지르는데, 우리 키메라 중 하나인가 싶다. 키메라들에게 누구라도 발견하면 알려달라고, 애시우드 단지 주변에 배치해두었다. 지금까지는 조용하다. 모르는 사람이 나를 보면, 다들 일터에 나가 특히 조용한 교외 지역에서 어슬렁거리는 소년처럼 보일 것이다.

세라가 설명한다.

"인도에서 '비슈누 민족주의 에이트' 저항군을 이끌던 사령관이잖아."

에이트라는 말을 듣고 나서야 나는 손가락을 튕겨 딱 소리를 낸다.

"그래, 맞아! 히말라야에서 에이트를 보호하던 군대가 있었지."

"그럼, 그의 이야기가 사실이겠네."

나는 잔디밭을 왔다갔다하며 세라의 모습을 떠올린다. 금발 머리를 말아올려서 펜이나 연필을 찔러넣고〈그들이 우리 가운데 있다〉의 새로운 사무실에서 문서들을 들여다보고 있는 그녀를. 앨라배마 주 헌츠빌에서 80킬로미터 떨어진 외곽에 버려진 농장은 상상이 안 된다. 알고 보니 첩보 활동에 놀라운 재능이 있는 전 남자친구 마크와 함께 있다는 것도 상상하기 싫다.

"무슨 이야기인데?"

"우리가 찾아본 인터넷에 떠도는 온갖 소문 중에, 샤르마라는 남자가 우주선을 격추시켜서 외계인들을 사로잡았다고 주장하고 있어."

"에이트를 뒤쫓던 모가도어 인들인가보다."

"그래. 그놈들을 산 채로 잡았다는 거야. 인도에서 일어난 일이긴 해도 벌써 국제적 뉴스가 돼야 하는데, 그렇지가 않아. 누가 계속 막고 있는 거야. 마크는 샤르마랑 연락하려 노력하고 있어. 그 기사를〈그들이 우리 가운데 있다〉에 실어서 모가도어 인들에 대해 대중에 알리고 싶어해."

"흠, 상황이 안 좋아지면 지지자들을 모으는 데 도움이 될 수도 있겠네."

"어떤 상황 말하는 거야, 존?"

나는 목을 문지르며 침을 삼킨다. 싸움이 끝나고 잠깐 치유 레거시를 사용하긴 했지만 아직도 장군의 손가락에 눌렸던 부분이 아프다.

"어, 나도 모르지. 그냥……."

침공이 임박했다는 애덤의 짐작을 세라에게 알려주고 싶지 않은 이유를 모르겠다. 아직도 그녀를 보호하고 싶어서 그런가 보다. 나는 재빨리 화제를 바꾼다.

"근데 마크는 잘 지내고 있어?"

"응, 잘 지내. 많이 바뀌었어."

"어떻게?"

"그게…… 설명하긴 힘드네."

마크 제임스에 대해 오래 대화하고 싶은 마음은 없다. 오늘 오후엔 거의 죽을 뻔하기까지 한 마당에. 그저 세라의 목소리가 듣고 싶을 뿐이다.

"보고 싶다."

"나도. 너는 외계인과 힘들게 싸우고, 나는 외국의 사건들 알아보느라 하루 종일 씨름하고. 오늘 같은 저녁엔 그냥 우리 집 지하의 오래된 소파에서 꼭 껴안고 영화나 보면 좋을 텐데."

나는 씁쓸하게 웃는다. 세상을 구하느라 고생하고 있지 않았더라면 세라랑 평범하게 살았을 생활이 머릿속에 그려진다. 스스로를 다독이는 마음으로 대꾸한다.

"곧 그렇게 될 거야."

"그래야지."

인기척이 느껴져 휙 돌아보니, 엉망이 된 애덤네 현관에 샘이 나와서 들어와보라고 손짓한다.

"세라, 가봐야겠어."

계획대로 여덟 시간마다 전화를 하고 있다. 세라의 목소리를 들을 때마다 안도감에 휩싸이지만, 끊을 때면 혹시 다음에는 전화가 안 되는 게 아닐까 불안해지기 시작한다.

"조심해야 해. 알았지? 곧 상황이 정말 심각해질 수 있으니까."

"벌써 심각한 거 아니고? 너도 조심해야 해. 사랑해."

나는 세라에게 인사를 하고 샘에게 간다. 샘은 신나 보인다. 겨우 5분 만에 뭔가 좋은 일이라도 생긴 것처럼.

"뭐야?"

"빨리 내려와. 알아낸 게 있어."

나는 아까의 전투로 엉망이 된 현관과 푹 꺼진 복도를 지나 거실로 들어간다. 집 안은 외부와 마찬가지로 지구인의 이상적 교외 주거 환경을 완벽하게 구현하고 있지만, 가구들은 광고 사진에서 그대로 튀어나온 것처럼 사람이 산 흔적이 안 보인다. 애덤이 여기서 어떻게 컸을지 상상해본다. 여기 바닥에 앉아 조그만 파이켄 완구들을 집어던지면서 놀았을까? 상상이 안 간다.

거실 뒤쪽엔 모가도어 글자로 뒤덮인 키패드로 잠그는 거대한 금속 문이 있다. 평범한 주택의 환상을 깨는 것 중 하나가 이 문인데, 모가도어 인들이 책장 같은 것으로 숨겨놓지 않았다는 게 놀랍다. 적이 여기까지 들어오리라고 생각 못했던 것 같다. 문은 이미 애덤이 열어놓았고, 샘과 나는 그 아래 지하 시설로 들어간다.

긴 금속 계단을 내려가자, 꾸며낸 안락한 위층의 풍경은 즉시 황량한 금속 시설과 윙윙거리는 무신경한 조명으로 바뀐다. 애시우드 단지 아래 미로처럼 조직된 지하 시설들이야말로 차갑고 기능적인 모가도어 인들의 모습과 잘 어울린다. 산 하나를 통째로 파낸 웨스트버지니아의 기지처럼 끝없이 이어지지는 않지만, 분명 둘세 기지와는 비교가 안 된다. 이걸 다 파내느라 얼마나 걸렸을지 궁금하다. 모가도어 인들이 지구의 지하를 이렇게 파고들며 자신들의 영토를 확장하는 동안, 나는 헨리와 도망다니며 그런 건 상상도 못하고 있었다.

계단을 반쯤 내려가는데, 벽을 따라 비죽비죽 한참 앞까지 갈라진 균열이 보인다. 샘이 손가락으로 훑어 가루를 잔뜩 묻힌다.

"무너지는 건 아니겠지?"

내가 묻자, 샘이 손을 털며 대답한다.

"애덤이 괜찮을 거래. 어쨌든 기분 나쁜 곳이야. 진짜 폐소공포증 생길 것 같아."

"오래 안 있을 거니까."

이번에는 바닥의 콘크리트가 깨져 서로 엇갈린, 비뚤어진 복도를 더듬어 나간다. 지난번에 애덤이 지진 레거시로 맬컴 아저씨를 구하다가 그런 것이다. 천장이 떨어져버린 복도도 있다.

한참 지나가니 불이 환한 커다란 방이 나온다. 실험실로 쓰인 곳이었던 듯, 각종 노즐과 레버가 달린 작업대가 놓여 있다. 하지만 장비는 안 보인다. 애덤 때문에 다 파괴되어 모가도어 수리 팀이 치웠나보다. 실험실 다음은 두꺼운 방탄유리 문이 달린 비좁은 감방들이 늘어서 있다. 모두 비었다.

"자료실은 여기야. 아빠가 계속 뒤지고 있어. 모가도어 놈들이 모든 걸 녹화해두었더라고."

우리는 작은 방으로 들어간다. 사무실처럼 보인다. 모니터가 잔뜩 있고, 맬컴 아저씨는 그 앞의 단말기에 앉아 피곤해 보이는 눈으로 벌써 몇 시간째 영상을 보고 있다. 영상에서 모가도어 수색자가 카메라에 대고 말한다.

"부에노스아이레스에 로리언 인이 있다는 소문을 흘린 지 사흘째다. 가드의 움직임은 아직 포착되지 않지만 감시를 계속한다."

맬컴 아저씨가 우리를 보더니 영상을 멈추며 눈을 비빈다.

"뭐 좀 찾았어요?"

맬컴 아저씨가 고개를 젓고 화면에 파일 목록을 띄운다. 터치스크린에 대고 손가락을 쓸자 목록이 끝도 없이 올라간다. 수천 개가 넘는 목록이 모두 모가도어 어로 돼 있다.

"지금까지 본 바로는 거의 5년 동안 모은 기록들이야. 다 보려면 우리가 전부 달라붙어야 할 거야. 애덤이 제목들을 번역해주었지만, 기본적으로 그냥 날짜와 시간뿐이라서 제목을 보고 골라낼 수도 없어."

"인턴을 좀 뽑을까?"

샘이 농담하더니 내 팔을 당긴다.

"이제 가자. 애덤한테."

"할 수 있는 데까지만 해야죠, 뭐. 작은 정보라도 도움이 될 거예요."

나는 맬컴 아저씨에게 답하고 끌려 나간다.

조금만 더 가면 애덤이 중앙 통제실이라고 한 방이다. 이 방은 별로 부서지지 않았다. 사방이 모니터로 덮여 있다. 애시우드의 보안영상뿐 아니라, 출입이 통제된 존 핸콕 센터 밖의 감시 카메라도 해킹된다. 아래쪽엔 컴퓨터들이 놓여 있지만, 자판이 모두 모가도어 글자로 돼 있어 우리는 사용할 수 없다.

나는 허리에 손을 올리고 중앙 통제실을 둘러본다. 얼마 전까지만 해도 나에게 따라붙던 카메라들이다. 이렇게 반대쪽에 서 있다니, 이상하다. 나도 샘과 마찬가지로 여기 있는 게 불안하다.

"우리 여기 있어도 안전한 거야? 이 카메라들…… 우리를 찍는 건 없어?"

애덤이 회전의자에 앉아 컴퓨터에 명령어를 한 줄 쳐 넣고 나를 보며 대꾸한다.

"내가 막아놨어. 장군의 권한을 이용해서 웨스트버지니아 사령부에 전언을 보냈어. 수리 팀이 화학 물질을 누출시켰다고. 해결하려면 시간이 좀 걸릴 거라고 했어. 영상이 안 오는 게 수리 팀 작업 때문이라고 생각할 거야."

"시간이 얼마나 있어?"

"이삼 일? 일주일? 장군이 돌아오지 않으면 수상하게 생각하겠지. 어쨌든 그 틈을 최대한 이용해야지."

"그동안 우린 뭘 찾아내야 하지?"

"네 친구들. 사실 벌써 찾은 것 같아."

"그래, 플로리다에 있잖아. 그건 벌써 알고 있어."

이번엔 샘이 씩 웃으며 대꾸한다.

"아냐, 애덤이 발견했어. 정확히 말이야. 이거 봐. 그래서 너보고 오라고 한 거야."

샘이 가리키는 화면엔 미국 지도가 떠 있다. 지도는 다양한 크기의 삼각형들로 뒤덮여 있다. 우리 위치에도 작은 삼각형이 하나 표시돼 있고, 비슷한 크기의 표시 몇 개가 나라 여기저기에 흩어져 있다. 인구 밀집 지역 위에는 더 큰 삼각형들이 반짝인다. 뉴욕, 시카고, 로스앤젤레스, 휴스턴, 이런 도시들에 모두 표시가 돼 있다. 그중에서 제일 큰 삼각형은 웨스트버지니아의 산속에 숨어 있는 기지 위다.

"이건 어…… 네가 뭐라고 했더라?"

샘이 애덤을 보고 묻는다.

"전력 배치 현황. 우리 종족이 작전을 수행하고 있는 지역을 보여주는 거야."

내가 말한다.

"주요 도시들 주변에 엄청 몰려 있네."

"그래, 공격을 준비하고 있어."

"지금은 거기 너무 신경 쓰지 말자, 알았지? 이걸 봐."

샘이 말하며 태블릿을 꽂아 다른 가드들의 위치를 나타낸다. 샘이 태블릿을 건네주자, 내 시선은 곧장 플로리다로 향한다. 순간 심장이 한 박자 건너뛰는 듯하다. 지도 위엔 깜빡이는 점이 하나밖에 없다. 남아 있는 가드들을 의미하는 점 네 개가 모두 한데 모여 있다는 걸 깨닫는다.

"완전히 모여 있네. 넷 모두."

"그래. 그리고 이것도 봐."

샘이 모가도어의 활동 지도 옆에 태블릿을 나란히 놓는다. 플로리다의 작은 주황색 삼각형 위치와 완벽히 일치한다.

내가 이를 악물며 말한다.

"모가도어 인들에게 잡혔구나. 애덤, 이것도 기지니?"

"연구소야. 생물 실험을 하고 있다는 기록이 있어. 포로를 가두는 시설은 아니야. 더구나 가드들을."

샘도 같은 생각이다.

"게다가 이제 와서 왜 포로로 삼겠어? 세트라쿠스 라 엘라는 그렇게 한다 쳐도, 다른 애들은……."

그때 내가 샘을 탁 치며 흥분해서 외친다.

"포로가 아니야! 걔들이 거기를 공격하고 있는 거야!"

애덤이 자판을 마구 두드리며 말한다.
"영상을 확보하려고 작업 중이었어."
"어떻게?"
내가 애덤 옆 회전의자에 앉으며 묻는다.
애덤은 물 만난 고기처럼 자판 위에서 손가락을 종횡무진한다.
"내가 정찰기 한 대를 운행 못하게 묶어놨거든. 그건 쉬웠지. 그런데 우주선을 움직이지 못하게 만들면서 선내 감시 체계에 접속해서 조종하는 건 좀 어렵더라고."
"우주선을 해킹한다고?"
샘도 화면을 들여다보며 묻는다. 애덤의 화면은 지직거리고만 있다.
"그게 돼?"
"이 통제실은 일종의 신경 중심이야. 다른 모든 기지들로부터 정보가 전송돼. 접속해서 조종하는 건 좀 다른 문제지만."
"어디에 접속해?"
"로리언 인들을 오래 찾아다니다 보니, 아주 작은 실마리조차 놓치지 않기 위해 강박적일 정도의 시스템을 만들어놨어. 그래서 모든 작전은 기록이 돼. 어디든 감시 카메라가 있어. 심지어 우주선에도 달렸다고."
애덤이 작은 환호성과 함께 자판 하나를 친다. 화면이 잠시 깜빡이더니 늪지대 한복판의 흐릿한 영상이 뜬다.
애덤이 설명한다.

"가드들이 근처에 있으면 볼 수 있을 거야."

"몸을 안 보이게 만들고 있지 않으면."

내가 말하고 화면을 자세히 들여다본다.

카메라 아래서 모가도어 몇 명이 좌절한 표정으로 엔진 부품을 정찰선에서 뜯어내고 있다. 부품들을 닦아내더니 다시 붙이고, 그래도 안 되자 다른 것들을 분해하기 시작한다.

샘이 묻는다.

"뭐 하는 거지?"

저들을 골려주고 있는 게 신나는지 애덤이 흐뭇하게 대꾸한다.

"내가 해놓은 짓을 고쳐보려 하는 거지. 엔진 고장인 줄 아는 거야. 이쪽에서 조종당하고 있는 줄은 모르고. 깨달으려면 몇 분 걸릴 거야."

또 다른 모가도어 인이 다가온다. 장군과 비슷한, 훨씬 고급으로 보이는 제복을 입고 있다. 기술자들에게 고함을 치더니 씩씩거리며 화면 밖으로 사라진다.

"카메라를 이동시킬 수 있어?"

"당연하지."

애덤이 자판을 누르자 카메라가 옆으로 이동하며 잘 입은 모가도어 인을 따라간다. 처음에는 아스팔트밖에 없더니 멀리 늪지대가 조금 보인다. 잘 입은 모가도어 인은 조금 떨어진 비행기 격납고 안으로 들어간다.

"애들이 저기 있는 거 아닐까?"

"카메라에 열 감지 기능도 있는데, 어떻게 작동시키는지 모르겠어."

애덤이 주저하며 자판을 몇 개 두드려보지만 잘 안 된다.

그때 파이브가 격납고에서 걸어 나온다. 엘라의 환영에서 보고 배신자라 짐작하긴 했지만, 혹시나 사실이 아닐 수도 있지 않을까 하는 어리석은 희망을 품었더랬다. 혹은 죽은 가드가 파이브가 아닐까 하는 좀 더 어두운 희망도. 하지만 파이브는 살아 있다. 구겨진 모가도어 제복을 입고, 눈에는 붕대를 감았다.

샘이 헉, 놀라는 소리가 들린다.

사실 나는 누구에게도 환영에서 파이브를 본 이야기만은 하지 않았다. 혹시 사실이 아닐 경우, 괜한 의심을 사게 할 수 있으니까.

샘이 고개를 절레절레 흔든다.

"저 새끼가 배신자였다니. 시카고에 대해 일러준 것도 저놈일 거야."

"가드 중 하나구나. 나도 몰랐네."

애덤이 조용히 말한다.

나는 피가 끓어오르는 것 같아 파이브에게서 시선을 돌린다. 이를 악물고 애덤에게 묻는다.

"몰랐다고?"

"그래. 알았으면 말해줬겠지. 세트라쿠스 라가 비밀로 한 것 같아."

나는 냉정을 유지하려 애쓰며 억지로 화면으로 시선을 돌린다.

새로운 적을 찬찬히 살펴본다. 축 처진 어깨, 밀어버린 머리. 남아 있는 눈의 어두운 기색. 우리 중 한 명이 어쩌다가 저런 끔찍한 처지가 되었나?

"저 자식, 뭔가 이상하다 했어. 존, 이제 저놈을 어떻게 해야 하지?"

샘이 가만히 있지 못하고 서성거리며 말한다.

나는 대답하지 않는다. 지금으로서 생각나는 유일한 해결책은 죽여버리는 것이다. 대신 애덤에게 묻는다.

"어딜 가는 거야? 따라가봐."

파이브는 활주로를 가로질러 지금까지 본 중 가장 큰 우주선으로 이어진 경사로를 올라간다. 너무 큰 우주선이라 감시 카메라에다 담기지도 않는다.

내가 기겁하며 외친다.

"젠장, 저건 또 뭐야?"

"전함이야. 어느 건지는 모르겠어."

샘이 탄식한다.

"어느 건지는 모르겠다고? 저런 게 대체 몇 댄데?"

"수십 대? 수백 대일 수도 있고, 그렇게까진 아닐 수도 있고. 모가도어의 옛날 연료를 사용하는 전함이야. 지금은 로리언에서 파낸 걸로 지탱하고 있지. 효율적인 체계는 아니야. 느리기도 하고. 내가 어릴 때 말썽을 부리면 어머니가 함대가 올 때까지 외출을 금지시키겠다고 으르곤 했지······."

애덤은 쓸데없는 말까지 지껄이고 있다는 걸 깨닫고 입을 다물며 우리를 본다.

"이런 얘기, 듣기 싫지?"

"회상에 잠기기에 좋은 순간은 아니지. 하지만 함대에 대해선 더 말해봐."

내가 대답한다.

"로리언을 정복한 이후 이리로 출발했어. 모가도어 전략가들은 마지막 대공습에 쓸 화력은 남아 있다고 하지."

"지구를 말하는 거구나."

"그래, 그런 다음에 여기 정착할 거야. 세트라쿠스 라가 또 무슨 이유를 찾아내면 함대가 재건설될 거야."

"우주에 마지막 생명이 남는 그날까지 정복을 멈추지 않겠다는 거겠지."

샘이 고개를 절레절레 흔든다.

"그래도 약점 같은 게 있겠지? 데스 스타(영화 〈스타워즈〉에 나오는 인공 행성 - 옮긴이)도 한 곳만 쏘면 전부 날아가버렸잖아."

애덤이 얼굴을 찌푸린다.

"데스 스타가 뭐야?"

샘이 고개를 푹 숙인다.

"우린 망했어."

"만일 애들이 저 전함에 잡혀 있는 거라면……."

나는 말을 더 맺지 못한다. 그렇다면 어떻게 해야 할지 도무지 알 수 없기 때문이다. 버려진 모가도어 기지 하나를 접수하는 것도 쉽지 않았는데, 저 거대한 전함은 들어갈 방법이나 있을지 모르겠다.

설상가상 전함이 천천히 상승하기 시작한다. 샘이 맞을지도. 우린 망한 거다.

셋이 말없이 전함이 날아오르는 모습을 보고 있는데, 전함의 등 딱지가 잠시 깜빡이더니 시야에서 사라져버린다. 아주 사라진 것이 아니고 외곽선이 희미하게 보이지만, 주변 빛이 이상하게 휘는 것 같다. 마치 물속의 물건이 흔들리며 보이는 것처럼 말이다.

"위장 기술이야. 전함에는 다 있어."

애덤이 설명한다. 그때 샘이 외친다.

"어, 이것 봐. 아직 희망이 있는걸?"

전함이 가버린 후 태블릿 위에선 점 하나가 천천히 멀어지고 있다. 파이브의 점이다. 잠시 후부터는 화면을 왔다갔다하며 불규칙하게 깜빡이기 시작한다. 엘라의 점이랑 똑같다.

"가드 두 명이 똑같이 움직이고 있네."

샘이 말한다. 애덤이 말을 받는다.

"전함이 다시 궤도로 돌아가고 있는 거야. 그렇다면……."

"엘라도 전함 중의 하나에 타고 있는 거지. 함대로 데리고 간 거야."

내가 샘의 말을 받는다. 샘이 묻는다.

"우린 어떻게 올라가야 하지?"

"그럴 필요가 없지. 함대가 내려올 테니까."

애덤이 대답한다.

"아, 그래. 지구 대공습. 그럼 그냥 앉아서 기다리면 되는 거야?"

나는 태블릿 위, 아직 플로리다에 남은 세 점을 가리킨다.

"아니, 우리가 애들한테 가야 해. 아직 여기 있잖아. 우린……."

말을 하면서 고개를 드는데 화면 속 카메라가 움직이고 있다.

"네가 못 움직이게 해놨다며? 정찰기가 어떻게 움직이는 거지?"

애덤이 서둘러 자판을 쳐서 카메라를 아래로 움직이니, 모가도어 인들이 있는 대로 힘을 쓰며 정찰선을 손으로 밀고 격납고를 향해 가고 있다.

샘이 말한다.

"포기했나보네."

모가도어 인 중 하나가 먼저 달려가 격납고의 금속 문을 밀어 연다. 텅 빈 격납고 한가운데에 나인, 마리나, 식스가 깜짝 놀라 서 있다. 샘도 놀라 고함을 지르다가 자신의 입을 막는다. 상황이 드디어 파악되자 찌르는 듯한 아픔이 가슴을 친다. 넷이 있어야 할 가드가 셋밖에 없다. 그리고 나인은 시체 주머니가 분명한 것을 팔에 안고 있다.

"에이트……."

샘이 뇌까린다.

슬퍼하고 있을 겨를이 없다. 나는 애덤에게 말한다.

"우주선의 무기는 움직일 수 없어?"

14
가드들, 다시 뭉치다

격납고 사방에 대고 귀청을 찢는 포화를 한바탕 퍼부은 후, 정찰선은 이상할 정도로 조용해진다. 마리나와 나는 금속 테이블을 쓰러뜨리고 그 뒤에 나란히 엎드려 있다. 우리는 서로 눈빛을 교환한다. 이 테이블로는 한 방도 견디기 힘들다. 사실 우주선의 광선포가 우리를 제대로 겨냥하지 못한 것 같다.

"조준 실력 죽이네!"

나인이 웃으며 외친다. 테이블 옆에 납작 엎드려 자신의 몸으로 에이트의 시신을 반쯤 가리고 있다.

우리도 테이블에서 고개를 내밀어 보니, 여기저기 잿더미가 쌓여 있다. 모가도어 기술자들의 흔적이다. 우주선의 광선포에서는 아직도 연기가 솟아오르지만 지금은 잠잠하다. 미동도 않는다.

나는 경계를 늦추지 않으며 일어선다.

"뭐가 어떻게 된 거야?"

"무슨 상관이야? 여기서 나가자."

나인이 에이트의 시신을 안아올리며 말한다.

"오작동인가?"

마리나도 일어서서 아직 우리 앞을 막고 있는 우주선을 향해 조금씩 걸어간다.

우리 셋은 넓게 간격을 두고 광선포 바로 앞을 피해 움직인다. 내가 대꾸한다.

"모가도어 인들만 쐈잖아. 그런 오작동이 어딨어?"

그때 우주선의 조종석이 쉭 소리를 내며 열린다. 우리는 깜짝 놀라 흩어진다. 그러나 지직거리는 마이크를 통해 익숙한 목소리가 튀어나온다.

"얘들아, 내 말 들려?"

"존?"

내 귀를 믿을 수가 없다. 엘라와 함께 혼수상태에 빠진 걸 보고 왔는데. 나는 우주선으로 뛰어가 조종석 앞으로 뛰어오른 후 귀를 기울인다.

존이 말한다.

"식스, 나야. 다시 보게 돼서 기쁘다."

"내가 보여?"

그러고 보니 조종석 입구 위에 작은 카메라가 보인다. 조금씩 움직이고 있다. 마치 인사하듯 위아래로 꿈틀거린다.

"야, 어떻게 된 거야? 네 뇌가 모가도어 우주선에 이식되기라도 한 거냐?"

나인이 의심스러운 눈으로 조종석을 훑어보며 묻는다.

"뭐? 바보 같은 소리 하지 마."

존의 짜증스러워하는 표정이 보이는 듯하다.

"우리가 모가도어 기지 하나를 손에 넣어서 그 우주선을 원격 조종하고 있어."

"훌륭한데!"

나인은 그러면 다 됐다는 듯 에이트를 안고 훌쩍 뛰어올라 내 옆에 선다. 비행접시 모양의 우주선이 그 무게에 기우뚱하다가 바로잡힌다. 착륙 장치가 징징거린다. 나인이 금속 몸체를 텅텅 차며 시험해본다.

"그럼 이걸 타고 가면 되나?"

대답이라도 하듯 우주선 엔진이 부르르 떨리며 시동이 걸린다. 조종석을 들여다보니 여섯 개의 딱딱한 의자가 설치돼 있다. 알 수 없는 모가도어 글자로 뒤덮인 계기판에 불이 들어오며 비행기와 비슷해 보이는 조종간들도 보인다. 나는 모가도어 우주선은 고사하고 지구인들이 만든 비행기도 조종해본 적이 없다.

"시카고 뉴스 봤어. 다들 괜찮니?"

마리나가 말하며 우주선으로 올라온다.

"응……. 놈들이 엘라를 데려갔지만, 위험하지는 않을 거야."

마리나가 눈을 휘둥그레 뜨며 주변 공기가 갑자기 서늘해진다.

"그게 무슨 말이야? 데려갔는데 위험하진 않을 거라니?"

"나중에 설명해줄게, 우선 우주선에 타. 거길 얼른 빠져나와야지."

"좋은 생각이야."

나인이 대답하고 조종석으로 뛰어내려 에이트의 시신을 조심스레 의자 몇 개에 걸쳐놓는다.

나도 따라 들어가는데, 화학약품 같은 모가도어 우주선 냄새가 느껴진다.

"어, 근데, 운전을 어떻게 하지?"

잠시 존은 말이 없더니 다른 목소리가 나온다. 거친 억양의 거슬리는 목소리다.

"내가 원격으로 운전할 거야. 하지만 여기서 우주선의 컴퓨터를 해킹한 거라, 자동항법장치가 고장 나진 않았을까 걱정이 되네. 내가 가르쳐주는 대로 너희가 수동 조작하면 더 안전할 거야."

모가도어 인은 재빨리 설명하고서 기겁한 우리를 다독이듯 덧붙인다.

"안녕, 난 애덤이라고 해."

"맬컴 아저씨가 말한 애구나."

내가 간신히 대꾸한다. 샘이 끼어든다.

"걱정 마, 식스. 그렇게 나쁜 애는 아냐."

샘의 목소리에 어쩔 수 없이 미소가 떠오른다.

"아, 그래, 그럼 해보지 뭐."

나인이 회의적인 투로 말하면서 좌석 하나에 털썩 앉는다.

나는 조종사 자리로 들어간다. 마리나는 망설이며 의심스러운 눈으로 모가도어 인의 목소리가 나오는 장치를 노려본다.

"진짜 존인지 어떻게 알아? 세트라쿠스 라가 변신한 걸 수도 있잖아. 함정일 수도 있어."

존과 샘의 목소리를 들은 게 너무 기뻐서, 나는 미처 생각해보지 못했다.

내 뒤에서 나인이 통신 장비에 대고 외친다.

"이봐 조니, 시카고에서 네가 피타커스 로어라고 주장했을 때 우리가 뉴멕시코로 갈지 말지 논쟁했던 거 기억나?"

"그래."

존이 이를 갈면서 대꾸하는 것 같다.

"그때 결론이 어떻게 났지?"

"네가 나를 지붕 끝에 매달았지."

존이 한숨을 쉰다. 나인이 그보다 행복했던 추억은 없다는 듯 활짝 웃는다.

"그랬지."

그것으로 부족하다 생각했는지, 존이 말을 잇는다.

"마리나, 우리가 처음 만났을 때 내가 다리에 총알 두 발을 맞아 난 상처를 네가 치유해줬어. 그리고 나서 바로 미사일을 맞을 뻔했고."

마리나가 슬쩍 웃는다. 며칠 만에 처음 보는 마리나의 웃음이다.

"그때 난 네가 이제까지 본 중 가장 멋진 남자라고 생각했지, 존 스미스."

나인이 껄껄 웃고 고개를 절레절레 젓는다. 마리나가 우주선에 타서 에이트의 시신 옆에 앉는다. 시신을 보호하듯 그 앞에 손을 짚는다.

"머리 조심해."

애덤이 경고하자, 조종실 뚜껑이 쉭 소리를 내며 내려온다. 모가도어 우주선 안에 갇힌다는 느낌에 공포가 밀려올 뻔했지만, 마음을 굳게 먹고 운전 장치를 꼭 잡는다. 조종실 안은 어둑하다. 유리가 착색되어 바깥이 선글라스를 쓴 것처럼 보인다. 빽빽한 모가도어 글자들로 된 데이터가 조종실 유리에 직접 전송되어 나타난다. 모가도어 조종사는 읽을 수 있겠지.

"준비됐어. 뭘 할까?"

내가 말한다. 나인이 끼어든다.

"잠깐, 왜 네가 조종하는 거야?"

애덤이 무시하고 침착하게 지시한다.

"네 앞의 운전대를 돌리면 그대로 우주선이 방향을 바꿀 거야."

운전대는 쉽게 돌아간다. 우주선 선체의 접시 모양 부분은 바퀴를 움직이지 않아도 180도 돌아간다. 나는 회전을 멈춰 격납고의 출구를 향한다.

"잘했어. 이제 왼쪽 레버로 바퀴들을 움직여."

내가 왼쪽의 손잡이를 잡고 조금 앞으로 밀자 우주선이 휙 앞으로 나간다. 조종간들이 민감해서 천천히 움직이게 하려면 힘을 많이 주면 안 되겠다. 우리는 느릿느릿 활주로로 나간다.

나인이 불평한다.

"에잇, 속도 좀 올려, 식스. 훔친 티 좀 내자."

"저 말 듣지 마."

마리나가 말한다. 애덤이 계속 지시한다.

"격납고 밖으로 완전히 나오면 멈춰."

이제 조종실 위를 올려다봐도 하늘 밖에 안 보인다. 손잡이를 놓자 우주선이 끼익 하며 멈춘다.

"좋아, 이제 운전대를 양손으로 잡아봐. 버튼이 만져져?"

운전대를 고쳐 잡고 밑쪽을 더듬으니 두 개의 작은 버튼이 옴폭 들어가 있는 게 만져진다.

"찾았어."

그리고 시험 삼아 왼쪽 버튼을 꾹 눌렀다. 그러자 부릉거리던 우주선의 엔진이 괴성을 올리며 가속되어 하늘로 올라간다.

"야호, 만세!"

나인은 환호성을 지르고, 마리나는 의자를 더욱 꼭 붙잡으며 "조심해, 식스" 하고 중얼거린다.

내가 버튼을 놓자, 우주선은 그대로 고도를 유지하며 20미터 상공에 둥둥 떠 있다.

애덤이 꾸짖는다.

"좀 기다렸어야지."

"어, 그래, 미안. 우주선은 처음이라."

"별거 없어. 왼쪽 버튼은 상승이고 오른쪽 버튼은 하강이야."

"왼쪽은 위, 오른쪽은 아래. 알았어."

"그리고 너희가 탄 건 표층선이라는 비행선이야. 행성 간 이동은 못해. 그러니까 우주선이라고 할 순 없지."

나인이 콧방귀를 뀐다.

"이 자식이 우리한테 모가도어 비행공학이라도 가르치려나보네."

"나한테 하는 말이니? 어쨌든 그럴 생각은 없어."

애덤이 대꾸한다. 내가 나인을 쏘아보며 말한다.

"나인은 그냥 무시해. 여기 좌석 방출 기능은 없니?"

"있지."

"어, 뭐야? 설마 진짜 그럴 생각은 아니지, 식스."

나인이 좌석에서 엉거주춤 몸을 떼며 말한다. 그때 비행선 바닥에서 떨그렁거리는 소리가 들린다.

"조용히 해봐! 이건 뭐지?"

"걱정 마. 내가 원격으로 착륙 장치를 집어넣었어."

떨그렁 소리가 끝나자 운전대 양쪽으로 두 개의 작은 패널이 튀어나온다. 각각 엄지만한 버튼이 붙어 있어, 상승 버튼과 동시에 누를 수 있다.

"버튼 두 개가 보이지? 누르면 가속하고 그냥 놓으면 멈추는 거야."

나는 운전대를 잡고 부드럽게 패널에 달린 버튼을 누르는 동시에 운전대 뒤쪽 버튼은 누르지 않도록 조심한다. 비행선이 획 앞으로 나가다가 내가 버튼을 놓자 휘청거리며 선다.

나인이 내 의자 등받이에 몸을 기대고 들여다본다.

"비디오게임 같네. 멍청이도 운전할 수 있겠어. 기분 나쁘라고 한 말은 아냐, 모가도어 인."

"난 괜찮아."

가속 버튼을 조금 더 세게 누르자, 비행선이 쌩 앞으로 나가며 눈앞 데이터 화면에 경고가 분명한 글자들이 번쩍인다. 곧 어느 나무에 비행선 바닥이 긁히며 우지끈 가지들 부러지는 소리가 난다. 목을 빼고 내려다보니 부러진 가지들이 저 아래로 떨어졌다.

"앗, 실수."

내가 말하며 마리나의 눈치를 본다. 마리나는 하얗게 질린 얼굴로 나를 노려본다.

"식스, 제발 좀."

"고도를 올리는 게 좋겠어. 어, 그리고 운전대도 이용하고."

애덤이 말한다.

나인이 웃으며 다시 자기 자리로 돌아간다. 나는 상승 버튼을 눌러 고도를 높인다. 늪지대의 밀림 위로 올라가자 지평선이 눈에 들어온다. 풍경이 펼쳐진 조종실 앞창 부분에 마치 길을 보여주듯 빛으로 점점이 선이 그려진다.

"너희 항로를 띄웠어. 선을 따라오면 돼."

나는 고개를 끄덕이고 항로를 따라 비행접시를 북쪽으로 돌린다.

"좋아, 얘들아, 우리가 간다."

플로리다에서 워싱턴까지는 두 시간이 걸린다. 애덤의 지시에 따라, 너무 높아서 위성에 잡히거나 다른 비행기와 부딪치지 않게, 그렇다고 너무 낮아서 비행접시가 목격되는 소동이 일어나지는 않도록, 고도를 적당히 유지한다. 하지만 모가도어의 침공이 얼마나 심각한 상황인지 알리려면 불꽃이라도 쏘아올려서 사람들에게 비행접시를 보여주며 경고해야 하는 게 아닌가 싶다.

존과 샘의 목소리를 듣고 우리 친구들이 살아 있다며 기뻐했던 것도 잠시, 대화는 우울한 얘기들로 넘어간다. 존 핸콕 센터가 공격당한 얘기와 존이 엘라의 환영에서 본 것들을 들려준다. 세트라쿠스 라가 엘라를 원하는 이유도. 그동안 알고 있던 것들을 짜맞추어, 엘라가 세트라쿠스 라의 자손이며 그 모가도어 지배자도 실은 로리언 인이 변한 게 아닐까 설명한다. 크레이튼이 편지에서 말한, 사라졌다던 원로 말이다. 나는 머릿속이 혼란스러워져서 감당이 안 된다.

존의 얘기가 끝나고, 이번에는 우리가 플로리다에서 있었던 일을 들려줄 차례다. 존이 굳이 이야기를 재촉하지는 않으려는 게 느껴진다. 발목에 새로운 상처가 새겨진 후, 우리 중 누가 돌아오지 못하게 된 걸까 걱정하며 며칠을 보냈을 것이다. 말하기가 너무 힘들지만, 존은 알 자격이 있다. 하지만 마리나도, 나인도, 나서려 하지 않는다. 그래서 파이브가 우리를 배신한 과정을 설명하는 일은 내 몫으로 떨어진다. 파이브가 나인을 죽이려다가 '실수'로 에이트를 살해하게 됐다고. 그런데 나는 그동안 의식이 없었기 때문에 골자만, 나도 들은 사실만 들려준다. 그러고 나서 모가도어 야영지에서 에이트의 시신을 되찾게 된 과정은 자세히 이야기한다. 파이브가 모가도어 동료에게 한 짓도. 내가 말을 마치자 분위기는 침울하게 가라앉고, 우리는 말없이 비행하여 워싱턴 교외 지역에 도착한다.

농구장에 비행선을 착륙시킨다. 고급스럽게 생긴 교외 계획 단지인데, 불 켜진 창문은 하나도 없고 전부 비어 있어서 불길한 정적이 감돈다. 조종실이 열리고 마리나가 안도의 한숨을 쉬며 일어선다. 나인도 에이트의 시신을 안고 조심조심 일어난다. 마리나가 나인의 팔꿈치를 잡고 바짝 붙어 선다. 우리 친구가 시체 보관 주머니에 담겨 있다니, 아직도 믿기지가 않는다. 이렇게 옮겨다니는 것조차 잘못된 일로 느껴진다.

"이제 도착했어."

마리나가 에이트의 시신에 대고 속삭이는 말이 들린다. 그녀도 나와 마찬가지 감정인 것이다.

마리나와 내가 먼저 바닥으로 뛰어내려서는 나인에게서 에이트의 시신을 받으려고 한다.

하지만 나인은 그대로 서서 어두운 주변을 둘러보며 눈을 가늘게 뜬다.

"어어, 우리를 지켜보고 있는 동물들이 많네."

"동물?"

내가 나인을 올려다보며 묻는다. 나인의 표정이 멍해진다. 뭐, 평소에도 그렇지만, 동물 텔레파시를 쓸 때는 더하다.

"아, 우리가 새 친구들을 찾았다는 얘길 빼먹었네."

존이 반쯤 부서진 집에서 나와 우리에게 뛰어오며 말한다. 땅이 솟아올라 집을 쓰러뜨리려다가 멈춘 것처럼 보인다. 샘도 뛰어오며 나를 향해 활짝 웃는다. 하지만 내가 눈치 주는 시선을 던지자 얼른 흥분을 죽이며 좀 더 온화한 미소로 바꾼다. 그 뒤에서는 맬컴 아저씨와 창백하고 호리호리한 남자애가 수레를 밀고 나온다. 저 애가 애덤인가보다. 늘어진 검은 머리 때문에 모가도어 인이라기보다는 우울한 록 뮤지션 같다.

"키메라가 정말 많네. 끝내준다."

나인이 신나서 두리번거리며 말한다. 샘이 대꾸한다.

"뚱뚱하고 게으른 녀석 하나에게는 네 이름을 붙여줬지."

"뭐야, 그게."

달려온 존이 마리나를 꽉 껴안는다. 어둠 속이지만, 다크 서클이 내려앉은 얼굴을 보니 그동안의 마음고생이 짐작된다. 고등학교에서 모가도어 인들과 싸우며 눈을 부릅뜨고 있던 아이가 기억난다. 다시 그때로 돌아가 온 세상에 혼자만 남은 것 같은 심정이었을까? 우리가 다시 모였으니 기뻐해야 하겠지만, 하나가 줄었다. 존이 그동안 자책하고 있었으리라는 걸 나는 알고 있다.

"돌아왔구나."

존이 마리나를 놓아주고 나를 안으며 나에게만 들리도록 조용히 말한다.

"만일 내가……."

"아무 말도 할 필요 없어."

내가 대꾸하며 꽉 안아준다.

"이렇게 다시 모였잖아. 우린 다시 싸울 거고, 꼭 이길 거야."

존은 물러서며 안도의 표정을 잠깐 지어 보인다. 누군가에게서 그 말이 꼭 듣고 싶었던 것처럼. 고개를 끄덕이고 비행선으로 가서 나인에게 에이트의 시신을 받아 안는다. 나인도 뛰어내리고, 다들 말없이 맬컴 아저씨가 수레를 가져오길 기다린다. 존이 시신을 수레에 내려놓는다.

"모가도어 인들이 뭘 붙여놨어. 전기장 같은 건데."

마리나가 말하며 수레 옆에서 안절부절못한다.

애덤이 주저하며 앞으로 나서서 목청을 가다듬는다.

"전극을? 심장에? 관자놀이에도?"

"응."

마리나는 애덤을 보지 않고 에이트의 시신만 보며 대답한다.

애덤이 잠시 망설이더니 어색하게 대답한다.

"그…… 견본이 상하지 않도록 붙여두는 거야. 해를 끼치진 않을 거야. 그냥 보존용이니까."

"견본이라고?"

나인이 건조하게 대꾸한다.

애덤이 머리를 쓸어올리며 조용히 말한다.

"미안하다. 난 그저 너희가 알아야 할 것 같아서……."

"괜찮아. 고맙다, 애덤."

존이 말하고 마리나의 어깨에 손을 올린다.

"자, 이제 들어가자."

"에이트를……."

마리나는 목이 메어 심호흡을 하고 말을 잇는다.

"어떻게 하려고?"

"조용한 방을 준비해놨어. 로리언 인들은 어떤 장례 풍습이 있는지 잘 몰라서."

맬컴 아저씨가 부드럽게 대답한다.

나는 먼저 존을 본다. 인상을 쓰고 고민에 빠져 있다. 나인은 완전히 당황한 표정이다.

"우리도 모르네요. 그러니까, 우리 중 하나의 죽음을 제대로 기려본 적도 없어서……."

"하지만 여기에 묻을 순 없어. 여긴 모가도어 기지잖아."

마리나가 말한다. 맬컴 아저씨가 고개를 끄덕이고 마리나에게 말한다.

"네가 나랑 같이 안으로 데려갈래?"

마리나가 고개를 끄덕여서, 둘이 에이트의 시신을 집 안으로 밀고 들어간다. 애덤이 조금 거리를 유지하며 따라간다. 등 뒤에서 손을 어색하게 맞잡고 있다.

조금 있다가 나인이 존의 등을 찰싹 치며 긴장을 깨뜨린다.

"듣자하니, 네 여친은 섹시한 전 남자친구와 비밀 임무를 수행 중이라며?"

"우린 전쟁 중이야, 나인. 장난하는 게 아니라고."

존이 엄하게 대꾸하지만, 잠시 어색한 침묵 후에 피식 웃고 만다.

"그리고 섹시한 전 남자친구라고 누가 그래? 본 적도 없으면서."

"와, 너 진짜 내 가르침이 필요하구나. 자, 내가 상황을 설명해 주지."

나인이 존의 어깨에 팔을 걸치고 집 안으로 끌고 들어간다.

"나도 상황은 잘……. 어, 내가 왜 이런 얘기를 너랑 하고 있지? 저리 비켜, 이 멍청아."

존이 인상을 쓰며 나인을 밀쳐내지만, 나인은 더욱 꼭 달라붙는다.

"자, 자, 조니, 너는 지금 나의 애정 어린 충고가 그 어느 때보다도 필요하다고."

집으로 들어가는 철부지 형제를 향해 눈을 한번 굴리고 나니 샘과 둘이 남는다. 샘은 몇 발짝 떨어져서 열심히 나를 보며 무슨 말을 해야 할지 고민하고 있다. 아니면 말을 꺼낼 용기를 그러모으고 있든지. 아마도 이 애는 몇 시간째 이 순간을 그려보고 또 그려봤을 것이다. 다시 못 볼지도 몰랐던 여자애에게 해줄 멋진 말을 짜내며.
"안녕."
결국 샘이 입을 열었다.
"그래."
나는 대꾸하고, 샘이 무슨 말을 하기도 전에 확 끌어안고 거세게 키스한다. 아마 숨이 확 막혔을 것이다. 샘은 처음엔 깜짝 놀라 얼어붙은 듯하더니 나와 강도를 맞추려 애쓰며 마주 키스한다. 나는 샘의 셔츠 앞섶을 잡아당겨 비행선 옆으로 끌고 간다. 세상에서 제일 로맨틱한 장소는 아니지만 이만하면 괜찮다. 샘의 손을 잡아 내 허리에 놓고, 나는 양손으로 샘의 얼굴을 잡는다. 그의 머리카락 속을 손가락으로 헤집으며 이 키스에 절박한 에너지를 쏟아붓는다.

몇 분 후, 샘이 몸을 떼며 헐떡인다.
"와, 식스, 왜 그래?"
샘의 얼굴은 기대했던 표정이 아니다. 어리둥절하고 기쁜 기색도 있지만, 그 아래는 걱정이 서려 있다.

나는 시선을 피한다.
"그냥 너무 하고 싶었어."
사실이었다.
"또 기회가 있을지 알 수 없잖아."
그러고는 샘을 끌어안으며 그의 목에 내 뺨을 갖다 댄다. 심장박동이 느껴진다. 며칠간 참을성 있는 리더 역할을 억지로 떠맡으면서 거의 폭발하기 일보 직전의 마리나와 나인을 다독여 끌고 오느라 고생했다. 드디어 이렇게 어둠 속에서야 내 감정을 조금이나마 풀어놓을 수 있게 됐다. 나는 샘에게 안겨들며 떨리는 숨을 토해낸다.

"세상이 금방 끝나버릴 수도 있잖아……. 이런 것도 못해보고 죽긴 싫었어. 상황이 복잡해져도 상관없어."

내가 샘을 다시 쳐다보며 말한다.

"나도 마찬가지야."

우린 다시 키스를 시작한다. 이번엔 훨씬 부드럽게. 샘의 손이 천천히 위로 올라온다. 그때 가까이서 커다랗게 늑대 울부짖는 소리가 들린다. 처음엔 나인이 우리를 훔쳐보고 있다가 한심한 짓을 하나 싶었다. 하지만 이어서 두 번째, 세 번째 늑대들이 합창에 동참한다.

"이게 무슨 소리야? 교외 지역에 늑대가 있나?"

"나도 모…… 아, 키메라들! 우리한테 경고를 해주는 거야."

그리고 잠시 후, 휙휙휙 하는, 적어도 세 대의 헬리콥터 소리가 우리 위를 뒤덮는다. 눈을 가늘게 뜨면 번쩍이는 불빛 속에 그들의 윤곽이 보인다. 그러더니 이 주택 단지의 유일한 진입로 쪽에서 푸르스름한 불빛을 번뜩이며 검은 승합차들이 몰려온다. 우리 쪽으로 속도를 높인다.

15
FBI, 연합을 제안하다

찢어지는 듯한 타이어 마찰 소리와 헬리콥터 프로펠러 굉음에 나인과 나는 밖으로 뛰쳐나간다. 마침 번개가 쳐서 하늘을 두 쪽으로 가른다. 식스가 때린 경고 사격에 아스팔트가 조각나고, 맨 앞 승합차가 방향을 꺾는다.

"뭐야, 이거? 또 FBI야?"

"애덤이 여기는 관여하지 않을 거라고 했는데. 모종의 거래가 있다고 했어."

"네가 그들을 모두 죽였으니 거래가 끝났나보지."

머리 위엔 세 대의 헬리콥터가 독수리들처럼 맴돈다. 무슨 신호가 있었는지, 일제히 탐조등을 켠다. 그중 하나는 나와 나인을 따라오고 또 다른 불빛은 우리 뒤의 집을, 그리고 세 번째는 식스와 샘을 비춘다. 눈부신 조명 속에 무기도 없는 샘은 재빨리 비행선 위로 올라간다. 식스는 위로 손을 벌리고 초대받지 않은 손님들을 향해 험악한 날씨를 불러들이다가, 조명이 비추기 전에 모습을 감춘다.

그러는 동안, 번개를 피해 진입로로 들어온 승합차들이 차창 속에서 푸른 불빛을 번뜩이며 대형을 갖춰 착착 주차한다. 결국 방탄유리와 흠 한 점 나지 않은 반짝이는 자동차 외피로 이루어진 봉쇄 벽이 형성되었다. 차문들이 활짝 열리고 똑같은 남색 점퍼를 입은 요원들이 뛰어나온다. 모두 차문 뒤에 몸을 숨기고 무전기에 대고 외치거나 우리에게 총을 조준한다. 1분도 안 돼 우리는 포위당했다.

"정말 이걸로 우리를 막겠다는 거야?"

마치 쏠 테면 쏴보라는 듯 나인이 앞으로 나선다.

"무슨 생각인지는 모르겠지만, 키메라들에 대해서는 몰라."

진입로 바깥 어둠 속에도 숨어 있는 자들이 있는 것 같다. 정부 측 요원들은 우리를 포위했다고 생각하겠지만, 어둠 속에서 눈을 반짝이고 있는 것은 그들만이 아니다. 키메라들은 자리를 지키며 신호를 기다리고 있다.

뒤에서 삐걱 소리가 들려 돌아보니, 마리나가 양손에 비죽비죽한 고드름을 단도처럼 들고 있다. 새로운 모습이다. 그 옆에는 현관에 반쯤 숨어 애덤이 모가도어 광선총을 들고 있다.

"어떻게 하지?"

마리나가 묻는다.

머리 위에 먹구름이 모인다. 번개가 내려칠 준비가 됐지만, 지금까지는 정부 놈들이 포위한 것 말고는 아무 짓도 하지 않았다. 총을 쏘러 온 것 같지는 않아서, 나도 루멘을 쏘아올리지 않고 있다.

"불필요한 싸움을 하고 싶진 않아. 하지만 또 잡혀가서 심문을 받는다거나, 시간 낭비를 할 순 없어."

당연히 나인은 정신 나간 짓을 해도 좋다는 뜻으로 나의 말을 해석하고 앞으로 썩 나서더니, 오후의 전투 때 반쯤 불탄 닥터 아누의 의자를 들어올린다. 100킬로그램도 넘을 법한 물건을 한 손으로 가볍게 들고 빙빙 휘두르며 힘을 과시한다.

"여긴 사유지라고! 영장은 가지고 온 거야?"

미처 말릴 새도 없이 나인이 의자를 통째로 던져올린다. 의자는 위로 솟구쳐 가까운 헬리콥터 코앞까지 날아간다. 내가 보기엔 헬리콥터에 전혀 닿지 않았지만 조종사는 고철 돌팔매를 처음 당해봐서 깜짝 놀란 듯하다. 조종간을 확 당겼는지 헬리콥터가 허둥지둥 고도를 높이자 탐조등이 잔디 위를 비틀거린다. 의자는 거리 한복판에 쾅 떨어진다.

"저럴 필요는 없었는데."

애덤이 뒤에서 한마디한다.

"어, 견해차는 인정한다."

나인이 대꾸한다.

나인이 또다시 몸을 굽혀 다른 의자 조각을 줍는데, 승합차들 쪽에서 안전장치 푸는 소리가 들린다. 식스도 들었는지, 갑자기 짙은 안개가 잔디밭 위로 몰려와 앞을 가린다.

나는 루멘 불빛을 켜고 나인 앞으로 나선다.

"왜 왔는지는 모르겠지만, 실수하는 거야. 너희가 이길 수 없는 싸움이다. 너희 상사한테 가서 아무것도 없었다고 보고하는 게 현명할걸."

연설을 마치며 키메라들에게 텔레파시로 명령한다. 승합차들 측면의 어둠 속에서 늑대들의 합창이 울린다. 당황한 요원들 가운데 몇 명이 총구를 그쪽으로 향한다. 헬리콥터 하나의 조명도 그쪽을 훑기 시작한다.

"마지막 경고야!"

내가 외치며 농구공만 한 불길을 키운 손을 들어올린다.

"맙소사, 다들 물러서!"

승합차들 쪽에서 여자 목소리가 외친다.

요원들이 하나씩 총을 내린다. 그들 사이로 여자 하나가 양손을 올리고 우리를 향해 걸어 나온다. 안개 사이로 보니, 있는 대로 당겨 묶은 말총머리와 뻣뻣한 자세가 눈에 익다.

"워커 요원?"

워커 요원은 인상을 쓰며 가까이 온다. 뾰족한 얼굴에 예전보다 주름이 많아졌다. 얼굴도 창백하고, 붉은 머리엔 놀랄 만큼 흰 머리가 늘었다. 둘세 기지에서 심한 부상을 입었던 게 기억난다. 아직 다 낫지 않은 걸까?

더 가까이 오기 전에 식스가 그 뒤에서 나타나 말총머리를 잡는다.

"이제 멈춰."

워커는 눈을 휘둥그레 뜨고 멈춰 선다. 식스가 그녀의 허리춤에서 권총을 뽑아 바닥에 떨어뜨린다.

"소란을 일으킨 건 미안해. 우리 요원들이 모가도어 우주선이 착륙하는 걸 봐서. 공격당한 줄 알았어."

워커가 잡아당겨진 머리 때문에 컥컥거리며 말한다.

나는 루멘 불빛을 꺼뜨리고 고개를 갸우뚱하며 묻는다.

"그러니까 '우리'가 공격당한 줄 알고 이렇게 달려왔다는 말이야?

"안 믿어도 할 수 없지만, 정말 도우러 온 거야."

나는 워커 요원을 한참 노려본다. 금방이라도 불시에 사격 명령을 내리려는 게 아닐까 싶다.

"제발 내 말 좀 들어봐."

나는 한숨을 쉬고 집을 가리키며 식스에게 말한다.

"데리고 들어와."

그리고 나인에게 말한다.

"나머지들이 조금이라도 이상한 짓을 하면……."

나인이 실실 쪼개며 말한다.

"아, 나야 알아서 하지."

식스가 워커를 데리고 들어간다. 나도 몇 발짝 뒤에서 따라가며 다른 친구들은 요원들을 감시하도록 남긴다.

"저거 모가도어 인 아니었어? 포로로 잡은 거야?"

워커가 들어가며 묻는다. 내가 대답한다.

"동맹이야. 지금은 네가 포로야."

"알았다고."

워커가 그 어느 때보다도 피곤한 듯 말하며 알아서 소파에 주저앉는다. 거실 불빛 아래서 보니, 정말 뭔가 잘못된 게 보인다. 이상하게 회색이 돼버린 머리 때문인지도 모르지만, 워커는 탈진한 듯 보인다. 워커가 모가도어 인들의 지하 시설 입구를 눈여겨보지만, 딱히 놀라거나 관심을 기울이지는 않는다.

맬컴 아저씨가 장총을 어깨에 걸치고 거실로 들어온다.

"아, 손님이군. 일행도 많이 데려오고. 이제 괜찮은 거니?"

"아직은 몰라요."

내가 긴장을 늦추지 않으며 대답하고, 식스는 거실을 빙 돌아 워커 뒤쪽에 선다.

맬컴 아저씨가 말한다.

"음, 커피 한잔하려던 참인데, 마실 사람? 홍차도 있는 것 같더라."

워커가 피식 웃는다.

"이거 무슨 좋은 경찰, 나쁜 경찰 역할 분담인가? 당신이 바로…… 뭐라더라? 세판?"

식스가 손을 올린다.

"난 한 잔 마실래요."

내가 짜증스레 쳐다보자, 식스가 어깨를 으쓱하며 대꾸한다.

"뭐? 커피 마시면서도 얼마든지 이 여자를 처리할 수 있는데. 필요하다면 말이야."

"그렇겠지."

워커가 식스를 슬쩍 돌아보며 말한다.

나는 그 앞으로 성큼 걸어가 손가락을 눈앞에 대고 튕기며 말한다.

"좋아, 시간 낭비 그만해. 할 말이 뭐야?"

"퍼디 요원이 죽었어. 둘세 기지에서 심장마비를 일으켰지."

"아, 기억나. 안타깝네."

식스가 말한다.

워커 요원의 파트너, 하얀 머리에 비뚤어진 코를 가진 나이 많은 남자가 기억난다. 하지만 지금 우리랑 무슨 상관인지 모르겠다.

"애도는 표할게. 그래서 뭐?"

"짜증나는 놈이었어. 뒈졌다고 슬퍼하는 게 아니라, 그다음 일이 문제야."

워커가 손을 들어 올렸다가 천천히 FBI 점퍼 앞주머니로 손을 넣어 봉투를 꺼낸다. 봉투에서 폴라로이드 사진 몇 장을 꺼내 나에게 준다. 퍼디 요원의 시체 사진이다. 얼굴이 반쯤 녹아 없어졌고 콘크리트 바닥에 분해된 재가 쌓여 있다.

"심장마비라고 하지 않았어?"

"그랬지. 문제는 그다음에 분해되기 시작한 거야. 모가도어 인들처럼."

나는 고개를 절레절레 저으며 묻는다.

"왜 그랬지? 무슨 뜻이야?"

"모가도어 인들에게 강화 시술을 받고 있었어. 대부분의 모가협 고위 요원들은 수년 동안 받아왔어."

'모가협'이란 〈그들이 우리 가운데 있다〉에서 본 말이다. 강화 시술에 대해서도 애덤에게서 들었다. 하지만 어떻게 FBI 요원들이 강화 시술을 받게 됐는지는 모르겠다.

"잠깐, 처음부터 말을 해봐."

워커는 자신의 머리를 의식하는 듯 한번 매만지더니 생각에 잠겨서, 마음을 바꾸려나 싶었다. 하지만 그녀는 나에게 들고 있던 봉투를 나에게 통째로 넘겨준다.

"첫 접촉은 10년 전이었어. 모가도어 인들은 범죄자들을 쫓고 있다고 주장했지. 우리 경찰 추적망을 이용하고 싶다고 했어. 마음대로 돌아다닐 수 있는 권한과 함께. 그 대가로 우리에게 무기와 기술을 제공했어. 난 경찰학교를 막 졸업한 시점이라 그때 외계인들을 만나지는 못했지. 내 생각에 정부는 그들을 화나게 하거나, 우리보다 훨씬 강력한 무기를 거절하기 싫었던 것 같아. 우리 정부는 정말 빨리 제안을 받아들였어. FBI 국장도 협상에 참여했고. 그가 승진하기 전이었어. 그래서 승진했는지도 모르지."

마크의 웹사이트에서 본 기억이 난다.

"가만 보자, 혹시 그 예전 국장이 버드 샌더슨이야? 지금 국방장관?"

워커는 놀라는 듯하다.

"맞아. 잘 파악하고 있구나. 10년 전 모가도어 인들과 협상했던 사람들 대부분이 승승장구했어."

"대통령은?"

식스가 묻는다. 워커가 코웃음 친다.

"미국 대통령? 잔챙이일 뿐이야. 선거로 당선된 자들은 텔레비전에 나와서 연설이나 하는 명예직 유명인이지. 진짜 권력은 지명된 자들, 막후에서 일하는 자들이 가지고 있어. 너희는 들어본 적도 없는 자들. 모가도어 인들이 원하는 건 그들이야. 주변에 데리고 있는 것도."

"명색이 대통령인데, 아무것도 안 하고 있단 말이야?"

식스가 항의한다.

"아무것도 모르니까 그렇지. 그리고 부통령은 모가협이야. 때가 되면 대통령도 모가도어 인들에게 동조하거나 제거될 거야."

내가 손을 들어올리고는 묻는다.

"미안한데, 모가협이 정확히 뭐지?"

"모가도어의 진보에 협조하는 지구인들. 즉, 우리 두 종족의 결합을 말하는 거야."

"만일 새 직업을 알아보고 있다면, 네가 글을 써줄 웹사이트를 소개할게."

내가 워커에게서 받은 파일을 넘겨보며 말한다. 광선총들의 목록과 정치인들의 대화 내용, 중요해 보이는 정부 인사와 장교 제복을 입은 모가도어 인이 악수하는 사진들이 나온다. '그들이 우리 가운데 있다' 같은 웹사이트가 보면 환장할 만한 파일이다. 사실 많은 내용이 이미 마크의 웹사이트에 올라와 있다. 혹시 워커가 전해줬나?

"그래서 너희 상사가 발전된 무기에 인간성을 팔아넘겼다는 거야?"

식스가 소파 등받이를 짚으며 묻는다.

"대충 그래. 우리나라뿐이 아니야. 게다가 놈들은 우리를 계속 얽어매는 방법을 알아. 무기 다음에는 의학 기술을 약속했어. 유전자 강화술이라는 거였지. 독감에서 암에 이르기까지 모든 걸 고칠 수 있다고 주장했어. 한마디로 영생을 주겠다는 거였지."

나는 파일을 넘기다가 어느 병사의 사진 한 장에서 멈춘다. 소매를 걷어올린 팔뚝의 핏줄이 검게 변해 있다. 마치 피가 잉크로 변한 것처럼.

"이건 뭐지?"

워커가 목을 빼고 사진을 들여다본다.

"모가도어의 유전자 주사를 1주 동안 맞지 않았을 때의 사진이야."

나는 사진을 식스에게 보여준다.

"결국 모가도어 인들은 너희를 모가도어 인으로 바꾼다며 천천히 죽이고 있구나."

"우린 그런 줄 몰랐어. 퍼디가 그렇게 분해되는 걸 보고⋯⋯ 정신을 차린 사람이 몇 명 있지. 모가도어 인들은 구세주가 아니야. 그들은 우리를 인간이 아닌 다른 무언가로 바꾸고 있었어."

"그런데도 너희는 아직 협력하고 있고? 사로잡은 모가도어 인들을 대중에게 알리려는 사람들이 있다고 들었어. 하지만 너희 같은 사람들이 막고 있지, 안 그래?"

워커가 고개를 끄덕인다.

"모가도어 인들은 유전자 강화술을 받으면 점점 더 좋아질 거라고 했어. 워싱턴의 많은 늙은이들이 계속 시술을 받고 싶어하지. 인간이 그렇게 분해되는 꼴은 본 적이 없으니까. 샌더슨 같은 고위 모가협들은 벌써 더 나아간 시술을 받기 시작했어. 모가도어 인들이 그 대가로 원하는 건 우리의 지속적인 협조야."

"어떤 협조?"

워커가 눈썹을 추어올린다.

"아직도 그걸 모른다면, 난 정말 잘못된 편을 택한 거고 우린 다 죽은 목숨이야."

"당신이 수년 전에 옳은 쪽을 선택해서 어린애들을 사냥하는 데 협력하지 않았더라면……."

나는 식스의 표정을 보고 화를 억누른다.

"……어쨌든 우린 그들이 공격을 시작할 거라는 걸 알고 있어. 더 이상 어둠 속이나 교외 지역에 숨어 있지 않을 거야. 당신도 공격이 시작될 거라는 걸 알고 있지?"

"그래. 그리고 통치권을 고분고분 넘겨달래."

맬컴 아저씨가 커피 두 잔을 가지고 와서 한 잔은 식스에게, 다른 한 잔은 워커에게 준다. 요원은 놀라더니 고맙게 받는다.

"끼어들어 미안하지만, 그게 가능해? 사람들이 모가도어 인들의 존재를 아는 순간 우선 난리가 날 텐데."

"게다가 꼭 좀비처럼 생겼잖아. 보는 순간 기겁할걸."

"그렇지 않을 수도 있지."

워커가 대꾸하며 자신이 가져온 파일을 가리킨다.

나는 들고 있던 파일을 계속 넘기다가 사진을 몇 장 발견한다. 고급 식당에서 정장을 입은 두 남자가 점심을 먹고 있다. 60대 후반의 머리숱이 적은, 부엉이 같은 얼굴의 남자는 마크의 웹사이트에서 본 국방 장관 버드 샌더슨이다. 맞은편의 잘생긴 중년 남자는 어딘지 영화배우 같지만, 처음 보는 얼굴이다. 목에 뭘 걸고 있다. 대부분 옷에 묻혀 있어서 안 보이지만, 왠지 짚이는 데가 있다. 나는 그 사진을 워커에게 내민다.

"이 남자는 누구지?

워커가 나를 보며 눈썹을 추어올린다.

"뭐야? 몰라? 몇 가지 다른 모습으로 바꿀 수 있는 것 같지만. 나는 그가 너희를 둘세 기지에서 공격할 때의 모습은 처음 봤어. 덩치가 집채만 하던데. 불타는 채찍을 휘두르면서. 실은 그 순간 모가협은 안 되겠다는 생각이 들었던 것 같아."

나는 다시 사진을 들여다본다. 목에 걸고 있는 건, 옷 속에 숨겨져 있지만 분명 세 개의 로리언 펜던트다.

"말도 안 돼."

"모가도어와 지구 사이에 평화협정을 체결하는 세트라쿠스 라야."

식스가 내 옆으로 와서 사진을 받아본다.

"짜증나는 저 변신 능력. 우리가 도망다니는 동안 이러고 있었다 이거지."

"놈이 앞서고 있을지 몰라도, 아직 끝난 게 아냐."

맬컴 아저씨가 말한다.

"거참, 훈훈한 낙관주의네. 하지만 이틀만 있으면 결판이 날 거야."

워커가 커피를 홀짝이며 말한다.

"이틀 후에 뭐가 있는데?"

내가 묻는다. 워커가 설명한다.

"UN 회의. 마침 대통령은 갈 수 없어서 샌더슨이 대신 갈 거야. 거기서 세트라쿠스 라를 세상에 소개할 거고. 이 착한 외계인들은 우리에게 아무 해도 끼치지 않을 거라고 쇼를 하겠지. 모가도어 함대를 지구로 초대하자고, 은하계 너머 동네의 선한 이웃에게 안전한 착륙 길을 열어주자고 제안하겠지. 세트라쿠스 라에게 매수당한 세계 지도자들은 지지를 하고도 남아. 이미 다수를 확보했어. 그리고 일단 그들이 착륙한 후에는……."

"플로리다에서 이미 한 척을 봤는데, 싸울 준비가 된 군대로도 격추시키긴 힘들어 보였어."

식스가 나를 보며 우울하게 말한다. 내가 말을 받는다.

"하지만 전투는 일어나지 않을 거야. 지구는 싸워볼 생각도 안 하겠지. 순순히 들여보내준 게 괴물들이었다는 것을 깨닫는 순간, 때는 늦을 거고."

"그래. 모든 정부 인사들이 샌더슨에게 동의하는 건 아냐. FBI, CIA, NSA, 군대 등에서 15퍼센트 정도만 모가협이야. 물론 특히 권력을 가지고 있는 15퍼센트이지만. 대부분의 인사들은 아직도 전혀 모르고 있어. 다른 나라들에서도 마찬가지 비율일 거라고 생각해. 모가도어 인들은 지구를 접수하려면 어떤 인력을 얼마만큼 조종해야 하는지 잘 알고 있어."

"그럼 당신은? 맞서 싸우기로 한 1퍼센트라고?"

내가 묻는다.

"1퍼센트가 안 돼. 초능력도 없는 사람들이 맞서 싸우기로 결심하는 게 쉬운 줄 알아? 그리고 너희한테 또 뭐가 있니? 밖에 있는 늑대 무리? 어쨌든 내 부하들이 애시우드를 감시하고 있었어. 공격 기회를 엿보든지, 아니면, 모르겠다, 뭐라도 하려고. 그러다가 너희가 여길 접수하는 장면을 보고……."

나는 파일을 내려놓으며 그녀의 말을 자른다.

"좋아, 워커 요원. 알았어. 당신 말을 믿을게. 100퍼센트 믿지는 못한다 해도. 하지만 이제 어쩌자는 거지? 이 일을 막으려면 뭘 해야 해?"

"대통령한테 가야 하지 않을까? 그가 뭐라도 해야 한다고."

식스가 제안한다. 워커가 말한다.

"그것도 방법이지만, 그 사람은 혼자일 뿐이고 경호도 삼엄해. 설령 만날 수 있다고 해도, 외계인들에 대해 설명하고 우리 편으로 만든다? 쿠데타를 벼르고 있는 모가협 자식들도 많아."

나는 워커가 이미 계획을 갖고 와서 우리를 유도하고 있다는 생각이 든다.

"그럼 말해. 우리가 뭘 해줬으면 좋겠는데?"

"아직 아무것도 모르고 있는 사람들을 설득해야 해. 그러려면 큰 사건을 일으켜야지. 나랑 같이 뉴욕으로 가서 국방 장관을 암살하고 세트라쿠스 라를 폭로했으면 해."

워터는 아무렇지도 않게, 쓰레기를 버리러 나가는 것처럼 간단한 일이라는 듯 말한다.

16
파이브와 엘라의 재회

나는 전망대에서 전함이 다가오는 것을 지켜본다. 처음에는 지구를 배경으로 한 검은 점이던 것이 점점 커지더니 지구를 덮는 크기가 된다. 전함은 아누비스호에 가까워지자 속도를 늦춘다. 어느 정도 가까이 온 건지는 모르겠다. 수 킬로미터 떨어져 있는 것일 수도 있지만 광막한 우주 속에 있다보니 거리감을 잘 모르겠다. 지구에서는 멀리 떨어져 있다. 나의 친구들과도 멀리 떨어져 있다. 나에게 문제가 되는 거리감은 그뿐이다.

전함의 출구 하나가 열리더니 작은 이동선이 튀어나온다. 하얗고 완벽한 구체다. 검은 우주의 바다에 떠 있는 진주 같다. 작은 우주선이 이쪽으로 둥둥 떠오르면서, 아누비스호 아래쪽에서 징 하는 장치 소리와 슉 하는 공기 압축 소리가 들리며 도킹 입구가 열린다.

"이제야!"

세트라쿠스 라가 들뜬 듯, 훔친 지구인 얼굴에 함박미소를 띠며 내 어깨를 꽉 쥔다. 우리는 도킹 입구 바로 위의 전망대에 나란히 서 있다. 아래쪽에는 정찰선과 좀 더 작은 구체의 이동선들이 줄줄이 정박돼 있다.

우리는 나의 정혼자를 기다리고 있다. 단어만 생각해도 토할 것 같다. 자애로운 보호자인 척 내 어깨에 손까지 올리고 있으니, 더욱 끔찍하다.

나는 완전히 무표정을 유지한다. 내 감정을 숨기는 데 점점 더 능숙해지고 있다. 이 괴물에게 더 이상 어떤 정보도 주지 않기로 결심했다. 나도 들뜬 척한다. 좀 긴장하긴 한 것 같다. 놈이 나를 꺾었거나, 내가 체념했다고 여기게 놔둔다. '모가도어의 진보'에 대한 수업이 효과를 발휘했다고 생각하라지. 미래의 환영에서 보았던 나의 모습을 유령처럼 재현해주겠다.

조만간 탈출할 수 있게 될 것이다. 아니면, 그러다 죽겠지.

나는 창을 보던 전망대에서 몸을 돌려 발코니를 내려다본다. 우주선이 하역장 문에 도착하자, 불빛이 번쩍이며 진공에 빨려들지 않도록 조심하라고 경고한다. 세트라쿠스 라가 벌써 조치를 취해 모가도어 기술자들을 내보내고 우리끼리만 맞이할 수 있도록 했다. 묵직한 문이 열리자, 전망대의 기밀실 안에서도 우주의 흡인력을 느낄 수 있다. 마치 귀에서 물이 폭 빠져나가듯이 압력이 달라진다. 그리고 나서 이동선이 미끄러지듯 들어온다. 그 뒤로 문이 닫히며 다시 사방이 조용해진다.

"가자."

세트라쿠스 라가 명령하며 성큼성큼 전망대를 나간다. 이제는 열린 기밀문을 지나 하역장으로 가는 나선계단을 내려간다. 나는 고분고분 따라간다. 우리는 금속 바닥을 따라 발소리를 울리며 늘어선 정찰선들의 사이를 지나간다. 조심스레, 너무 관심 있는 티는 내지 않으며, 나는 세트라쿠스 라 앞쪽에서 열리는 우주선의 모습을 엿본다. 젊은 모가도어 진본 태생이 아닐까 싶다. 세트라쿠스 라가 직접 뽑은, 고위층의 전도유망한 자겠지. 그동안 보아온, 잔뜩 긴장해서 경애하는 지도자에게 현황 보고를 하던 애들처럼.

침착하려 애를 쓰고 있었지만 우주선에서 내리는 파이브를 보자 작게나마 헉하고 숨을 들이쉬지 않을 수 없다. 세트라쿠스 라가 돌아본다.

"너희 이미 만났지?"

파이브의 눈에는 두꺼운 거즈가 붙어 있다. 가운데선 갈색 피가 배어나오고, 가장자리는 땀에 절어 역겨워 보인다. 옷도 구겨지고 지쳐 보인다. 멀쩡한 눈으로 내 모습을 흘긋 확인하더니 두툼한 어깨가 더욱 축 늘어진다. 파이브가 세트라쿠스 앞에 서서 눈을 내리깔고 조용히 묻는다.

"저 애는 왜 여기?"

세트라쿠스 라가 파이브의 어깨를 잡고 말한다.

"얘야, 이제 우리가 모였다. 절대적인 모가도어의 진보의 고비에 서 있는, 해방되고 계몽된 자들이 말이다. 너도 큰 역할을 했지."

"알았어……."

파이브가 웅얼거린다.

환영에서 보았던 파이브가 기억난다. 식스와 샘을 사형대로 이끌었고, 식스는 그의 얼굴에 침을 뱉었지. 난, 나와 세트라쿠스 라의 연관에만 너무 신경이 쓰여 파이브의 문제는 그다지 생각하지 못하고 넘어갔던 것 같다. 이제 이렇게 모가도어의 지도자로부터 토닥임을 받는 파이브를 보고 있자니, 미래가 벌써 모습을 드러내는 듯하다. 그리고 나는 또 어떤 소름 끼치는 모가도어 결혼 의례를 통해 파이브와 맺어지게 된다는 걸까? 하지만 지금은 그런 것에 신경 쓸 때가 아니다. 파이브는 격한 전투라도 치르고 온 모습이다. 그렇다면…….

나도 모르게 목소리가 끽끽거린다.

"무슨, 무슨 일이야? 다른 애들은 어떻게 됐어?"

파이브는 다시 나를 보더니 입술을 일그러뜨린다. 대답하진 않는다.

"넌 그 애들에게 기회를 줬어. 그렇지 않니? 빛을 보여주려고 했지."

세트라쿠스 라가 파이브에게 묻지만, 나 들으라고 하는 소리다. 파이브가 조용히 대답한다.

"들으려 하지 않았습니다. 그래서 어쩔 수 없었죠."

"네가 베푼 자비를 그 애들이 어떻게 갚았는지 보렴. 즉시 고쳐주도록 하마."

세트라쿠스 라가 붕대 붙인 파이브의 얼굴을 손가락으로 쓰다듬는다.

파이브가 세트라쿠스 라의 손을 탁 쳐내서 나는 깜짝 놀라 뒤로 물러난다. 날카로운 힘이 들어간 손놀림이었고, 주변에 울릴 정도로 소리가 컸다. 세트라쿠스 라의 표정은 볼 수 없지만 등 근육이 일시에 경직되는 게 보인다. 그러지 않아도 딱딱한 자세가 더욱 굳는다. 나는 저 지구인의 모습 안에 숨어 있는 거대한 덩치가 폭발하려는 기세를 감지하고 숨을 죽인다.

파이브가 조금 떨리는 목소리로 조용히 말한다.

"놔둬요. 이대로 지낼 테니까."

세트라쿠스 라가 어떻게 혼내려는지는 모르겠지만 당장은 아무 말도 하지 않는다. 애꾸로 살겠다는 파이브의 기세에 허를 찔린 듯하다. 결국 세트라쿠스 라가 말한다.

"피곤하겠다. 쉰 다음 다시 얘기하자."

파이브가 끄덕이고 조심스레 세트라쿠스 라를 지나친다. 마치 모가도어 군주가 자신을 그냥 지나가게 놔둘지 확신이 안 간다는 듯이. 세트라쿠스 라가 파이브를 불러 세우지 않자, 파이브는 뭐라고 조금 웅얼거리더니 시무룩하게 출구로 향한다.

파이브가 반쯤 갔을 때 세트라쿠스 라가 갑자기 부른다.

"시체는 어디 있지? 펜던트는?"

파이브는 멈춰 서서 목소리를 가다듬는다. 나는 그의 손이 떨리기 시작하는 게 보인다. 파이브는 주먹을 꼭 쥐더니 천천히 돌아선다. 세트라쿠스 라는 아직 열려 있는 이동선을 바라본다.

가슴이 답답해지는 것을 느끼며 내가 묻는다.

"무슨 시체?"

하지만 둘 다 못 들은 척한다. 나는 목소리를 더 높인다.

"무슨 시체? 누구의 펜던트?"

"사라졌어."

파이브가 그렇게만 대답하고 입을 닫는다. 내가 소리친다.

"내가 묻잖아, 파이브! 무슨 시……."

나를 보지도 않고 세트라쿠스 라가 내 쪽으로 손을 한번 저으니 이가 꽉 맞물려진다. 놈이 염력으로 내 입을 닫은 것이다. 마치 따귀를 얻어맞은 것 같다. 뺨이 분노로 화끈거린다. 누가 죽었다는 말이다. 내 친구들 가운데 하나가 죽었는데, 저 두 나쁜 새끼들이 날 무시한다.

"자세히 설명해라."

세트라쿠스 라가 파이브에게 으르렁거린다. 잘생긴 지구인의 모습에도 불구하고 인내심이 바닥나고 있는 것이 보인다.

파이브는 마치 이런 대화가 시간 낭비일 뿐이라는 듯 한숨을 쉰다.

"델토치 사령관이 직접 시체를 지키겠다고 해서 굳이 반대하지 않았어. 떠나기 직전에 델토치만 재가 돼 있는 걸 발견했지. 가드들이 몰래 들어와서 빼앗아간 것 같아."

"나에게 가지고 올 책임은 너에게 있었지. 델토치가 아니라."

세트라쿠스 라가 으드득 소리를 내며 파이브를 뚫어버릴 듯 노려본다.
　"나도 알아. 하지만 그렇게 말해도 델토치가 듣지 않았어. 결국 그 불복종 때문에 죽었지."
　세트라쿠스 라의 얼굴로 검은 구름이 몰려드는 듯하다. 푸른 눈이 이글거린다. 파이브가 속이고 있다는 것을 아는 듯, 분노가 차오르며 내 턱을 잡고 있던 염력이 약해진다. 나는 그 틈을 이용해 뛰쳐나가 그 둘 사이에 선다. 이번에는 고래고래 고함을 질렀고, 그 둘도 나를 볼 수밖에 없다.
　"무슨 시체? 누가 어떻게 됐다는 거야?"
　결국 파이브가 남은 눈으로 나를 보며 대답한다.
　"에이트가 죽었어."
　"그럴 리가."
　나는 다리에 힘이 풀리며 중얼거리고 만다. 눈물이 차오르며 파이브의 냉랭한 표정도 흐릿해진다.
　"그래."
　세트라쿠스 라가 끼어든다. 분노는 다 빠져나간 듯, 비틀리고 사악한 목소리에 과장된 자부심을 잔뜩 담는다.
　"여기 파이브가 직접 처리했지, 안 그러니, 얘야? 모두 모가도어의 진보를 위한 복무였어."
　나는 주먹을 꽉 쥐고 한 걸음 앞으로 나간다.
　"네가? 네가 죽인 거야?"

"그건……."

파이브는 잠시 부인할 것처럼 보였지만, 세트라쿠스 라를 얼른 보더니 고개를 끄덕인다.

"그래."

세트라쿠스 라에게 아무 감정도 보여주지 않으려던 모든 나의 노력은 물거품이 된다. 머릿속에서 비명이 차오른다. 파이브에게 달려들어 갈가리 찢어버리고 싶다. 하지만 나는 상대가 안 된다는 걸 안다. 연습실에서 파이브의 능력을 봤다. 금속이든 뭐든 만지는 것으로 변할 수 있었다. 그래도 어떻게든 한 대라도 적중시켜 상처를 줄 수 있다면, 손이 부러져도 상관없다.

세트라쿠스 라가 내 어깨를 잡아 제지시킨다.

"지금이야말로 우리가 얘기했던 수업에 가장 적합한 때 같구나."

또 그 점잔빼는 사기꾼 같은 말투다.

"무슨 수업?"

내가 쏘아붙이며 파이브를 노려본다. 파이브는 그저 세트라쿠스 라의 관심이 나에게 집중된 데 안도한 눈치다.

"나는 가봐도 돼?"

"그럴 수 없지."

우주선 옆에서 세트라쿠스 라가 공구가 가득 담긴 수레 하나를 잡는다. 렌치, 펜치, 스크루드라이버 등 모가도어 우주선을 정비하는 도구들이지만, 지구의 것들과 별로 달라 보이지 않는다. 세트라쿠스 라가 수레를 가지고 온다. 그러고 뒷짐을 진 다음 미소를 지으며 나를 내려다본다.

"너의 레거시는, 엘라, 드레이넨이라고 하는 거다. 다른 가드의 레거시를 일시적으로 없앨 수 있는 능력이지. 로리언에서도 가장 희귀한 능력 중 하나였다."

나는 눈물을 닦고 몸을 편다. 여전히 파이브를 노려보면서도 세트라쿠스 라에게 쏘아붙인다.

"그래서 뭐? 어쩌라고?"

세트라쿠스 라는 개의치 않는다.

"그래서 역사를 아는 것이 중요하다. 원로들은 레거시가 로리언 사회의 필요에 맞춰 로리언 행성에서 솟아나는 것이라고 주장했지. 그렇다면 이상하지 않니? 다른 가드들에 대적해서만 쓸 수 있는 능력 같은 게 왜 필요할까?"

파이브는 내 눈을 피하며 꼼짝 않고 서 있다. 나는 분노에 사로잡혀 말조심하고 냉정을 유지하자는 결심을 잊어버리고 빈정댄다.

"모르지, 너희 같은 괴물들이 나타날 줄 알고 막아야 할 필요가 있어서 그랬는지도."

"아하."

세트라쿠스 라의 목소리에는 잘난 척 전문가의 흥겨움이 가득 담겨 있다. 내가 함정에 제대로 걸려들었다는 투다.

"그렇다면 말이다, 원로들은 왜 너를 아홉 명의 가드 가운데 하나로 뽑아 탈출시키지 않았을까? 그리고 로리언 행성이 로리언 인들의 필요에 맞춰 레거시를 부여하는 거라면, 왜 안 좋게 사용할 수도 있는 이들에게 레거시를 준 걸까? 드레이넨의 존재만으로도 원로들이 부정하고 싶어하는 로리언 행성의 무능력을 알 수 있다. 로리언의 레거시는 숭배의 대상이 아니라, 우리가 길들여야 하는 혼돈일 뿐이야."

나는 파이브에게 한 발짝 더 다가가려 하지만, 세트라쿠스 라가 염력으로 막는다. 나는 분노를 꾹꾹 내리누르며 내가 포로 신세라는 사실을 다시 한 번 떠올린다. 때가 될 때까지는 세트라쿠스 라의 추잡한 놀이에 장단을 맞춰줘야 한다. 복수의 기회는 기다려야 찾아온다.

"엘라, 내가 왜 이런 말을 하는지 알겠니?"

세트라쿠스 라가 말한다. 나는 한숨을 쉬고 파이브에게서 시선을 거둬 세트라쿠스 라를 멍하니 바라본다. 당연히 이 모든 철학 강의에는 목적과 계획이 있을 것이다. 그 책의 길고 긴 장들 가운데 하나에 쓰여 있는 얘기겠지. 입씨름해봐야 소용없다.

"그래서 모든 건 무작위로 결정되는 거고 우리는 그걸 영리하게 활용해야 한다. 네 말이 맞을 수도 있고 틀릴 수도 있지만, 네가 로리언 행성을 파괴해버렸으니 이제 알 수가 없잖아."

"내가 로리언 행성을 파괴했다고? 내가 행성 하나는 파괴했을지 모르지만 로리언 그 자체는 아니었단다."

세트라쿠스가 목에 걸린 펜던트를 흔들며 말한다.

"네 생각보다 훨씬 복잡한 문제란다, 아이야. 곧 네 마음이 트이면 이해하게 될 거다. 그때까지는 연습을 하고 있자."

그러면서 세트라쿠스가 수레에서 렌치 하나를 집어들어 나에게 던져준다. 나는 얼른 받아든다.

세트라쿠스 라는 가만히 있던 파이브에게 주의를 돌린다.

"날아라."

가도 좋다는 허락을 기다리고 있던 파이브는 어리둥절한 표정으로 쳐다본다.

"뭐?"

세트라쿠스 라가 하역장의 높은 천장을 가리키며 다시 말한다.

"최대한 높이 날아라."

파이브가 뭐라고 툴툴거리며 천천히 몸을 띄워 10미터가량 솟아오른다. 세트라쿠스 라가 이번에는 나를 본다.

나는 그가 뭘 원할지 짐작이 간다. 차가운 금속 렌치를 잡은 내 손이 땀으로 끈적인다.

세트라쿠스 라가 내 옆에 무릎을 꿇고 목소리를 낮춘다.

"둘세 기지에서 네가 했던 대로 해라."

"말했잖아. 어떻게 했는지 모른다고."

"네가 두려워하는 거 안다. 나를, 네 운명을, 네가 찾게 될 자리를 두려워하는 거야."

세트라쿠스 라가 참을성 있게 말한다. 이 끔찍한 순간, 그의 목소리가 마치 크레이튼처럼 들린다.

"하지만 너에게 그 두려움은 무기다. 눈을 감고 그것이 흘러나

오도록 두어라. 드레이넨은 따라올 것이다. 네 안에 깃들어 있는 레거시는 굶주려 있고, 네가 두려워하는 것을 먹이로 삼을 거야."

나는 눈을 꼭 감는다. 이 배움을 거부하고 싶기도 하다. 세트라쿠스 라의 목소리만으로도 소름이 끼친다. 하지만 레거시를 사용하는 법을 배우고 싶기도 하다. 그 대가가 어떤 것이든지. 그렇게 잘못된 일 같지는 않다. 내 안에는 분출되고 싶어하는 에너지가 있다. 나의 드레이넨은 사용되길 원한다.

눈을 뜨자 렌치가 붉게 빛을 낸다. 해낸 것이다.

"잘했다, 엘라. 그저 손을 대거나, 아니면 둘세 기지에서 했던 것처럼 잡고 있던 물건으로 멀리 떨어진 곳을 공격할 수 있다."

세트라쿠스 라는 설명하다가 내가 렌치를 그에게 들이밀자 재빨리 물러선다.

"조심해라, 아이야."

나는 렌치를 횃불처럼 치켜들고 세트라쿠스 라를 노려보며 생각한다. 이걸로 놈을 치면, 그의 레거시가 없어지며 머리통이 깨질 수 있을까? 파이브는 나를 말리려 할까? 내가 정말 해낼 수나 있을까? 아직은 세트라쿠스 라의 레거시가 어느 정도인지 알지 못한다. 또 어떤 다른 수단을 숨기고 있을지, 아니면 우리를 묶어버린 마력이 어떤 작용을 할지 알 수 없다. 하지만 그럼에도 불구하고, 한번 해볼 만한 가치가 있을지 모른다.

세트라쿠스 라의 얼굴에 엷은 미소가 피어난다. 내가 머릿속으로 이런 계산을 하고 있다는 걸 알고 흡족해하는 듯하다. 그리고 천장을 향해 눈짓하며 말한다.

"계속해. 뭘 해야 할지 알고 있지? 녀석은 나를 실망시켰다. 그리고 네 친구를 죽였지. 안 그러냐?"

그러면 안 된다는 걸 알고 있다. 세트라쿠스 라가 시키는 건 아무것도 하면 안 된다. 하지만 드레이넨의 힘으로 가득 찬 렌치가 내 손에서 들끓는 듯하다. 풀려나고 싶어 난리를 친다. 그리고 에이트 생각도 떠오른다. 죽임을 당해 저 아래 지구 어딘가에 누워 있다. 저 위에 부루퉁하게 떠 있는 뚱뚱한 남자애가 그랬다. 나의 할아버지가 나와 결혼시키려는 애다.

나는 돌아서 파이브에게 렌치를 던진다. 얼마나 멀리, 정확히 던질 수 있는지 확신이 없어서 염력을 더한다. 파이브는 렌치를 빤히 보면서도 움직이지 않는다. 그제야 내 결정에 후회가 든다. 파이브는 기꺼이 처벌을 감수하려는 것이다.

렌치가 파이브의 가슴에 정통으로 맞지만, 별로 세게 부딪히지는 않았다. 그렇더라도 마치 자석처럼 달라붙으며 파이브가 헉하고 숨을 내쉰다. 그의 부루퉁한 표정이 화들짝 일그러지며 손으로 렌치를 떼어내려 버둥거린다. 그러나 달라붙은 렌치가 빛을 내며 파이브는 허공에서 곤두박질친다.

다리는 구겨지듯 밑에 깔리고, 충격을 막으려 손을 짚었지만 어깨마저 바닥에 쾅 부딪친다. 그렇게 엎드린 채 숨을 헐떡거리며 일어나려 애쓴다. 하지만 팔 힘을 쓸 수 없는 것 같다. 좀 버티다 결국 뻗어버린다. 렌치가 몸에서 떨어진다. 세트라쿠스 라가 칭찬하

듯 내 등을 토닥인다. 그제야 정말 죄책감이 밀려든다. 에이트에게 한 짓은 알지만 내가 저렇게 만들다니……. 그제야 나와 마찬가지로 파이브도 포로에 지나지 않을지 모른다는 사실을 깨닫는다.

세트라쿠스 라가 파이브에게 명령한다.

"일어나서 치료를 받아라. 눈은 네 맘대로 해도 상관없지만, 지구에 도착할 때는 제구실을 해야 한다."

"네, 경애하는 지도자여."

파이브가 끽끽거리며 목을 빼 우리를 올려다본다.

"참 잘했다. 이제 다시『모가도어의 위대한 확장』을 공부하러 돌아가자."

세트라쿠스 라가 나를 출구 쪽으로 이끌며 말한다.

여전히 화가 머리끝까지 났지만, 납작 엎드린 파이브 옆을 지나가며 나는 텔레파시를 보낸다. 이런 처지라고 해서 옳고 그름에 대한 판단력을 잃지는 않겠다.

'미안해.'

대답을 기대하진 않았다. 나를 제대로 쳐다보지도 못했으니까. 그래서 텔레파시 연결을 끊으려 하는데, 파이브가 대답한다.

'괜찮아. 이런 일을 당해도 싸니까.'

'더한 일을 당해도 싸.'

나는 분노를 숨기지 못하고 한마디 더한다. 마리나와 내 옆에서 웃고 농담하던 에이트의 얼굴이 떠오른다.

'나도 알아. 난 실은……. 미안해, 엘라.'

그때 파이브의 머릿속에서 뭔가 더 보인다. 이런 적은 처음이다. 나의 레거시가 강해지고 있나보다. 뭔지는 잘 모르겠다. 텅 빈 격납고에 일부러 놔두고 온 에이트의 시신이 보인다. 그게 무슨 의미인지 알아내려 애써보지만, 파이브의 생각들이 온통 뒤죽박죽이다. 그의 마음속엔 너무 많은 모순된 감정들이 충돌하고 있다. 나로선 아직 그런 감정들을 다 알아볼 능력이 없다.

이미 파이브를 지나쳤지만, 나는 위험을 무릅쓰고 돌아본다. 파이브가 금속 구슬을 손으로 굴리며 레거시가 돌아오기를 기다리다가 나를 똑바로 마주 본다.

'우린 여기서 나가야 해.'

파이브가 머릿속으로 말한다.

17
새로운 비밀이 밝혀지다

일출 직전, 애시우드 단지는 고요하다. 흐릿한 하루의 시작을 가벼운 안개가 마중 나온다. 나는 잠을 잘 못 잔다. 새로운 증세는 아니다. 애덤의 옛날 집 거실 창 옆에 앉아 워커 요원이 넘겨준 문서들을 휴대전화로 사진 찍어 세라에게 보내준다. '그들이 우리 가운데 있다'를 통해 온라인으로 퍼뜨릴 생각이다. 적어도 이 정보들은 확실히 세상에 내보낼 수 있다. 워커에게도 기자들과 언론사에 믿을 만하다고 생각하는 사람들의 목록이 있지만, 거의 비슷한 수가 모가협 수중에 들어가 있다고 본다. 우리가 직접 하지 않으면 확실한 방법은 없다. 힘든 싸움이 될 것이다. 우리가 도망다니며 허비한 10여 년간 모가도어 인들이 너무 앞서나갔다. 군대에도, 정부에도, 심지어 언론에도, 너무 깊이 기반을 다져놓았다. 우리만 쫓아다니고 있었던 게 아니었다.

워커에 의하면, 흐름을 바꾸려면 뭔가 큰일을 벌여야 한단다. 우리보고 모가협의 머리를 자르란다. 즉, 국방 장관을 살해하라는 거다. 그렇게 해서 어떻게 지구인들의 지지를 얻어낼 수 있는지 모르겠다. 은밀하게 암살해도 된단다. 그런 계획에 참여할지는 결정을 못했지만, 워커 대신 더러운 일을 맡아 하는 건 거절했다. 일단은 그렇게 생각하도록 놔두어야겠다.

샌더슨 암살보다 더 중요한 건 세트라쿠스 라의 정체를 폭로하는 일이다. UN에서 무슨 깜짝 쇼를 꾸미고 있든지, 우리가 역으로 이용할 거다. 큰 소란을 피워서 지구인들이 모가도어 인들의 실체를 보게 하고, 공습에 대비해 단결하게 만드는 것이다. 10년 가까이 아무것도 모르고 살았던 사람들도 모두 알게 될 거다. 지구인들이 외계인들을 직접 보게 되면, '그들이 우리 가운데 있다' 같은 괴짜 웹사이트들도 진지하게 보게 될 거라고 희망하고 있다. 아무도 죽지 않고 이 일을 해낼 수 있었으면 좋겠다.

여전히 어두운 생각들이 나를 괴롭힌다. 처음 애시우드 단지로 들어왔을 때보다는 훨씬 크고 강한 저항군이 그럭저럭 갖춰지긴 했지만, 모가도어 인들을 물리칠 수 있을지는 알 수 없다. 내가 지구로 온 이래, 모가도어와 우리의 전쟁은 언제나 그늘 속에서 치러졌다. 이제 우리는 수십억의 무고한 사람들을 끌어들이려 하고 있다. 어쩌면 지구인들을 위해, 그리고 남아 있는 로리언 인들을 위해 우리가 얻어내려는 것은 결국 길고 피비린내 나는 '싸워볼 기회'에 지나지 않을까? 결국 원로들은 이걸 예상했던 걸까? 아니면 우리가 벌써 지구인들 모르게 모가도어 인들을 물리쳤어야 하는 걸까? 아니면 원로들도 우리만큼이나 다급한 상황에서 되는대로 지구로 보낸 걸까?

잠이 안 오는 것도 당연하다. 창문으로 건넛집 테라스에서 FBI 요원 두 명이 담배 한 대를 나눠 피우는 것이 보인다. 임박한 공습 걱정에 잠 못 이루는 것은 나만이 아닌가보다. 우리는 워커의 부하들이 애시우드 단지 빈집들에서 야영하도록 했다. 그들은 주변을 감시하며 애덤과 내가 어제 부숴놓은 출구에 보초를 세웠다. 그래서 애시우드 단지는 지구인과 로리언 인 동맹 저항군의 새로운 전초 기지가 되었다.

나는 아직 워커 요원이나 그녀의 부하들을 전적으로 믿지 않는다. 하지만 다가오는 전쟁 때문에 어쩔 수 없이 이상한 동맹들을 많이 받아들이게 된 것 같다. 결국 이렇게 되었다. 옛날 적들을 믿고 세를 불리지 못한다면 어차피 별 가능성을 기대할 수 없기 때문이다. 절박한 시기에는 절박한 수단이라도 찾게 된다.

마루가 삐걱거려 돌아보니 맬컴 아저씨가 지하에서 올라왔다. 피곤해서 퀭한 눈으로 막 하품을 참는 중이다.

"좋은 아침이에요."

내가 워커의 파일을 덮으며 말하자, 맬컴 아저씨가 고개를 절레절레 저으며 믿을 수 없다는 듯 말한다.

"벌써? 지하에 있다보니 시간 가는 줄도 몰랐네. 나를 돕던 샘과 애덤을 설득해서 가서 자라고 보낸 게 한 시간쯤 전인 줄 알았어."

"몇 시간이 지났어요. 모가도어의 기록을 뒤지면서 밤을 샌 거예요?"

맬컴 아저씨가 고개를 끄떡이기만 한다. 생각보다도 훨씬 지쳐 보인다. 아무래도 뭔가 충격적인 걸 본 모양이다.

"뭐 좀 찾았어요?"

"나. 나를 찾았어."

"무슨 말이에요?"

"다른 애들도 데리고 내려오는 게 좋겠다."

그렇게만 말하고 다시 지하로 내려간다.

위층 침실에 잠든 마리나를 먼저 깨운다. 그녀는 아래로 내려오다가, 한때 장군과 애덤의 어머니가 쓰던 큰 침실 앞에서 멈춘다. 하지만 지금은 임시로 에이트를 눕혀놓았다. 문틀에 손을 살포시 올렸다가 지나가는 걸 보니, 에이트의 펜던트를 걸고 있다. 나도 같이 슬퍼할 시간이 조금이라도 있었으면 좋겠다.

애덤은 다른 침실에서 자고 있다. 침대 옆에 검을 세워두었다. 깨우기 전에 잠시 망설이지만, 이제 그는 우리 중 하나다. 어제 장군에게서 내 목숨을 구하며 증명했다. 모가도어의 기록에서 맬컴 아저씨가 무엇을 발견했든, 애덤의 통찰력이 도움이 될 거다.

샘과 다른 가드들은 다른 집에서 자고 있다. 그래서 키메라들을 보낸다. 몇 분 후, 먼저 나타난 나인의 긴 머리가 엉망이다. 나만큼이나 피곤해 보인다. 의아해하는 내 눈길에 나인이 설명한다.

"지붕 위에서 잤어."

"왜?"

"네가 받아준 정부 놈들을 누군가 감시해야 하잖아."

나는 머리를 절레절레 흔들며 나인을 따라 지하로 들어간다. 다들 모가도어 기록실에 모였다. 다들 말이 없고 불편해 보인다. 마리나는 최대한 애덤에게서 떨어져 앉았다.

"샘과 식스는?"

"키메라들이 찾고 있어."

"걔들이 어느 으슥한 집으로 들어가는 걸 봤는데."

나인이 음흉한 미소를 짓는다. 내가 의아한 시선을 보내자 나인이 눈썹을 꿈틀거리며 말한다.

"세상이 끝날지도 모르는 상황이잖아, 조니!"

무슨 말인가 싶어 갸웃하고 있는데, 식스와 샘이 서둘러 들어온다. 식스는 말끔한 모습에 머리도 단단히 묶었다. 늪지대에서 고생하고 난 후 잘 쉬고 씻은 것 같다. 반면에 발그레한 얼굴의 샘은 머리도 사방으로 뻗쳐 있고 셔츠 단추도 잘못 채워져 있다. 내가 찬찬히 뜯어보는 것을 깨닫고 얼굴이 더욱 붉어지며 슬그머니 웃는다. 나는 어이가 없으면서도 엄숙한 분위기에 덩달아 웃지 않으려 애쓴다. 나인이 잇새로 휘파람을 불어대자, 심지어 마리나의 얼굴에도 잠시 웃음기가 스친다. 그러자 샘은 더욱 얼굴을 붉히고 식스는 더 도전적인 눈빛으로 우리 모두를 쏘아본다.

맬컴 아저씨는 아무것도 모르고 컴퓨터 화면만 열심히 바라보며 동영상 하나를 띄운다.

"다 모였구나."

맬컴 아저씨가 초조한 표정으로 방을 둘러본다.

"이걸 보여줘야 하다니, 내가 한심하게 느껴지는구나."

샘의 얼굴이 걱정으로 바뀐다.

"뭔데, 아빠?"

"내가…… 놈들이 결국 이 정보를 나에게서 끄집어냈어. 심지어 좀 전에 보고 나서도 나는 기억이 나질 않아. 내가 너희를 실망시킨 것 같다."

"왜 그런 말을 해요."

내가 말한다.

"우린 모두 실수를 해요. 후회할 일들을 자꾸 하잖아요."

마리나가 말하며 나인을 본다. 맬컴 아저씨가 끄덕인다.

"어쨌든 이미 늦었는지도 모르지만, 이 영상이 다른 가능성을 보여줄 거라고 희망을 걸어보자."

식스가 고개를 갸웃한다.

"무슨 가능성이요?"

"전면전 대신에 말이다. 봐라."

맬컴 아저씨가 키보드를 누르자 벽의 화면이 켜진다.

마르고 늙은 모가도어 인이 나온다. 얼굴이 화면을 다 채우지만 그 뒤로 이것과 비슷한 방이 보인다. 그들의 거친 언어로 말을 시작한다. 학문적이고 공식적인 보고를 하는 것 같다. 나인이 묻는다.

"이 벌레 우는 소리를 어떻게 알아들으란 말이야?"

애덤이 해석해준다.

"로크람 아누 박사야. 기억 기계를 발명했어. 어, 네가 헬리콥터에 던져버린 의자 말이야."

"아, 그거. 재미있었는데."

"기억 기계를 시험하던 초창기에 기록된 영상이야. 시험 대상을 소개하고 있어. 다른 대상들보다 정신력이 강하대. 이 기계를 심문에 사용하는 법을 보여주겠다고 해."

아누 박사가 옆으로 비키자, 젊은 맬컴 구드가 복잡한 금속 의자에 묶여 있다. 마르고 창백한 몸에, 목이 불편하게 꺾여 있어 목의 근육이 불거져나왔다. 손목은 의자 팔걸이에 묶여 있고, 손등에는 관이 꽂혀 옆에 걸린 약물 주머니에서 액체가 공급되고 있다. 이런저런 전극들이 얼굴과 가슴에 붙어 있고, 전선들이 기계의 회로판에 연결돼 있다. 맬컴 아저씨의 눈이 똑바로 카메라를 보고 있지만, 초점이 없고 깜빡이지도 않는다.

"맙소사…… 아빠……."

샘이 중얼거린다.

맬컴 아저씨를 지켜보는 것도 괴로운데, 아누가 심문을 시작한다. 아누가 영어로, 마치 아이 대하듯 말한다.

"좋은 아침이야, 맬컴. 다시 대화를 시작할 준비 됐어?"

"네, 박사님."

아저씨의 입술이 늘어지며 입가에 침이 고인다.

"아주 좋아. 피타커스 로어와 만났던 일을 기억해보겠니? 그가 지구에서 뭘 하고 있었지?"

"앞으로 다가올 일을 준비하고 있었습니다."

멍하고 기계적인 목소리다.

"자세히 말해보자, 맬컴."

"모가도어의 침공과 로리언의 부활을 준비하고 있었습니다."

갑자기 맬컴은 퍼뜩 정신이 들어 팔을 움직이려 꿈틀거린다.

"벌써 와서 우리를 추적하고 있어!"

"그랬지. 하지만 지금은 안전하다."

아누가 말하고 맬컴이 다시 차분해지기를 기다린다.

"로리언 인들이 지구에 오기 시작한 지는 얼마나 되었지?"

"수 세기 전부터. 피타커스는 지구인들이 때가 되면 준비가 돼 있기를 바랐습니다."

"무슨 때를 말하는 거지?"

"싸워서 로리언을 다시 일으키기를."

아누가 들고 있던 클립보드를 펜으로 두드리며 맬컴의 흐릿한 진술을 답답해한다.

"여기서 어떻게 로리언을 다시 일으킨다는 거지, 맬컴? 로리언은 여기서 수 광년 떨어져 있는데. 거짓말하는 건가?"

"거짓말 아녜요. 로리언은 그냥 행성이 아니에요. 그 이상이에요. 가치 있는 사람들이 존재하는 곳에서는 어디에서든 존재할 수 있어요. 피타커스와 원로들은 벌써 준비를 해놓았죠. 로럴라이트가 지금도 우리 아래를 흐르면서 지구를 순환하고 있어요. 핏줄

속을 흐르는 피처럼 목적을 부여해줄 심장박동만 있으면 돼요. 깨어나기만을 기다리고 있어요."

아누는 갑자기 큰 관심을 보이며 몸을 굽힌다. 나도 같은 행동을 하고 있다. 화면을 향해 몸을 기울인다.

"어떻게 하면 깨울 수 있지?"

"가드들은 각각 피닉스 석이라는 것을 가지고 있어요. 가드들이 일정 나이가 되면, 그 피닉스 석들이 로리언의 특성을 재창조하는 데 사용될 수 있어요. 식물계와 로럴라이트 그리고 키메라들이요."

"그럼 레거시는? 로리언의 진정한 선물은?"

"그것 역시 로리언이 깨어나면 돌아올 거예요. 피닉스 석, 펜던트, 모든 것이 목적이 있어요. 원로들의 성소에서 그것들을 지구에 바치면 로리언은 다시 살아날 거예요."

아누는 놀라서 카메라를 흘긋 보더니 다시 표정을 수습하고 캐묻는다.

"그 성소는 어디 있지?"

"칼라크물. 가드만 들어갈 수 있어요."

여기서 맬컴 아저씨는 영상을 멈춘다. 방 안을 둘러보는 그의 입은 침울하게 꾹 닫혀 있지만, 눈빛에는 희망이 어른거리고 있다. 모두 놀란 얼굴로 맬컴 아저씨를 본다. 우리 중 누구도 방금 들은 이야기를 온전히 이해하기가 힘들다.

나인이 눈썹을 찌푸리며 손을 든다.

"이해가 안 가. 칼라크물은 대체 뭐야?"

"멕시코 남동쪽의 고대 마야 도시야."

맬컴 아저씨의 목소리엔 흥분이 넘실거린다.

"우린 왜 이런 것들을 전혀 몰랐지? 원로들이 말을 안 해줬잖아? 세판들도. 이게 정말이라면, 이렇게 중요한 이야기를 안 알려줄 수가 있어?"

"나도 모르겠다, 식스. 불시에 모가도어의 침공을 당했기 때문 아닐까? 너희는 급하게 지구로 왔잖아. 세판들도 전혀 준비가 돼 있지 않았어. 탈출이 최우선이었을 거야. 내 추측일 뿐이지만, 피닉스 석, 펜던트, 성소 같은 것들은 너희들이 특정한 나이가 되면 드러나게 돼 있었을 거야. 레거시가 다 갖춰지고 싸울 준비가 되었을 때. 그 전에 말해주면 비밀이 너무 쉽게 노출될 위험이 있잖니. 다만……."

맬컴 아저씨가 화면 속 자신의 모습을 쓸쓸히 바라본다.

"결국 비밀이 이런 식으로 밝혀질 수도 있구나."

"그래서 헨리가 아빠를 찾으러 파라다이스로 왔는지도 모르겠어. 때가 되었다고 생각한 거지."

생각이 마구 뒤엉키며 나도 모르게 왔다갔다 서성이다가 식스의 눈총을 받고 멈춰 선다.

"난 늘 우리가 이 전쟁에서 이겨 로리언으로 돌아갈 거라고 생각했는데……. 헨리가 말하던 재창조가 그 뜻이라고 생각했어."

식스가 자기 의견을 말한다.

"여기 지구를 말한 것일 수도 있어. 여기서 로리언을 다시 창조한다는 뜻으로."

샘이 묻는다.

"그게 무슨 뜻이야? 그럼 지구는 어떻게 되는 거야?"

나인이 대꾸한다.

"모가도어가 접수했을 때보다 나빠지진 않겠지. 나는 로리언이 어땠는지 꽤 똑똑히 기억하고 있으니까. 우린 지구를 도와주는 거라고."

마리나가 맬컴 아저씨에게 묻는다.

"영상에서 로리언이 무슨 물질인 것처럼 말하던데요."

"더 기억이 나면 좋겠는데, 모르겠구나."

"신 같은 거 아닐까?"

마리나가 조심스러운 목소리로 말한다.

"모가도어 인들을 쓸어버릴 무기인지도 모르지."

나인의 말이다. 애덤이 불편한 듯 끙 소리를 낸다.

나는 토론이 곁길로 빠지지 않도록 주의를 환기시킨다.

"어쨌든 맬컴 아저씨가 우리에게 피닉스 석이 필요하댔어."

"펜던트도."

식스가 말하다가 퍼뜩 고개를 들어올린다.

"그래서 세트라쿠스 라가 펜던트를 가져갔는지도. 그냥 기념품이 아닌 거야."

"시카고에서 함들을 다 뒤져봤잖아. 알 수 없는 돌들이 잔뜩 있었어."

나인이 신음 소리를 낸다. 아마도 로리언의 함 내용물 목록을 만드는 작업이 얼마나 지겨웠는지 기억이 떠오르나보다.

마리나가 확신에 찬 목소리로 말한다.

"다 가져가야 해. 함 속에 든 것들, 펜던트, 다 가지고 성소로 가서 지구에 바치는 거야."

맬컴 아저씨가 끄덕인다.

"모호한 말이지만 한번 해봐야 할 것 같아."

나도 생각에 잠겨 말한다.

"우리에게 유리한 상황이 일어날지도 몰라요. 우리가 애초에 지구로 보내진 게 그 일을 하라는 것이었는지도."

나인이 팔짱을 끼고 회의적인 표정을 짓는다.

"어제 이제까지 본 것 중 가장 큰 모가도어 우주선을 봤다고. 몇 달 전만 해도 우리 물건들을 어느 먼지투성이 폐허에 파묻는다는 게 그럴듯하게 들렸을지 모르지만, 지금은 전면전이 눈앞에 다가왔어. 당장 죽여야 할 나쁜 놈들도 몇 있고."

내가 뭐라고 하기도 전에 맬컴 아저씨가 나선다.

"성소는 우리의 가장 큰 희망일지도 몰라. 하지만 달걀을 한 바구니에 모두 담지 않는 게 최선이야."

식스가 말한다.

"나인의 말이 어느 정도는 옳아. 나도 또다시 흩어지는 건 싫지만 우리 중 몇몇은 워커의 계획에 따라 모가도어 놈들과 그 추종자들에 맞서 싸워야 해."

나인이 주먹을 흔든다.

"이 몸이 할게."

내가 식스의 말을 마저 잇는다.

"그리고 몇 명은 멕시코로 가야 해."

마리나가 바로 대답한다.

"내가 성소를 찾겠어. 만일 거기가 로리언 인들을 위한 곳, 우리가 살던 곳이라면 그곳에 에이트의 시신을 묻어야지."

나는 고개를 끄덕이고 식스를 본다.

"너는 어떻게 할래?"

식스는 잠시 생각하더니 대답한다.

"멕시코. 정부 쪽 인간들은 네가 더 잘 다루잖아. 게다가 UN에 로리언 대표를 보내야 한다면 네가 가야지."

"그렇게 생각해줘서 고맙다."

"식스는 네가 범생이 부류라고 한 거야."

샘도 뭔가 말을 하려는 듯 입을 반쯤 벌렸지만, 식스가 그를 보며 고개를 살짝 흔든다. 그러자 입을 닫고 아무 말 못하다가 잠시 후 눈에 띄게 풀죽은 목소리로 말한다.

"나도 남아야겠네."

그러고선 억지로 나에게 미소를 지어 보인다.

"누군가는 너랑 나인을 감독해야 하잖아."

이제 애덤만 남았다. 우리의 모가도어 동맹은 내내 삼가는 듯 침묵을 지켰다. 아마 우리 종족의 비밀이 밝혀지는 순간에 누구의 심기도 건드리지 않으려 조심한 것 같다. 애덤은 아직도 화면만 보며 멍하니 자기 생각에 빠져 있는 듯하다. 아마도 자신이 닥터 아누의 의자에 앉았던 기억을 떠올리고 있는 것 같다. 모두 자신을 보는 것을 깨닫고 인상을 찌푸린다.

"멕시코에도 모가도어 군대가 배치돼 있을 거야. 만일 칼라크 물에 로리언 인의 힘의 원천이 있다면 우리 종족이 끄집어내리고 노력한 지 한참 됐겠지."

"가드만 들어갈 수 있다며?"

샘이 묻는다. 맬컴 아저씨가 자신 없는 듯 대답한다.

"내가 그렇게 말했지."

나인이 애덤을 위아래로 훑어보며 끼어든다.

"레거시도 우리만 가질 수 있다며? 어이, 모가도어 인, 이게 함정일 수 있다는 거지?"

"이미 알고 있다면 함정은 아니지."

애덤이 나인의 시선을 피하며 식스에게 말한다.

"뭘 발견할진 몰라도, 모가도어 인들이 거기서 뭔가 하고 있으리라는 건 분명해. 내가 비행선도 더 잘 조종할 수 있고, 만일 거기 전함이 있다면 속여 넘길 수도 있겠지."

"뭐, 멕시코까지 걸어서 갈 순 없으니까."

식스가 냉랭하게 대꾸하고 나를 본다.

"넌 이 애를 믿는 거지?"

"믿어."

식스가 어깨를 으쓱한다.

"그럼, 칼라크물 팀에 합류한 걸 환영한다, 애덤."

마리나가 스읏, 하면서 잇새로 숨을 들이마시지만 반대의 말을 하진 않는다. 나인이 불평한다.

"좋네. 로리언의 성스러운 장소를 조사하라고 모가도어 인을 보내다니. 불경스럽다고 생각하는 사람은 나뿐인 거야?"

"네가 좀 전에 먼지투성이 폐허라고 부르지 않았니?"

샘이 묻는다.

"사실이 그렇지. 하지만 '좋은 모가도어 인'이라는 건 정말이지 너무 이상하잖아. 기분 나쁘라고 하는 말은 아니다."

나는 실랑이를 조용히 시키며 셔츠 속에 숨어 있던 로리언 펜던트를 머리 위로 빼낸다. 심장 위에 드리워져 있던 펜던트가 사라지니 이상하게 허전하다. 이걸 빼놓았던 적이 있기는 했나 싶다. 방 안이 조용해진다. 나는 펜던트를 식스에게 내민다.

"이것도 성소에 가지고 가."

나인도 서슴없이 벗어 식스에게 내민다.

"그래, 여기 있다. 내가 제일 좋아하는 장신구 가져가. 두 세계의 운명도 맡긴다. 부담되라고 하는 말은 아냐."

"부담될 건 없어."

식스가 피식 웃으며 대꾸하고는 펜던트를 받는다.

내가 방 안을 둘러보며 말한다.

"자, 이제 이 전쟁에서 이겨 세상을 바꿔놓자."

18
잠시의 이별

그날 오전, 애시우드 농구장의 비행선 옆에서 모두 작별 인사를 나눈다.

목에 세 개의 펜던트를 걸었더니 느낌이 이상하다. 마리나도 두 개를 걸고 있으니, 나만 부담을 진 건 아니다. 그렇다고 진짜 무겁다는 얘기는 아니지만, 여기에는 로리언의 모든 레거시가 담겨 있다. 그리고 거의 멸종한 우리 종족의 모든 힘이 몇 개의 반짝이는 로럴라이트 석에 스며들어 있다. 그래, 별거 아니다.

"그게 다야?"

마리나가 묻는다. 마리나는 자신의 함을 열고 조심스레 내용물을 정돈하고 있다. 우리에게는 에이트의 함도 있다. 이제 그 내용물은 영원히 잠겨버렸고 아마 파괴되었을 것이다. 하지만 그 함 역시 성소로 가져가서 나쁠 건 없다는 생각이다.

나에게는 함이 없기 때문에 마리나가 우리 레거시를 모두 자신의 함에 넣어야 했다. 아까 존과 나인이 자기들 함을 뒤져서 무기와 치유석과 전투 관련 물건이 아닌 것들을 모아주었다. 펜트하우스나 컴퓨터 장비를 사고 남은 로리언의 보석들 한 줌 이외에도 존이 누런 실로 묶인 마른 잎사귀 한 다발을 주었는데, 내가 쓰다듬으면 바람 소리가 난다. 나인은 커피 찌꺼기처럼 검고 부드러운 흙이 담긴 주머니를 주었다. 마리나가 그것들과 함께 수정처럼 빛나는 액체 한 병, 그것으로 만들었던 로럴라이트 한 조각, 껍질이 벗겨진 나뭇가지 한 개를 함에 잘 넣었다.

"그러니까 피닉스 석이 뭔지 모르니까, 비슷한 걸 다 던져넣자는 거지?"

나는 서둘러 표현을 정정한다.

"아니, 던져넣는 게 아니라 '지구에 바치는' 거라고 영상 속 맬컴 아저씨가 말했지."

존이 힘없이 웃는다.

"더 좋은 생각이 떠오르면 알려줄게."

"아빠는 아직도 지하에서 녹화 영상들을 더 보고 있어. 뭔가 찾아낼지도 몰라."

샘이 일러준다.

"지금으로선 모든 전선에서 그때그때 대처하는 수밖에 없어. 그리고 성소로 가져다주었으면 하는 게 또 있어, 식스."

그러고서 존이 자기 함을 다시 연다. 아까 준비할 때 주지 않고 왜 작별 자리에서 꺼내는 것인지 의아하다. 그러나 존이 작은 상자를 꺼내자, 나는 그게 뭔지 깨닫고 이해했다. 헨리의 재다.

"존……."

나는 바로 받지 않는다.

"데리고 가줘. 헨리도 성소로 가야 해."

"하지만 네가 직접 가고 싶지 않아? 작별 인사도 하고?"

"그러고 싶은데, 지금까지 일어난 일로 봐서, 내가 앞으로 어떻게 될지 알 수 없잖아."

내가 다시 한 번 말리려 하지만 존이 말을 끊는다.

"괜찮아, 식스. 네가 가지고 가는 걸 알면 마음이 놓일 것 같아."

"그래, 네가 그렇게 원한다면. 내가 잘 돌봐줄게."

나는 다른 물건들과 함께 헨리의 재도 마리나의 함에 넣는다. 우리는 모두 말이 없어진다. 하지만 누가 보고 있는 상황에서 슬픈 분위기를 오래 끌기는 힘들다. 워커를 포함한 정부 요원들이 좀 떨어진 곳에서 지켜보고 있다.

나는 존에게 묻는다.

"저들이랑 괜찮을까?"

존은 그들을 돌아보고 말한다.

"이제 우리 편이잖아."

"이런 상황이 좀처럼 적응이 안 돼서."

나도 모르게 비행선을 바라보며 말한다.

애덤은 '먼지'라는 친한 키메라와 함께 벌써 비행선에 타고 있다. 조종실을 점검하고 있는 저 뻣뻣한 모가도어 인을 믿을 수 있다는 존의 말을 나는 곧이곧대로 받아들일 수 있지만, 마리나도 그럴 수 있을지는 모르겠다. 입 밖에 내서 말하지는 않지만 애덤이 가까이 갈 때마다 그녀에게서 냉기가 뿜어나오는 걸 느낄 수 있다. 지금까지 겪은 일을 생각할 때, 마리나가 쉽게 믿음을 주지 않는다고 탓할 순 없을 것 같다. 멕시코로 가는 동안 아주 춥겠지만, 각오하고 있다.

"자주 전화해."

존이 당부하며 아저씨처럼 청바지 허리춤에 매단 전화기를 툭툭 친다. 마리나도 나도 위성전화기를 가졌지만, 너무 커서 몸에 지닐 수가 없다. 다른 것들과 함께 가방에 넣었다. 친절하게도 미국 정부에서 제공한 장비다. 정확히는 워커의 반란군이 제공한 거지만. 애덤과 맬컴이 전화기를 검사해보고 도청 장치가 없다고 확인해주었다.

"그래, 너도. 연락하자. 살아 있어라."

"우리 물건들 조심하고."

나인이 몇 발짝 떨어져서 툴툴거린다. 마리나의 함이 혼잡한 것을 보고 인상을 쓴다.

"가능하면 보석 몇 개는 돌려주었으면 좋겠다. 집 보라고 맡겨 놨더니 부숴버린 애들 덕분에 나중에 새집을 사야 하거든."

내가 한번 쏘아본다.

"그거 지금 진심으로 하는 소리야?"

나인이 입을 비죽 내민다.

"뭐가? 미래 계획도 세워야 할 거 아니야?"

마리나가 함을 정리하다가 나인을 보더니 한숨을 쉬고 검은 장갑 한 켤레를 던져준다.

"이거 받아. 나는 뭐 하는 물건인지 모르겠더라고."

"오, 좋은데?"

나인이 바로 끼더니 가죽 비슷한 물질에 감싸인 손을 구부려본다. 그러고서 갑자기 손바닥을 존에게 확 내민다.

"야, 혹시 아무 느낌 없냐?"

존이 나인을 무시하고 마리나에게 말한다.

"그것도 중요한 거 아닐까? 그게 피닉스 석이면 어떻게 해?"

"이건 돌이 아니라 장갑이야, 조니. 새끈한 장갑 한 켤레를 땅에 묻는 고대 의식이 있다는 말, 들어본 적 있어?"

존은 고개를 젓고 마리나가 함을 닫을 때까지 헨리의 재에서 눈을 떼지 못한다. 그러더니 멍하니 비행선을 응시한다. 에이트의 시신은 벌써 비행선에 태워 좌석에 단단히 묶어두었다.

"나도 같이 갔으면. 나도 같이…… 둘을 묻어주고 싶은데."

마리나가 존의 손을 꼭 잡는다.

"에이트는 이해할 거야. 나중에, 우리가 이기고 나서 제대로 슬퍼할 시간이 있을 거야. 우리 모두 다 함께."

우리 모두처럼 마리나도 아직 많이 슬퍼하고 있지만, 차츰 예전의 상냥한 모습이 돌아오는 것 같다. 나인도 장갑 가지고 장난

치던 걸 멈추고 잠시 진지하게 마리나를 본다.

"나도 그러고 싶어."

내가 마리나에게 묻는다.

"준비됐어?"

마리나가 고개를 끄덕이고 염력으로 함을 비행선에 싣는다.

"모두 무사해야 해."

마리나가 남자애들을 하나씩 껴안고 나도 그렇게 한다. 샘이 마지막이다. 그가 나를 덥석 껴안자, 아까 지하 자료실에 모였을 때처럼 모두가 쳐다보며 귀엽다는 듯 킥킥거리는 기분이 든다. 신경이 좀 곤두서지만, 벌써 다른 이들보다 길어지는 포옹에, 친구들은 몇 걸음씩 물러나며 우리만의 시간을 배려해주는 듯하다.

"식스……."

샘이 조용히 내 귀에 대고 말하지만, 나는 몸을 빼내며 말을 자른다.

"어색하게 굴지 마, 샘."

나는 귀 뒤로 머리칼을 넘기며 주변의 눈치를 본다. 그래, 우린 어젯밤을 함께 보냈다. 그렇게 현명한 행동은 아니었을지 모른다. 나는 나름의 방식으로 샘을 사랑한다. 그렇다고 해서 엮이거나 상처를 줄 생각은 없다. 이 전쟁이 끝날 때까지는 누구랑 사귀거나 할 마음이 없을 뿐이다. 특히, 존과 일이 있고 나서 서로 얼마나 어색하고 복잡해질 수 있는지 이미 경험했다. 하지만 플로리다에서 그런 일을 겪고 나니 나에게도 좋은 시간이, 따뜻하고 안전하고 정상에 근접한 경험이 필요했다. 그게 샘이었다. 내가 존과 세라처럼 슬픈 연인 티를 내며 징징거리고 싶어하지는 않다는 걸 샘은 이해할 줄 알았다. 하지만 결국은 이렇게 됐다. 나도 퉁명스럽게 굴려고 노력하면서도 휙 돌아서지는 못하는 것이다.

샘이 울상을 지으며 말한다.

"그런 거 아니야. 난 그냥…… 왜 같이 못 가게 하는지 모르겠어."

"여기서 아버지에게 더 도움이 될 수 있잖아. 존이랑 나인도 챙겨야 하고."

"지난번에 존이랑 갔을 때는 존이 날 모가도어 산속에 놔두고 왔어. 말해봐, 정말 뭐 때문에 그러는데?"

샘은 그냥 넘어가지 않는다.

나는 한숨을 쉰다. 목을 졸라주고 싶기도 하고, 키스해주고 싶기도 하다. 어느 충동이 더 강한지 모르겠다. 샘과 좀 더 사이를 진전시키고 싶긴 한 것 같다. 하지만 지금은 그런 생각을 할 때가 아니다. 어젯밤과 달리 난 지금 완전 전투태세다.

"네가 있으면 신경 쓰일 거야."

"아……."

자존심이 상한 표정이다.

"그러니까 나를 계속 모가도어 놈들에게서 구해내거나, 고대 마야 함정에 걸려들지 않게 보호해야 할 거라고? 우리 그 논쟁은 끝낸 줄 알았는데. 난 알아서 할 수 있어, 식스. 내가 너를 쏜 건 연습 중에 딱 한 번 실수로……."

243

나는 샘에게 키스한다. 내 말뜻을 보여주려는 의도가 대부분이었지만, 너무 하고 싶기도 했다. 나인이 야유를 보내는 소리가 들린다. 기회가 되면 꼭 응징을 해줘야겠다고 다짐한다.

"이래서 신경 쓰인다는 뜻이었어."

내가 조용히 말한다.

샘이 다시 얼굴을 붉힌다. 그리고 뭔가 더 말을 하려고 다시 입을 움직거린다. 이 상황에 어울리는 작별 인사를 생각해내려는 것이다. 하지만 나는 이별이 자꾸 늘어지는 게 정말 싫다. 그래서 다정하고 명한 샘의 얼굴을 마지막으로 한 번 더 본 다음 몸을 돌린다. 바로 비행선에 올라 애덤 옆자리의 안전띠를 맨다. 마리나가 놀리는 듯한 표정을 짓는 건 무시한다.

애덤이 "출발한다"라고 말하면서 버튼들을 조작한다. 비행선의 조종간을 나보다 훨씬 능숙하게 다룬다. 천천히 떠오르는 비행선의 창밖으로 샘과 다른 애들이 손을 흔든다. 모두가 목숨이 위험한 임무를 띠고 떠나가는 이런 고통스러운 이별의 순간을 겪지 않고 살게 되는 날이 오기는 할까 의문스럽다. 존은 늘, 지루하고 평범한 삶이 너무나 그립다고, 그렇게 될 날만을 기다린다고 말하지만, 나도 그런 삶에 만족할 수 있을까? 우리는 고도를 높인다. 아래쪽에서 나무들이 쌩쌩 지나간다. 나는 샘을 생각한다. 만일 이 전쟁이 아니었다면, 상황이 끊임없는 혼돈 속에서 돌아가지 않았더라면 우리는 만나지도 못하지 않았을까? 임박한 모가도어의 총공격이 없었다면 우리는 어떻게 됐을까? 알고 싶다.

19
뉴욕으로 향하는 가드들

나인이 나를 넘어 샘에게 몸을 기울이더니 다 들리게 속삭인다.
"어이, 말 좀 해봐. 식스랑은 어떻게 된 거야?"
샘이 뾰로통하게 승합차 창문만 내다본다.
"뭐가? 아무 일도 없었어."
"쳇. 야, 뉴욕까지 세 시간은 가야 해. 뭐라도 털어놓지 않곤 못 배길걸."
우리 앞의 조수석에서 워커 요원이 헛기침을 하더니 무미건조하게 말한다.
"10대 소년들의 성생활도 상당히 흥미롭게 들리지만, 이 시간은 작전 내용을 검토하는 데 쓰는 게 좋을 듯한데."
"동의합니다. 임무에 집중해야지."
내가 말하며 나인을 자기 자리로 확 밀쳐, 샘에게 지분거리지 못하게 한다. 나인이 인상을 쓰며 말한다.

"알았다고, 존. 내내 집중하면 될 거 아냐."

"좋아."

샘이 나에게 고맙다는 미소를 지어 보여서 나도 고개를 끄덕여 준다. 물론 눈앞의 작전에 대해 의논할 시간이 정말 필요하기도 하지만, 샘과 식스 사이에 어떤 일이 있었는지 별로 듣고 싶지 않기도 하다. 둘이 잘돼서 기쁘다. 서로에게서 위안을 찾을 수 있다니 잘된 일인 것 같다. 하지만 결국 샘이 괴로워질 것 같다는 느낌을 떨쳐버릴 수가 없다. 미래의 환영에서 모가도어 인들이 식스를 처형하기 직전, 샘이 비명을 지르던 게 기억난다. 그래서 이렇게 침울한 기분이 드는 걸 거다.

아니면 그냥 질투하는지도. 샘과 식스가 잘돼서가 아니라, 내 사랑은 멀리 떨어져 있기 때문이다. 물론 이런 감정들을 나인 앞에서 조금이라도 드러낼 수는 없다. 워커나 말없는 FBI 측 운전자도 같이 있는 상황이다. 그래, 임무에 집중하자.

우리는 워싱턴에서 뉴욕으로 가는 I-95 고속도로를 달린다. 맬컴 아저씨는 애시우드에 남아서 모가도어 자료실을 마저 뒤지기로 했다. 쓸모 있는 것이 나올지도 모르니까. 워커의 반란군 요원들도 많은 수가 남았다. 그곳을 지키며 힘을 모아 모가협들을 약화시키는 작전 기지로 사용할 것이다. 아직도 워커의 부하들을 전적으로 믿지는 못한다. 그동안 우리가 FBI에 얼마나 당했는데, 벌써 그 단계에 도달할 것 같지 않다. 그래서 키메라 다섯 마리를 남겨 무슨 일이 있어도 맬컴을 보호하라고 해놓았다.

워커와 운전자 말고도 요원들이 탄 승합차 한 대가 우리 뒤를 따라온다. 그래서 요원 총 여섯에 나, 샘, 나인, 이렇게 아홉이다. 대군은 아니다. 하지만 아직 전쟁이 시작된 건 아니고, 모든 것이 계획대로 된다면 전쟁이 시작도 안 할지 모른다.

"국방 장관은 UN에서 가까운 맨해튼 미드타운의 호텔에 머물고 있어."

워커가 전화기를 내려다보며 말한다. 오늘 아침 내내 계속 뭔가를 받아보고 써서 보내고 있다.

"경호 팀에 첩자를 심어놓았는데……."

"그런데 왜?"

"오늘 아침에 교체되었어. 모든 경호 인원을 새 팀으로 꾸렸어. 검은 트렌치코트를 입은 창백한 남자들로."

"모가도어 인들이군. 결정적 행사를 앞두고 애완 정치인을 안전하게 모시겠다 이거네."

나인이 주먹을 손바닥에 비비며 말한다.

"차라리 잘됐어. 내 부하들은 같은 편끼리 싸우는 걸 좋아하지 않거든. 경호 팀엔 아무것도 모르는 애들도 있으니까."

"그래요, 우리도 지구인과 싸우는 건 별로 내키지 않아. 꼭 그래야 하는 경우가 아니면 말이지."

내가 워커를 째려보며 말한다. 샘이 내키지 않는다는 듯 묻는다.

"그래서 그게 다예요? 우리가 호텔로 가서 모가도어 인들을 다

없애고 샌더슨을 죽인다?"

"그래."

워커가 대답한다.

"아니야."

내가 말한다. 모두 나를 쳐다본다. 심지어 묵묵한 운전자도 룸미러로 나를 노려본다.

"아니라니, 무슨 소리야? 얘기는 끝난 줄 알았는데?"

"우린 샌더슨을 죽이지 않을 거예요. 우린 지구인과 싸우지 않습니다. 더구나 죽이진 않을 거예요."

"꼬마야, 방아쇠는 내가 당길 거야. 너는 길만 터주면 돼."

"원한다면 체포는 하게 해드리죠. 반역죄로 기소해요."

워커가 격앙되어 외친다.

"반역의 대가는 죽음이야. 어차피 모가협들이 체포하게 놔둘리가 없잖아. 게다가 세트라쿠스 라가 오면 법정 따위 신경이나 쓸 것 같아?"

"당신이 말했잖아요. 중요한 건 세트라쿠스 라라고."

"맞아. 샌더슨 대신에, 너희가 UN에서 세트라쿠스 라를 맞이하는 거지. 우리는 세상에 착한 외계인과 나쁜 외계인의 차이를 보여줄 거야. 그동안 막후에선 내 부하들이 모가협들을 뒤엎을 테고. 벌써 다른 요원들을 적소에 배치해놨어. 우리가 샌더슨을 제거하는 동안 10여 명의 다른 모가협 배신자들도……."

나는 그녀의 말을 자른다.

"다른 암살에 대해 말하는 거라면, 난 알고 싶지 않아요."

나인이 손을 든다.

"난 알고 싶어."

"우린 그런 일 하지 않아요, 워커."

"꼬마야, 모가도어 인들에 대해 알리고 싶다면 조만간 너도 직접 손을 더럽혀야 할 거야."

"샌더슨이 우리를 대신해서 알려준다면요?"

워커가 나를 노려본다.

"무슨 소리야?"

"샌더슨이 UN에서 연설을 하기로 돼 있잖아요? 세트라쿠스 라에 대해 좋게 말해서 지구인들에게 모가도어 함대를 받아들이자고 설득할 거고요."

최대한 태연한 척, 내 계획에 확신이 있는 척, 어깨를 으쓱한다.

"다른 연설을 할 수도 있죠. 경고를 하는 거예요."

"샌더슨을 설득이라도 하겠다는 거야? 이제 와서? 너, 정신이 나갔니?"

"글쎄요. 내 친구들과 내가 꽤 설득력이 있거든요."

내 말이 나인이 펄쩍 뛰며 실실거린다.

"그래! 내가 설득엔 도사지."

워커가 나를 한참 노려보더니 돌아서 전화기에 암호를 또 열심히 쳐넣는다.

"내가 멍청이 평화주의자 외계인들과 동맹을 맺은 줄 몰랐네."

좋아, UN에서 우리 편을 들게끔 샌더슨을 설득할 수 있으면 해봐. 하지만 확신이 들지 않으면 난 그를 쏴버릴 거야."

"물론이죠. 당신이 책임자니까."

～☙～

뉴저지에서 주유소에 들른다. 시간이 몇 분 있으니, 세라에게 전화를 해봐야겠다. 나는 전화기를 꺼내 주차장을 가로질러 간다. 등 뒤에서 워커가 부른다.

"어디 가?"

"여자 친구한테 전화하러."

내가 전화기를 들어올리며 대답한다.

"기억나죠? 예전에 당신이 불법으로 구금했던."

"아, 그래, 대단하군."

워커가 운전자에게 투덜거리는 소리가 들린다.

"세계를 구하는 데 발정 난 10대들에게 의지해야 하는 신세라니."

'당신 같은 사람들보다야 훨씬 낫지.'

나는 무례한 그녀의 말을 못 들은 척한다.

신호음이 다섯 번 울릴 동안, 매번 심장박동이 조금씩 빨라진다. 음성사서함으로 넘어가기 직전에야 세라가 전화를 받는다. 세라가 인사도 없이 떨리는 목소리로 불쑥 말한다.

"다른 말을 하기 전에 일단 내가 무사하다는 걸 알려주고 싶어."

"무슨 일이야?"

기겁한 목소리를 내지 않으려 애쓰며 묻는다. 배경음으로 차 소리가 들린다. 움직이는 차 안인가보다.

"뭘 좀 사러 시내에 나왔다가 모가도어 인들과 마주쳤어."

세라는 숨을 헐떡이고 있다.

"어떻게 해선지 우리를 추적했나봐. 걱정은 마, 버니 코사가 처리했어."

"지금은 안전한 곳이야?"

"곧 도착할 거야. 마크의 해커 친구 '가드'가 애틀랜타의 본거지로 오라고 했어."

마크가 음모론자 친구들 가운데 하나인 가드에 대해 이메일에서 얘기한 적 있다. 〈그들이 우리 가운데 있다〉의 예전 발행인들과 비슷한 부류다. 하지만 마크에 따르면 뛰어난 해커이기도 해서 엄청난 정보들에 접근해왔다. 그래도 세라와 마크가 우리가 모르는 사람에게 가고 있다니, 좀 불안하다.

"그 친구에 대해 아는 게 뭐야?"

내가 묻는다. 세라가 내 질문을 마크에게 전한다. 차 소리 때문에 대답이 잘 안 들린다.

"마크가 아마 엄마네 집 지하에 은신하고 있는 괴짜일 거라고 하네. 하지만 외톨이이기 때문에 믿을 수 있대."

세라가 건조하게 전해준다. 나는 마크의 첩보 내용에 한숨을 쉰다.

"그거 참 안심이 되는구나. 좀 더 안전한 곳의 주소를 보내줄게. 우리가 접수한 워싱턴 기지야. 우리 편이 된 정부 사람들이 잔뜩 있어. 거기로 가도 될 것 같아."

차 두 대에 시동이 걸리는 소리가 들린다. 돌아보니 워커의 요원들이 다시 탔다. 나인과 샘은 아직 안 타고 나를 기다리고 있다. 나인은 재촉하는 손짓을 하고 있다.

"넌 뭐 하고 있니? 또 세계를 구한다며 멍청한 짓 하러 가는 거 아냐?"

세라의 말에 내가 웃으며 말한다.

"그럴 가능성이 크지. 내가 준 문서들을 받았어?"

"그래, 애틀랜타에 도착하면 올리려고."

"알았어. '그들이 우리 가운데 있다'에 훨씬 많은 방문자가 몰리게 될 거 같아. 다른 애들이 기다리고 있어서 가봐야겠어."

"마크가 가서 많이 혼내주고 오래. 사랑해."

세라가 쿡쿡 웃는다.

"마지막 말은 내 말이야. 마크가 아니고."

우리는 작별 인사를 하고 끊는다. 이런 통화를 끝낼 때마다 그리움이 뒤섞인 두려운 감정에 휩싸인다. 나는 승합차들을 향해 무거운 발걸음을 옮긴다. 다들 타고 샘만 밖에 나와 있다.

"워커의 문서들을 모두 '그들이 우리 가운데 있다'에 보내고 있는 거야? 좋은 생각이네. 반 모가도어 운동이 벌어질 거야."

"소용이 있을지 모르겠어. 폭격이 시작되면 인터넷이나 들여다보고 있을 수도 없을 텐데."

내가 우울하게 말하자 샘이 인상을 쓴다.

"거참 위로가 되는 소리네. 어쨌든 진짜 양도 많고 어렵더라. 사람들을 우리 편으로 만들려면 모가도어 인들에 대한 이야기만 해서는 안 돼. 사람들을 겁주려고만 해서도 안 되고. 이미 충분히 겁을 먹을 테니까. 그들에게 희망을 주어야 해."

"어떻게?"

샘은 잠깐 생각하더니 어깨를 으쓱한다.

"아직은 모르겠어. 생각해볼게."

나는 샘의 등을 두드리고 같이 차에 오른다. 샘이 어떻게든 도와주려는 것을 알기에, 샘이 무슨 생각을 해내든…… 이미 늦었을 거라는 말은 하지 않는다.

⁂

한 시간 후, 뉴욕에 들어선다. 나도 처음이고, 나인이나 샘도 그렇다. 놀러온 거면 얼마나 좋을까? 고층 빌딩 사이 협곡에 꽉 막힌 차들 틈에 끼여 조금씩 나아간다. 나도 모르게 목을 빼고 창밖을 내다본다. 시카고도 거대한 도시였지만, 정신없이 서로 밀쳐대는 보행자들로 가득 찬 보도는 완전히 다른 장관이다. 브로드웨이 쇼를 광고하는 번쩍이는 간판들, 차들 사이로 요리조리 빠져나가는 노란 택시들, 그 모든 것에서 나오는 소음.

이들 모두 앞으로 어떤 일이 다가올지 아무것도 모르고 있다.

샌더슨의 호텔을 향해 올라가는 길에 카우보이모자를 쓰고 팬티만 입은 남자가 관광객들 사이에서 기타를 퉁기고 있다.

나인이 콧방귀를 뀐다.

"시카고에서는 저런 짓 절대 안 통해."

나는 워커에게 몸을 내밀며 묻는다.

"다 왔어요?"

"몇 블록만 더 가면 돼."

나는 발목에 숨겨둔 로리언의 단도를 확인한다. 습관적으로 손목도 확인하지만, 팔찌는 없다. 장군이 방패를 파괴해버렸다.

"현장에 모가도어 인들이 정확히 몇 명 있대요?"

"열 명 좀 넘게."

"아무것도 아니네."

나인이 마리나가 준 장갑을 끼며 주먹을 쥐어 보인다.

나는 나인에게서 조금 떨어져 앉는다. 저러다가 실수로 무기 같은 걸 건드리는 건 아닌지 모르겠다.

샘이 어이없다는 듯 나인에게 묻는다.

"그거 끼고 싸우려고? 뭔지도 모르잖아?"

"안 그러면 어떻게 알아내? 이런 로리언 것들은 말이야, 믿고 맡기기 전엔 돕지 않는 경향이 있어."

"제발 멍청한 짓만 하지 마."

내가 말하자, 나인이 표정을 갑자기 굳히며 쏘아본다.

"존, 안 그래. 정말로. 밖에선 날 믿어도 될 거야."

나인이 아직 플로리다에서 있었던 일을 마음속에 담고 있으며, 만회하려 몸이 달아 있다는 걸 깨닫는다. 굳이 그런 말을 꺼낼 필요는 없기에, 나는 그저 고개를 끄덕이고 만다. 나인이 있어서 든든하다.

워커가 샘을 돌아보며 묻는다.

"이 애들은 불덩이를 쏘고 마법 장갑도 있는데, 넌 뭘 하니?"

샘은 허를 찔린 듯 잠시 멍하니 손목의 타들어간 상처를 만진다. 그러더니 워커의 눈을 똑바로 들여다보며 말한다.

"당신보다는 내가 모가도어 인들을 더 많이 죽여봤을 거예요, 아줌마."

나인이 팔꿈치로 나를 쿡 찌른다. 나도 씩 웃을 수밖에 없다. 워커도 그 말이 흡족한 것처럼 보인다. 조수석 앞의 글로브박스를 열더니 총집에 든 권총을 샘에게 건넨다.

"결국 미성년자에게 무기를 주게 됐네. 네 조국을 위해 싸워라, 새뮤얼."

잠시 후, 운전자가 맨해튼의 조용한 지역에 차를 세운다. 다른 차도 뒤에 와서 선다. 건너편에 조금 내려가면 화려한 호텔 입구가 있다. 전면부에 차양이 길게 드리워 있고 붉은 카펫이 깔려 있다. 손님들이 자동차 열쇠를 주차 요원에게 주고 짐수레에 가방을 싣는 곳이다.

지금은 아무도 없다. 보도를 어슬렁거리는 관광객도, 기다리는 주차 요원도 안 보인다. 누가 조치를 취했는지 아니면, 보초를

서는 모가도어 인 세 명이 무서워서 접근을 못하는 건지 모르겠다. 트렌치코트 앞섶이 버젓이 열려 벨트에 매달린 광선총을 드러내고 있다.

더 이상 숨길 필요도 못 느끼는 것 같다.

워커가 좌석에서 몸을 낮춰 사이드미러로 놈들을 보며 말한다.

"깨끗하고 빠르게 처리하자. 놈들을 쓰러뜨리고 경보가 울리거나 지원을 요청하기 전에 샌더슨을 데려온다."

"알았어요. 전에도 해본 건데."

내가 후드티의 모자를 뒤집어써서 얼굴을 가리며 말한다.

"내 부하들이 앞장설 거야. 우리가 배지를 보여주며 관심을 끌 테니 네가 처치해."

나인이 말한다.

"관심을 끄는 건 좋은데, 그러고 나서 재빨리 빠져야 해."

워커가 무전기에 대고 뒤차의 요원들에게 말한다.

"준비됐나?"

"예, 시작하죠."

"드디어 가는구나."

나인이 신나서 장갑 낀 손을 딱 마주친다.

나인의 손뼉에서 터져나온 음파는 폭발까지는 아니지만 강력한 진동파를 일으킨다. 뒷좌석에 천둥이 내려친 것처럼 차창 유리가 모두 깨져나가며 차체도 몇 센티미터 뛰어오른다. 우리 뒤의 승합차도 마찬가지로 유리가 부서졌지만, 안쪽으로 깨져들어가며 파편이 튀어 요원들이 안에서 몸을 웅크렸다. 근처 가게들의 창문도 깨지며 지나가던 행인 하나가 쓰러졌다. 내 옆의 샘은 귀를 부여잡고 멍하니 웅크리고 있다. 처음 몇 초 동안은 작게 징징거리는 소리 말고는 아무 소리도 들리지 않는다. 곧 그게 사방의 차들에서 터져나온 경보 장치 소리임을 깨닫는다.

나인을 보니 눈을 휘둥그레 뜨고 장갑을 내려다보고 있다. 나인이 뭐라고 하는지 들리지는 않지만 입술의 움직임으로 봐서 분명히 "어라"였다.

호텔 쪽을 보니 모가도어 인 하나는 엎드려서 머리를 부여잡고 있고 다른 둘은 벌써 우리 승합차에 광선총을 겨눈다.

이제 더 이상 놀랄 일은 없었으면 좋겠다.

20
샌더슨을 찾아내다

귀가 먹먹한 상태라 광선총의 포화 소리는 들리지 않지만 느낄 수는 있다. 지직거리는 에너지 광선이 방탄 자동차의 옆면을 그슬린다. 워커가 고개를 숙이고 문 뒤로 숨는다. 운전자는 운이 없었다. 창문을 가르며 들어온 광선이 목을 맞추고 그가 쓰러진다. 살이 심하게 타들어가고 몸을 떤다.

"나가!"

내가 외치지만 나에게 내 목소리도 들리지 않는다.

나인이 승합차 뒷문을 뜯어서 연다. 뜯어낸 문을 방패삼아 들고 나간다.

나는 몸을 숙이고 쓰러진 FBI 요원의 상처에 손을 얹는다. 따뜻한 치유력이 흘러들어가는 것을 느낀다. 상처가 봉합되며 그가 경련을 멈춘다. 그리고 눈을 휘둥그레 뜨고 나를 쳐다본다.

왼쪽에서 움직임이 느껴져 고개를 돌려보니, 운전석 바깥에서 나인의 천둥에 쓰러졌던 보행자가 일어나 겁에 질린 얼굴로 꼼짝도 못하고 있다. 예쁘게 생긴 대학생쯤 되는 여자인데, 들고 있던 전화기로 동영상을 찍을 정신은 있었나보다. 내가 운전자를 치유하는 장면을 담고 이제는 내 얼굴 찍고 있다. 나는 도망치라고 소리친다.

승합차 위로 또 광선들이 쏟아진다. 하마터면 여자가 맞을 뻔했다. 샘이 튀어나가 그녀를 끌고 다른 차 뒤로 가서 숨는다.

몇 달 전만 해도 레거시를 사용하는 내 모습이 담기면 절대 안 됐지만, 지금은 상관없다. 그렇더라도 무고한 사람들이 전투 지역에 들어오게 놔둬서는 안 된다.

"차를 돌려!"

내가 운전자에게 외친다. 내 말이 들릴지 알 수 없어 운전대를 돌리는 시늉을 한다.

"길을 막아!"

운전자가 알아듣고 승합차를 몰았다. 끼익하는 소리는 들리지 않지만 타이어 타는 냄새가 난다. 승합차가 길 한가운데를 직각으로 막아서며 교통 흐름을 차단한다.

나는 승합차에서 뛰어나가 호텔로 달려간다. 마침 모가도어 전사 하나가 나인이 원반 던지듯 날린 승합차 뒷문에 반 토막이 나며 먼지로 화한다. 그러는 동안 두 번째 승합차의 요원들은 그럭저럭 정신을 수습하고는 우리가 싸우는 것을 보더니 차를 거꾸로 몰아 거리의 다른 쪽을 막는다. 그런 다음 밖으로 나와 차를 엄폐물 삼아 남은 모가도어 인들에게 사격을 시작한다. 아직도 먹먹한 귀에 총소리가 팝콘 튀기는 소리 정도로 들린다.

모가도어 하나가 이마에 정통으로 총알을 맞고 넘어간다. 하나 남은 모가도어 인이 호텔 입구로 뛰어들지만, 내가 염력으로 그 뒤에 있던 짐수레를 끌어와 놈에게 부딪쳐 다시 현관 밖으로 비틀거리며 나온다. 워커의 부하 요원들이 벌집을 만든다.

나인이 나를 흘긋 보아 나도 고개를 끄덕인다. 우리는 호텔 입구로 달려들어간다. 뒤를 돌아보니, 샘은 아직도 보행자의 휴대전화를 가리키며 그녀와 열심히 얘기하고 있다.

안으로 들어가보니 호화로운 호텔 로비가 완전히 비어 있고, 안내 데스크 위에 겁에 질린 직원만 웅크리고 있다. 대리석 기둥과 가죽 소파 들 너머 엘리베이터가 있다. 이상하게도 셋 중 두 곳이 운행 중지다. 그리고 세 번째 엘리베이터는 펜트하우스 층에 멈춰 있다. 모가도어 인들이 공격을 예상하지는 못했는지 몰라도 단단히 조심하고 있었던 것 같다.

숨을 좀 돌리는 동안, 양손을 머리 옆에 대고 치유 에너지를 귀로 흘려보낸다. 뽁, 기긱, 하더니 청각이 천천히 돌아온다. 머릿속 음량 다이얼이 차츰 커지는 것 같다고 할까. 밖에서는 사이렌 소리와 타이어 끼익하는 소리가 들리며 워커의 부하들이 지역 경찰들에게 물러서라고 소리친다. 조용히 처리하자던 계획은 물거품이 되었으니, 빠르게 처리해야 한다.

나는 엘리베이터로 가려는 나인을 잡아 머리에 양손을 대고 눌러 고쳐준다. 그러자 녀석은 귀에서 물을 빼내는 사람처럼 머리를 좌우로 흔든다.

"넌 구제불능이야."

내가 말한다. 나인은 음파 장갑을 벗어서 뒷주머니에 쑤셔넣으며 말한다.

"그래도 뭐 하는 건진 알게 됐잖아."

우리가 광선총을 들고 다니는 모가도어 인이 아닌 것을 보고 안내 데스크 뒤에 숨어 있던 남자가 천천히 모습을 드러낸다. 마른 중년의 남자다. 잔뜩 그늘진 눈으로 보아 힘든 하루를 보낸 듯하다.

"무, 무슨 일이야?"

우리가 대답하기 전에 워커가 성큼성큼 걸어들어와 배지를 보여주며 외친다.

"샌더슨은 몇 층이지?"

눈이 휘둥그레진 직원이 우리와 워커를 번갈아보더니 말한다.

"펜트하우스······. 그, 당신들이 죽인 그것들하고 같이 있어요. 오늘 아침에 나랑 직원 몇 명만 빼고 호텔 전체를 비워버렸죠. 난 매니저도 아니에요."

나인이 직원을 보며 묻는다.

"너는 왜 남겨둔 거지?"

"룸서비스 시키려고. 여기가 자기들 집이고 우리가 하인인 것처럼 굴고 있어."

"배짱 좋네. 이미 지구를 정복한 것처럼 굴고 있어."

워커가 직원을 목이라도 조를 것처럼 노려보더니 나를 보며 고래고래 소리를 지른다.

"이런 망할, 말소리가 전혀 들리질 않잖아!"

나는 그녀 역시 양손으로 머리를 잡아 치료해준다. 그러면서 호텔 직원에게 말한다.

"여기서 나가요. 아주 천천히, 손을 들어올리고 나가야 해요. 다른 사람들도 내보낼게요."

직원은 고개를 끄덕이고 비틀거리며 머리에 손을 올리고 출구로 나간다.

워커는 청력이 돌아오자마자 내 손을 떼어내고 묻는다.

"직원이 뭐라고 했어?"

"올라가라고요."

나인이 말한다.

"아니, 놈들이 내려오고 있어."

운행 중인 엘리베이터가 내려오기 시작한다. 층수가 반짝거린다. 나는 루멘 불꽃을 확 일으키고 워커도 권총을 고쳐 잡는다.

"비켜들 계셔. 이건 내가 맡는다."

나인이 가죽 소파 하나를 머리 위로 들어올리고 조준한다. 워커와 내가 물러선다. 엘리베이터가 땡 하며 문이 양쪽으로 스르르 열리고, 우리가 이미 처리해버린 보초들을 지원하러 내려온 모가도어 인 넷이 나인의 고함 소리와 함께 날아온 소파를 맞이한다.

그중 하나는 재빨리 광선총을 쏘아대지만, 헛되이 바닥만 그슨다. 넷 모두 엘리베이터에서 나오지 못하고 가운데 놓은 나인의 역기에 그대로 압사당한다. 워커도 나인 뒤에서 튀어나가 모가도어 인들을 힘들이지 않고 권총으로 맞힌다.

"그걸로는 장갑으로 사고 친 거 만회 안 된다."

다시금 가볍게 소파를 도로 제자리에 던져놓는 나인에게 내가 말하지만, 나인은 씩 웃으며 툴툴댄다.

"야, 그건 실수였어."

"내가 또 알아야 할 외계인 장비는 없니?"

다 같이 우르르 엘리베이터 안으로 들어가 최상층을 누르며 워커가 묻는다.

"어, 이거."

나인이 대꾸하며 한 줄로 연결된 에메랄드처럼 보이는 녹색 보석 세 개를 꺼낸다.

나는 전에 봤다. 나인이 던지면 빙글빙글 돌며 작은 진공의 공간을 만들어내 주변의 것들을 모두 빨아들였다가 다시 거칠게 뱉어내는 거다. 마리나와 식스에게 함을 주기 전에 꺼냈나보다.

"그건 또 뭐하는 거야?"

"보면 알겠죠."

내가 대신 대답하고 나인에게 말한다.

"더 많은 수가 기다리고 있는 거 알지?"

"나도 그 생각을 하고 있었다고."

나는 워커를 끌어당겨 엘리베이터 오른쪽 벽에 몸을 바짝 붙인다.

"나인이 뭔 짓을 할지 모르니, 말려들지 않으려면 나를 꽉 잡아요."

나인은 반대쪽 벽에 붙어 돌팔매를 겨누다가 말한다.

"야, 이건 사용법을 안단 말이야."

몇 초 지나지 않아 문이 열리고 광선총이 빗발친다. 여기 모가도어 인들은 질문은 나중에 하고 먼저 총부터 쏘는 전략을 택했나보다.

나인은 그대로 몸을 벽에 붙인 채 돌팔매를 엘리베이터 밖으로 날린다. 구슬들이 완벽한 원을 그리고 돌면서 천천히 앞으로 나간다. 쉭 하며 그 앞의 모든 것을 빨아들인다. 모가도어 인들의 비명과 광선총을 헛쏘는 소리가 들린다. 복도 벽에서 유리가 깨지며 액자에 들어 있던 그림들이 갈가리 찢기고, 파편들이 진공청소기 속으로 빨려들어가듯 사라진다.

나인이 손가락으로 딱 소리를 내자, 빨려 들어갔던 것들이 모두 밖으로 터져나온다. 거세게 내뱉어진 모가도어 인 하나가 엘리베이터로 날아들어와 뒷벽에 머리를 부딪히고 목이 부러진다.

밖이 조용해진다. 나는 고개를 내밀어본다. 먼지와 잔해가 사방에서 흩날리고 있다. 천장에 박혀버렸던 광선총 하나가 쾅 소리를 내며 바닥에 떨어진다. 또한 바닥에는 압착기에 들어갔다 나온 듯한 룸서비스 수레가 뒹굴고 있다. 짧은 복도 앞에는 문이 하나뿐이다. 펜트하우스로 통한 문이 반쯤 떨어져 나가 있다.

"아까 그건 대체 뭐였어?"

워커가 놀라서 묻는다.

나인이 바닥에 얌전히 떨어져 있는 구슬들을 집어올리며 대답한다.

"모가도어 인들에게만 멋진 무기가 있는 건 아냐."

"쓸데없는 생각 하지 말아요. 우리 기술은 판매가 안 되니까."

내가 목을 쭉 빼고 들여다보는 워커에게 말한다. 워커가 인상을 쓰며 대꾸한다.

"그래, 아까 장갑 가지고 난리 칠 때 보니, 너희도 잘 모르는 건 마찬가지인 것 같더라."

문 안쪽에서 텔레비전 소리가 윙윙거린다. 뉴스인 것 같다. 주식 어쩌고 떠드는 것 같은데, 그 소리 말고는 아주 조용하다. 모가도어 인들이 다 죽은 건가? 그렇더라도 매복이 있을지 모르니 조심스럽게 진입한다.

염력으로 문을 밀쳐내자, 경첩에서 완전히 떨어져나가 쾅 소리를 내며 쓰러진다. 거실 안은 어둡다. 커튼도 모두 내려져 있고 텔레비전에서 나오는 푸른빛뿐이다.

"어서 들어와. 너희를 해칠 사람은 아무도 없다."

걸쭉한 목소리가 외친다. 워커가 속삭인다.

"샌더슨이야."

내가 나인을 흘긋 보자 나인이 어깨를 으쓱하며 문 쪽으로 손짓한다. 내가 앞장서고 나인이 내 뒤를, 워커가 그 뒤를 따라온다.

눅눅하고 퀴퀴한 호텔 방 냄새가 제일 먼저 느껴진다. 민트와 노인용 관절 연고 냄새 아래로 썩은 내가 깔려 있다. 식당 부분에는 뉴욕 지도가 펼쳐져 있고, 여기저기 모가도어 어가 휘갈겨져 있다. 그 옆에는 누가 서둘러 일어난 것처럼 의자가 넘어져 있다. 한쪽 벽에는 모가도어 광선포들이 죽 기대어 있고, 검은 캔버스 배낭들과 함께 랩톱 컴퓨터, 휴대전화, 두꺼운 가죽 장정 책 등이 보인다.

그리고 침실의 킹사이즈 침대 끝에 늙은 남자가 앉아 있다. 열린 침실 문을 통해 거실의 텔레비전을 보고 있다. 거실까지 나올 힘도 없어 보인다.

나인이 샌더슨을 보고 소리친다.

"아 씨, 뭐야?"

지난 며칠 동안 버드 샌더슨의 사진을 많이도 봤다. '그들이 우리 가운데 있다' 웹사이트에 실린, 벗겨져가는 흰머리와 늘어진 주름살의 늙은 사진에다 마크 제임스가 혐오스러운 투로 모가도어의 안티에이징 시술 얘기를 써놔서, 그런가보다 했더랬다. 워커 요원이 준 파일에서 본 사진은 변신한 세트라쿠스 라와 점심을 먹는, 풍성한 회색 머리칼을 뒤로 빗어넘긴 정정하고 혈기왕성한 모습이었다. 콥 샐러드를 먹어치운 후 몇 킬로미터 조깅도 거뜬할 것 같았다.

눈앞의 샌더슨은 그 어느 사진과도 다르다. 나와 나인은 자세히 보려고 가까이 다가가고, 워커 요원은 뒤에 남는다. 국방 장관은 허약한 노인의 모습으로, 구부정한 몸을 푹신한 호텔 가운으로 감싸고 있다. 얼굴 오른쪽은 축 늘어져 금방이라도 떨어져나갈 것 같다. 눈두덩도 쑥 들어가고, 턱 선은 줄줄 늘어진 살갗에 묻혀 보이지 않는다. 흰머리는 거의 벗겨져 두피의 검버섯들이 그대로 드러났다. 그가 우리를 보고 미소를 지었는지, 인상을 찡그리자, 잇몸이 푹 꺼진 누런 이가 드러난다. 드러난 목과 팔 앞쪽에는 검게 변한 핏줄이 불거져 있다.

"넘버 포와 넘버 나인이군."

샌더슨이 떨리는 손으로 나와 나인을 가리킨다. 역겨워하는 나인의 반응에도 전혀 기분 나쁘지 않은 듯하다. 사실 알아채지도 못하는 것 같다.

"너희 사진이 늘 내 책상에 붙어 있었지. 감시 카메라에 찍힌 영상에서 캡처한 것들로 말이야. 사실상 너희들이 자라는 모습을 지켜봐왔다고."

마치 할아버지가 손자들 앞에서 체머리를 앓으며 회상에 잠기는 듯하다.

당황스럽다. 모가도어의 실상에 대해 논쟁할 타락한 정치인을 기대하고 있었는데. 이 남자는 UN 연설은 고사하고 침대에서 일어나지도 못할 것 같다.

"그리고 넌……."

샌더슨이 워커를 보고 고개를 갸웃한다.

"넌 내 부하 아니야?"

"특수 요원 카렌 워커다. 네 부하가 아냐. 난 이제 인류를 위해 일해."

"거 잘됐네."

샌더슨은 비꼬는 투로 말하고 다시 시선을 우리에게 돌린다. 그녀에게는 조금도 관심이 없는 것 같다. 마치 오래 보지 못했던 손주들을 임종 침대에서 다시 만난 것처럼, 반들거리는 검은 눈으로 나인과 나만 뚫어지게 본다.

이거 정말 불편하다. 나인조차도 어색해하며 입을 다물고 있다.

그때 침대 옆의 작은 장치가 눈에 띈다. 검은 액체가 든 작은 주사기 몇 개가 장착돼 있다. 왠지 파이켄의 피가 생각난다.

내가 낮은 목소리로 묻는다.

"그들이 당신한테 무슨 짓을 한 거지?"

"내가 청하지 않은 일은 아무것도 안 했지."

샌더슨이 체념한 듯 대꾸한다.

"너희가 나를 좀 일찍 발견했더라면 좋았을걸. 이젠 너무 늦었어. 나를 죽인다고 해도 달라질 건 아무것도 없어."

"죽이러 온 게 아냐. 놈들이 당신에게 무슨 말을 했는지, 당신 정신과 몸을 무엇으로 채웠는지 모르지만, 우리는 싸움을 포기하지 않아."

"아, 그래. 하지만 나는 포기했어."

그러더니 샌더슨은 가운 앞주머니에서 작은 권총을 꺼내 내가 말리기도 전에 자신의 관자놀이에 대고 방아쇠를 당긴다.

21
치유의 힘을 발휘하다

나에게 생각하고 말고 할 시간이 있었더라면 못했을 것이다. 버드 샌더슨과 총신 사이 거리는 1밀리미터쯤 됐을 텐데, 그 사이에서 염력으로 총알을 막아내느라고 나는 끙 소리와 함께 있는 힘을 다 해야 했다. 온몸의 근육이 경직되고 주먹을 꽉 쥐고는 심지어 발가락도 있는 대로 구부려 힘을 준다. 마치 내 몸 전체를 던지듯 총알을 막아냈다.

이런 일을 해내다니, 믿기지가 않는다. 샌더슨의 관자놀이엔 동그란 고리 모양의 화상이 남지만 그 밖에는 멀쩡하다. 총성의 반향이 멈춘 후에야, 샌더슨은 자살 시도가 실패했다는 사실을 깨닫는다. 그는 진물이 흐르는 눈을 껌뻑이며 자신이 왜 살아 있는지 어리둥절해한다.

"어떻게……?"

샌더슨이 다시 방아쇠를 당기기 전에 나인이 달려들어 손에서 총을 뺏는다. 나는 길게 숨을 내쉬고 근육들을 푼다.

샌더슨이 나인에게 꺾였던 손목을 문지르며 떨리는 입술로 항의한다.

"그러면 못써. 죽게 내버려둬."

워커가 총을 꽉 쥐고 끼어든다.

"정말이지 왜 막은 거야? 우리 문제가 저절로 해결됐을 텐데?"

"뭐가 해결된다는 거죠?"

내가 총알을 헝클어진 침대 위에 떨구며 워커를 노려본다.

샌더슨이 어깨를 축 늘어뜨리고 말한다.

"그 말이 옳아. 날 죽인다고 해서 달라지는 건 없어. 단지 살려두는 게 잔혹할 뿐이지."

"들어올 때는 마음대로였는지 모르겠지만, 나갈 때는 마음대로 못해. 우리가 이 전쟁에서 이기고 나면 배신자들을 어떻게 처벌할지 사람들이 결정할 거야."

내가 말한다. 샌더슨이 메마른 웃음을 킬킬거린다.

"젊은이들의 낙관주의란."

나는 쭈그리고 앉아 샌더슨의 얼굴을 마주 본다.

"속죄할 기회는 아직 남았어. 뭔가 가치 있는 일을 해요."

샌더슨이 눈썹을 추어올리며 조금 정신을 차리는 듯하다. 하지만 순간 오른쪽 입가가 늘어지며 침이 주룩 흘러내린다. 샌더슨은 소매로 흐른 침을 닦으며 완전히 낙담한 듯 눈길을 피한다.

"아니, 못해."

나인은 지겹다는 듯 한숨을 쉬더니 샌더슨 옆에 놓인 주사기 세트를 들어 그 안의 석유 빛깔 진액을 자세히 본다. 그리고 샌더슨의 얼굴 앞에 대고 흔든다.

"이건 뭐지? 놈들이 놔주고 있었던 거지? 넌 그 대가로 이 행성을 팔아넘겼고."

샌더슨이 약물들을 슬프게 쳐다보더니 힘없이 밀쳐낸다.

"나를 고쳐주었어. 게다가 다시 젊게 해주었고."

"그래서 이렇게 아침에 핀 장미 같은 몰골이 되었고?"

나인이 투덜거린다.

"그들의 지도자는 수 세기를 살아왔잖아. 너희도 그러겠지. 우리도 그렇게 될 수 있다고 했단 말이야. 불멸과 힘을 약속했어."

"거짓말이야."

내가 말한다. 샌더슨이 시선을 떨어뜨린다.

"그래."

"한심해서……."

워커의 목소리에 담겨 있던 독기는 빠져나갔다.

샌더슨은 그리 대단한 악당이 아니었던 것이다. 한때는 모가도어 추종자들의 수장이었을지 몰라도, 이제는 단물이 다 빠져 버림받은 신세다. 워커가 말했던 것처럼 판도를 바꿔놓을 만한 인물이 아니다. 얼마 남지 않은 우리의 귀중한 시간을 낭비해버린 게 아닌지 걱정된다.

내가 굳이 살려놓았기 때문인지, 샌더슨은 이제 나만 쳐다보면서 이야기한다.

"그들이 제공한 경이로운 기술들을 생각해봐……. 나는 인류를 황금시대로 인도하고 있다고 생각했어. 내가 어떻게 그들의, '그'의 제안을 거절할 수 있었겠어?"

"이젠 계속 이걸 맞아야 하는 거죠? 중단하면 그들처럼 분해돼버리고."

내가 주사기들을 보며 묻는다. 모가도어의 일회용 병사들을 대량 생산하는 데도 저 비자연적 유전 물질을 사용했을 게 분명하다. 나인이 꿍얼거린다.

"어차피 조금 있으면 흙이 될 나이인데."

"중단한 지 이틀 됐어. 놈들은 날 이용했어. 편의를 봐주는 대가로 계속 시술을 해줬고. 하지만 네가 날 해방시켜주었지. 난 마침내 죽을 수 있게 됐어."

나인이 머리통을 부여잡으며 나에게 말한다.

"야, 이번 건은 망했다. 빨리 다른 건을 알아봐야 해."

나도 좌절감에 휩싸인다. 미 정부 요원들의 안내까지 받았는데, 겨우 망가진 늙은이 하나를 발견했을 뿐이다. 임박한 모가도어 인의 공습을 저지할 방법을 조금도 찾아내지 못하고 있다. 하지만 벌써 포기할 순 없다. 내 앞의 이 주름살 투성이 인간은 아직도 강력한 권력을 가지고 있는 남자다. 모가도어 인들조차 철통같이 지키고 있었다. 어떻게 해서든 이 남자를 고쳐서 싸우게 만들어야 한다.

빛을 보여줘야 한다.

절박함에서, 그리고 알 수 없는 직감을 따라서, 나는 손바닥의 루멘 빛을 켠다. 불꽃까지 올리지는 않는다. 대신 에너지를 좀 모아 순수한 빛줄기를 만들어낸다.

샌더슨이 눈을 휘둥그레 뜨더니 침대에서 물러나 앉는다.

"말했지. 나는 당신을 해치지 않아."

내가 다가가며 말한다. 그리고 루멘 빛을 마비된 듯 축 늘어진 샌더슨의 얼굴에 비춘다. 자세히 좀 봐야겠다. 피부는 회색빛으로 거의 죽은 사람 같다. 미세한 잿빛 핏줄들이 퍼져 있다. 피부 아래 검은 분자들이 내 루멘 불빛에 퍼져나가는 것 같다. 마치 더 깊이 피해 들어가는 것 같다.

"내가 치유할 수 있어."

나는 결연히 말하지만, 정말 될지는 모르겠다.

"네가, 네가 그들이 해놓은 짓을 고쳐놓을 수 있다고?"

희미한 희망에 샌더슨의 목소리가 갈라진다.

"원래 모습대로는. 그들이 해주겠다던 식으로 더 낫게나 더 젊게 만들 순 없어."

"늙은이들은 늙어야지. 받아들여."

나인이 끼어든다.

샌더슨이 회의적인 표정으로 나를 본다. 수년 전 모가도어 인들의 제안이 떠오르나보다. 처음 놈들의 편으로 꾀어내던 때처럼 말이다.

"그 대신 뭘 원하나?"

당연히 비싼 대가를 요구할 거라는 듯 묻는다.

"아무것도. 또 자살 시도를 해도 상관없어. 아니면 남아 있던 양심을 깨닫고 올바른 일을 할 수도 있지. 당신에게 달렸어."

그러면서 나는 샌더슨의 얼굴 옆면을 손으로 덮는다. 레거시의 따뜻한 치유 에너지가 흘러들어가며 샌더슨이 몸을 떤다. 보통 치유 능력을 사용하면 상처가 스스로 결합되는 느낌을 받는다. 내 손가락들 아래서 세포들이 스스로 재정렬되는 것이다. 샌더슨에게서는 나의 레거시에 저항하는 힘이 느껴진다. 검은 세포들의 심연 속으로 나의 치유의 빛이 꺼져들어가는 것 같다. 그래도 샌더슨이 치유되긴 하는 것 같긴 하다. 하지만 느리다. 평소보다 훨씬 집중을 열심히 해야 한다. 그러다가 어느 순간, 피부 아래서 뭔가 지글거리다가 팍 하고 튀는 듯하다. 잿빛 핏줄 중 하나가 타버렸다. 샌더슨이 화들짝 놀라며 몸을 피한다.

"아파?"

내가 숨을 헐떡이며 묻는다. 샌더슨이 망설인다.

"아니, 아니야……. 실은 기분이 좋아. 왠지 깨끗해지는 것 같아. 계속해봐."

나는 계속한다. 모가도어의 찌꺼기들이 더욱 깊은 곳으로 숨어들며 나의 레거시를 피하는 듯하다. 나는 치유력을 높이며 그의 핏줄을 따라 파고든다. 나는 인상을 찌푸렸고, 등에는 차가운 땀까지 맺힌다. 샌더슨의 내면 어둠을 찾아내 파괴하는 데 너무 몰입한 나머지 시간도 잊고 일종의 몽환 상태에 들어갔나보다.

드디어 끝내고서, 다리에 힘이 풀려 비틀거리다가 샘의 품으로 쓰러진다. 샘이 올라온 줄도 몰랐다. 샘이 전화기를 들고 있다. 우리 때문에 쓰러졌던 보행자에게서 뺏었나? 그리고 내가 샌더슨을 치유하는 모습을 찍고 있었다. 내가 부딪쳐서 잠시 멈췄다. 내가 지금 몸을 지탱하고 서 있는 건 샘 덕분이다.

"대단했어. 너, 무슨 빛이 나는 것 같았어. 괜찮니?"

나는 애를 써서 몸을 일으켜 세운다. 기운이 다 빠져나간 것 같지만, 워커나 샌더슨 앞에서 약한 모습을 보여선 안 된다.

"어, 괜찮아."

워커는 부하 운전자가 치유되었을 때와 마찬가지로 경탄하며 뚫어지게 보고 있었다. 샌더슨은 여전히 침대에 앉아 눈물을 그렁그렁 담고 있다. 피부 아래 퍼져 있던 검은 거미줄 같은 핏줄들은 사라졌고, 얼굴도 더 이상 늘어지지 않았으며, 몸도 허물어지기 직전이 아니다. 여전히 늙은이의 모습으로 얼굴엔 깊은 주름이 패 있지만, 생명이 다 빠져나간 남자가 아니라 그냥 늙은 남자처럼 보인다. 즉, 인간처럼 보인다.

"고마워."

샌더슨이 속삭인다.

나인이 내가 괜찮나 살펴보더니, 샌더슨에게 툴툴거린다.

"할배, 저 희멀건 엉덩이 같은 놈들이 지구에 착륙하게 놔두면 이것도 다 헛수고라고."

"내가 저지른 짓들이 부끄러워……. 하지만 나보고 어쩌라는 거지? 착륙을 내가 어떻게 막겠어?"

샌더슨이 혼란스러운 표정으로 하소연한다. 내가 말한다.

"막으라는 게 아니야. 잠시 늦춰달라는 거지. 사람들을 규합할 시간이 필요해. 내일 UN에서 연설을 할 때 모가도어 함대가 지구에 착륙하면 안 된다고 알려야 해."

샌더슨이 나를 노려보더니 천천히 워커를 향해 시선을 돌린다.

"네 첩자가 그렇게 얘기하던가? 내일 내가 UN에서 연설해서 착륙을 허락한다고?"

"모가도어 인들에게 매수당한 너와 다른 지도자들이 방송에 나와 우리가 평화롭게 공존할 수 있다고 설득하겠지."

워커가 말한다.

"그게 항복의 표시가 되는 거고."

나인이 덧붙인다. 샌더슨이 암울하게 웃으며 말한다.

"그래, 내일 그러기로 했지. 하지만 오해한 게 하나 있어. 내가 연설을 해야 그들의 경애하는 지도자가 착륙할 수 있다고 생각해? 그가 인간들의 지겨운 정치 쇼에 신경이나 쓴다고? 그는 우리 허락을 기다리지 않아. UN은 생명들을 구하기 위해 소집되는 거야. 놀란 인류를 진정시키려고. 왜냐하면 군사적으로 저항해봤자 파멸뿐이니까."

샌더슨이 침실 문 쪽을 손짓하며 말한다. 거실에선 여전히 텔레비전이 윙윙대고 있다. 우리는 천천히 침실을 나가 펜트하우스의 거실로 간다. 당황한 뉴스 앵커의 얼굴이 보인다. 그녀는 말을 더듬으며 알 수 없는 비행 물체 수십 대가 대도시들 상공에 나타났다고 설명한다. 간헐적으로 방송 수신이 끊기며 자꾸 빈 화면이 나타난다.

"……런던, 파리, 상하이 같은 해외에서도 우주선들이 목격되었다고 보도되고 있습니다……. 방금 뉴스를 켠 분들을 위해 다시 말씀드리면, 말 그대로 다른 세계의 존재들이 나타났습니다. 외계인 우주선들이 로스앤젤레스, 워싱턴……."

나도 무슨 말을 해야 할지 모르겠다. 로스앤젤레스 상공에 거대한 모가도어 전함 하나가 구름들 사이에서 모습을 드러내는 거친 영상이 나온다. 내가 두려워하던 순간이 닥쳤다. 모가도어 함대가 딱할 만큼 준비되지 않은 지구를 향해 천천히 밀려들고 있다. 로리언의 비극이 다시 시작되려 하고 있다.

"계속 얘기했잖아. 너무 늦었다고. 벌써 저들이 이겼다고. 남은 건 항복뿐이야."

22
실패한 탈출

"남들이 하라는 대로 하는 데 지쳤어. 양쪽 다 마찬가지야."

나는 눈을 번쩍 뜬다. 깊이 잠들어 있었다. 미끌거리는, 이상하고 거대한 모가도어 침대에서 이렇게 깊이 잠들 수 있을 거라고 생각 못했는데. 아누비스호에서의 생활에 불편할 정도로 잘 적응했나보다. 잠결에 목소리를 들은 것 같다. 그냥 꿈인가, 아니면 착각인가? 혹시 몰라서 나는 꼼짝 않고 숨까지 참는다. 아직 잠들어 있는 척한다. 혹시 누가 방에 들어온 거라면 잠에서 깬 걸 알리고 싶지 않다.

늘 윙윙거리는 전함 엔진 소리 이외엔 아무것도 들리지 않다가, 다시 목소리가 들린다.

"한쪽은 이 낯선 행성에 우리를 던져놓고 목숨을 걸고 싸우게 만들었고, 다른 쪽은 진보를 통한 평화를 말하지만 결국 방해가 되는 것들은 다 죽여버리겠다는 얘기를 멋지게 포장한 거지."

파이브의 목소리다. 내 방 어딘가 있다. 어둠 속이라 찾을 수 없다. 씨근대는 숨소리 사이사이로 중얼거리는 소리만 들린다. 나에게 얘기하고 있는 건가?

파이브가 목소리에 힘을 싣는다.

"다들 우릴 이용하려고만 했지. 하지만 난 당하고만 있진 않을 거야. 이 바보 같은 전쟁에 끼어들지 않을 거야."

그리고 파이브가 움직여서, 드디어 형체가 보인다. 내 침대 끝에 앉아 있다. 피부가 검고 매끄러운 침대 시트와 똑같아졌다. 물건을 만지면 그 물건과 같은 특질을 띠게 되는 엑스테르나 레거시가 돌아온 것이다. 또한 침대 밑에서 기어나온 괴물처럼 날 소름 끼치게 만든다.

파이브가 고개도 돌리지 않고 말한다.

"깨어 있는 거 알아. 우주선이 하강하고 있어. 이제 대기권으로 들어갔어. 도망치고 싶으면 지금이 기회야."

나는 벌떡 일어나며 이불을 꼭 끌어당긴다. 이불을 드레이넨으로 충전시켜 다시 파이브의 레거시를 빼앗을까 생각해보지만, 별 의미가 없을 것 같다. 바로 공격하지는 않기로 한다.

"넌 놈들 편인 줄 알았는데. 왜 나를 도우려는 거지?"

"난 누구 편도 아냐. 이제 다 그만둘 거야."

"그만두다니?"

"세판이 죽은 후 한동안 혼자 지냈어. 그것도 그렇게 나쁘지 않앉어. 다시 그때로 돌아가려고. 바다에 작은 섬들이 얼마나 많은지 아니? 그중 하나로 들어가서 다 끝날 때까지 가만있을 거야. 누가 이기든 멋대로 하라고 그래. 나만 건드리지 않으면 돼."

"그건 비겁한 짓이야. 난 너랑 같이 무인도 같은 데 안 가."

파이브가 코웃음 친다.

"누가 같이 가재? 난 이 우주선에서 내릴 거야. 엘라, 너도 같이 내리고 싶어할지도 모른다고 생각했어. 우린 거기까지야."

이거 역시 세트라쿠스 라가 지휘하는 시험 같은 게 아닐까. 하지만 파이브의 아까 행동으로 봐서, 진짜인 것 같다. 나는 침대에서 풀쩍 뛰어내려 밑창이 얇은 신을 신는다.

"좋아, 어떻게 할 건데?"

파이브가 일어나자, 피부가 정상으로 돌아간다. 내 방에도 자동으로 불이 들어온다. 피가 말라붙어 있던 눈의 붕대를 바꿨다. 하지만 치료는 안 했다. 남아 있는 눈이 사고를 치려는 아이처럼 흥분으로 반짝인다. 그 얼굴을 보고 있자니 내가 결정을 잘 내린 건가 싶다.

"출구를 열고 뛰어내릴 거야."

"어, 참 좋은 생각이네. 넌 날 수 있으니까. 근데 난 어쩌라는 거야?"

파이브가 뒷주머니에서 동그란 물체를 꺼내 던져준다. 자세히 보니 존의 함에 있던 거다.

"시사리스 석이야. 내가, 어, 우리 친구들에게서 빌렸지."

"훔쳤구나."

파이브가 어깨를 으쓱한다.

"내 비행 레거시를 충전했어. 그걸 이용해 날아가서 이 행성을 구해."

나는 시사리스 석을 드레스 속에 숨긴다. 그러고 나서 파이브를 쳐다본다.

"그게 다야? 그렇게 쉽게 나갈 수 있다고?"

그러고 보니 파이브는 신발도 양말도 신지 않았다. 맨발로 아누비스호의 금속 내장판에 계속 접촉하려는 거다. 그리고 팔에는 무기처럼 보이는 장치를 꼈다.

파이브가 눈썹을 추어올리며 음침하게 뇌까린다.

"날 막을 자는 없어."

그다지 기분 좋은 설명은 아니지만 그래도 가능성이 보여서 좋다.

"알았어. 앞장서."

내 방문이 슥 열린다. 파이브가 고개를 내밀고 확인한다. 아무도 없자, 서둘러 복도로 나서며 나에게 따라오라 손짓한다. 우리는 아누비스호의 미로 같은 복도들을 누비며 종종걸음 친다.

파이브가 작은 소리로 속삭인다.

"자연스럽게 행동해. 언제나 우리를 감시하는 보초를 두니까. 하지만 놈들은 우리를 두려워하기도 해. 특히 너는 왕족 대접을 해야 해서. 의심스러운 행동만 안 하면 간섭하지 않을 거야. 그리고 설령 뭔가 이상하다는 생각이 들어도, 그들 중 하나가 경애하는 지도자에게 가서 말할 용기를 낼 때쯤이면, 우리는 사라지고 없는 거지."

말을 많이 하는 걸 보니 긴장한 거다. 나는 깊이 생각하지 않았다. 제대로 생각을 하게 되면 거부감이 치밀 수도 있으니, 일단 손을 뻗어 파이브의 손을 잡는다.

"우린 이제 막 약혼한 커플이잖아. 서로 알아가는 시간을 가져야지. 거대한 전함의 멋진 복도들을 산책하면서 말이야."

파이브의 손은 축축하고 차갑다. 처음에는 흠칫 놀라면서 뿌리치려는 것 같더니, 곧 진정하고 죽은 물고기 같은 손을 맡겨 온다. 그러더니 투덜거린다.

"약혼이라고? 우리 보고 결혼하래?"

"어."

"참내."

파이브의 얼굴이 붉어진다. 짧게 깎은 머리 속까지 빨개졌다. 당황해서 그런 건지, 화가 나서 그런 건지 모르겠다.

"난 동의한 적 없어. 넌 어린애잖아."

"아, 나도 당연히 동의한 적 없어. 넌 역겨운 살인자에다 괴짜니까."

"입 닥쳐."

파이브가 쏘아붙인다.

나 때문에 정말 화가 났나 생각했는데, 어느새 전망대의 널찍한 입구에 도착했다. 살금살금 지나가면서 나도 모르게 걷는 속도를 줄인다. 어둡고 텅 빈 우주 공간이 어느덧 익숙한 지구의 환하고 푸른 대기권의 모습으로 바뀌어 있다. 아누비스호는 아직 하강 중이지만, 벌써 문명의 흔적이 드러난다. 녹색 들판을 가로세로 누비는 도로들과 교외 지역의 조그만 집들. 수십 명의 모가도어 인들도 모여서 지구를 내려다본다. 흥분한 분위기에서 서로 쑥덕인다. 아마 어느 땅을 먼저 약탈할지 의논 중이겠지.

파이브가 나를 끌고 모퉁이를 돌다가, 두 명의 모가도어 전사와 맞닥뜨린다. 전망대로 뛰어오다가 그중 하나가 우리를 보더니 입꼬리를 씩 올리며 비웃는다.

"너네 뭐하니?"

나는 가능한 한 당당하게 몸을 쭉 펴며 호기심이 지나친 모가도어 인을 차갑게 쏘아본다. 그놈은 당황하며 자기 분수를, 아니 그보다는 내가 그냥 로리언 인이 아니라 경애하는 지도자의 핏줄임을 기억해내고 황급히 눈을 내리깐다. 뭐라고 사과를 중얼거리지만 캉 하는 금속성 소리가 그 말을 가른다.

파이브가 팔뚝에 낀 가죽 장치에서 바늘 같은 칼날이 밀려나온다. 눈 깜짝할 새에 칼날을 그놈의 이마에 찔러넣고, 놈은 즉시 재가 된다.

다른 한 놈은 겁에 질려 도망치려 한다. 파이브의 얼굴에 즐거운 미소가 번진다. 놈이 몇 걸음 떼놓기도 전에 파이브의 고무 팔이 쭉 뻗어나가 잡아채오더니 칼날로 마무리한다.

10초도 안 돼서 두 모가도어 전사가 잿더미로 변했다.

"자연스럽게 행동하자고 하지 않았니?"

내가 파이브에게 힘을 주어 속삭인다. 바로 지척에 군중이 모여 있다.

파이브는 방금 무슨 일이 일어났나 싶은 표정으로 눈을 껌뻑인다. 그러고서 조심스레 칼날을 다시 소매에 넣고, 초조하게 짧은 머리털을 손으로 쓸어올린다.

"잠시 이성을 잃었어. 어차피 상관없다고. 거의 다 왔으니까."

나는 이 불안정한 괴물을 뚫어지게 쳐다본다. 파이브는 심호흡을 몇 번 하며 흥분해서 주먹을 쥐고 어깨를 부르르 떤다. 몇 분 전만 해도 연약한 목소리로 어둠 속에서 주절대던 애였다. 이 애는 망가졌다. 완전히 엉망이다. 불쌍한 마음이 솟아나는 것을 억누르기 위해, 이 애가 에이트를 살해했다는 점을 떠올린다. 그래, 불쌍하지만 무서운 존재다. 아무것도 아닌 일에 칼날을 휘둘렀다. 그리고 살해를 즐기는 듯하다.

이 망가지고 폭력적이며 비겁한 배신자가, 내가 아누비스호에서 탈출할 유일한 가능성이다. 나는 한숨을 쉬고 말한다.

"어서 가자."

파이브가 고개를 끄덕이고 우리는 달려간다. 손잡고 어쩌고 하는 건 집어치우고 목적지를 향해서만 질주한다. 그리고 보니 파이브가 주먹을 쥐었다 폈다 한다. 빈손이다. 훈련실에서 피부를 바꾸기 위해 작은 고무공과 금속 구슬을 쥐고 있는 걸 봤다.

"팔은 어떻게 바꾼 거야? 뭔가 쥐고 있어야 하는 거 아니었어?"

284

파이브가 얼굴의 새로운 붕대를 만지며 말한다.

"눈을 하나 잃으니 새로운, 어…… 물건 보관소가 생기데."

"우웩……."

고무공을 눈구멍에 집어넣는 장면이 떠올랐다.

"근데 눈은 어쩌다 잃었어?"

"마리나. 자업자득이지."

파이브는 덤덤히 말한다.

"당연하지."

모퉁이를 돌자 복도가 탁 트인다. 거대한 격납고다. 둥글게 뚫린 작은 창을 통해 쨍한 푸른 하늘이 내다보인다. 수십 대의 모가도어 정찰선들 위로 햇살이 비쳐든다. 정비 팀도 비행사도 보이지 않는다. 다들 전망대에 있나보다. 정복을 앞둔 지구를 내려다보고 있겠지.

이제 나가는 거다.

"잠깐만. 출구를 열면 바로 빨려나가는 거 아냐?"

"대기권에 들어왔어. 진공 상태가 아니라고. 바람은 심하겠지만. 너, 겁먹은 건 아니지?"

파이브는 서두르며 근처 계기판을 들여다본다.

나는 주변을 둘러보며 대답한다.

"그게 아니라, 여기도 날려버릴 수 있지 않을까? 아누비스호가 무슨 짓을 하기 전에 추락시킬 수도 있어."

파이브가 놀란 듯 나를 본다.

"폭발을 일으킬 만한 레거시 있니?"

"아니."

"나도 없어. 폭탄 만드는 법은 알고?"

"어…… 아니."

"그럼 탈출하는 것에 만족해."

파이브가 버튼을 누르자 쿵 하는 소리와 함께 뒤에서 육중한 금속 문이 닫힌다. 우주의 진공으로부터 전함을 보호하는 견고한 기밀장치다. 우리는 나머지 우주선 공간과 격리된다.

"이렇게 하면 당분간은 막아둘 수 있지."

우리를 추격할 자들을 말하는 거다.

"좋은 생각이야."

나는 기밀문의 조그만 창으로 모가도어 인들이 쫓아오지는 않는지 내다보며 대답한다.

파이브가 버튼을 몇 개 더 누르자 쉭 하는 소리와 함께 차가운 바람이 밀려들며 격납고 출구가 열린다. 바람이 끌어당기는 듯해서 나는 떨리는 한숨을 내뱉는다. 그리고 드레스 속에서 시사리스 석을 꺼내 꽉 쥐고 열린 출구로 향한다. 텅 빈 푸른 하늘에 몸을 던지는 건 어떤 기분일까? 아누비스호 안에서 사는 것보다야 낫겠지.

"그냥 이 돌을 쥐고 있으면 날 수 있는 거야?"

내가 파이브를 돌아보며 묻는다.

"그렇다고 해. 네 몸이 깃털처럼 가벼워서 허공에 뜬다고 생각해봐. 난 그렇게 비행 레거시를 익혔어."

나는 다시 앞을 본다. 구름 한 점 없는 하늘이 나를 기다리고 있다.

"작동 안 하면 어쩌지?"

파이브가 한숨을 쉬고 나를 향해 온다.

"어휴, 같이 가자."

"아무 데도 못 간다."

세트라쿠스 라가 우주선 두 대 사이에서 걸어나온다. 언제부터 거기 있었는지 모르겠다. 처음부터 우리를 기다리고 있었는지, 아니면 텔레포트를 한 건지. 어쨌든 상관없다. 딱 걸렸다. 여전히 지구인 모습을 하고 있는 세트라쿠스 라가 출구와 우리 사이에 서 있다. 그의 완벽한 갈색 머리가 부드럽게 바람에 흩날리고 정장 옷깃이 부푼다. 황금 지팡이, 즉 탈록의 눈을 한 손에 들고 있다.

파이브가 내 어깨에 손을 올리고 나를 자기 뒤로 보내려 한다. 나는 그 손을 털어낸다. 우리는 나란히 세트라쿠스 라와 마주 보고 선다.

"비켜, 늙은이."

파이브가 으르렁거리며 센 척하지만, 세트라쿠스 라와 눈도 제대로 못 맞춘다.

대답하는 세트라쿠스 라의 목소리엔 경멸과 실망이 가득하다.

"못 비킨다. 너는 이런 행동을 할 줄 예상했다, 엘라. 우리에게 온 지 얼마 안 됐으니, 가드들의 수중에서 겪어야 했던 세뇌를 복구시키려면 시간이 걸리겠지. 하지만 파이브, 내 아이야, 내가 너에게 어떻게 해주었는데…….”

"닥쳐. 넌 지껄이고, 지껄이고, 또 지껄이지만 진실은 아무것도 없어.”

파이브가 조용히 말한다. 어떻게 들으면 애원 같다.

세트라쿠스 라는 엄하게 말한다.

"내 말이 유일한 진리다. 넌 버릇없이 군 벌을 받을 거야.”

파이브는 여전히 세트라쿠스 라를 똑바로 보지 못하지만, 복도에서 모가도어 전사들을 만났을 때처럼 어깨가 빠르게 오르락내리락한다. 가슴속에서 낮게 그렁거리던 소리가 점점 커진다. 마치 끓어넘치기 직전의 주전자 같다. 나는 파이브의 폭발이 두려워 눈에 띄지 않게 옆으로 살짝 물러선다.

"이제 우둔한 짓은 그만둬라, 아이들아.”

세트라쿠스 라의 마지막 꾸짖음은 파이브의 폐부를 찢고 나온 괴성이 삼켜버린다.

그러더니 파이브가 달려든다. 처음엔 금속 바닥을 탕탕 때리며 달려나가던 맨발 소리가 곧이어 캉캉거리는 금속 맞부딪는 소리로 바뀐다. 세트라쿠스는 그저 눈썹만 추어올린다. 놀라지도, 경계하지도 않는 듯하다.

나도 가만히 서 있지는 않는다. 파이브가 달려드는 동안, 근처 공구 수레로 뛰어간다. 렌치든 뭐든 집어서 드레이넨을 충전시킬 수 있다면 어제의 수업을 다시 실습해볼 수 있겠지. 이번엔 세트라쿠스 라를 목표로.

그러나 그 계획은, 파이브가 무슨 짓을 하려고 했든, 세트라쿠스 라의 손짓 한 번에 모두 날아간다. 세트라쿠스 라가 팔을 가로로 휙 긋자, 그 염력의 힘이 우리를 쓸어버리며 나는 나가떨어지고 공구들도 멀리 날아간다. 너무 강력한 염력에 우주선 몇 대도 기우뚱했다가 착지하며 굉음을 울려댄다.

나는 바닥에 세게 부딪혔지만 바로 몸을 굴려 방향을 잡는다. 파이브도 날아가다가 비행 레거시로 중심을 잡았다. 세트라쿠스 라가 있는 몇 미터 앞까지 날아간다. 파이브의 피부는 더 이상 격납고 바닥과 같은 칙칙한 회색이 아니라 반짝이는 크롬으로 변한다. 늘 가지고 다니던 구슬 색이다. 그것도 눈구멍에 쑤셔넣었나보다.

"당장 그만둬."

세트라쿠스 라가 경고하지만 파이브는 더 이상 아무것도 들리지 않는 것 같다. 세트라쿠스 라를 향해 날아올라 그 예쁘장한 얼굴을 뭉개버릴 만큼 강력한 주먹을 휘두른다. 세트라쿠스 라는 지팡이로 간단히 막아내지만, 파이브의 동물적인 폭주에 열린 격납고 출구 쪽으로 쭉 밀려난다.

둘이 치고받는 사이 나에게 길이 열린다. 미치광이들끼리 결판을 내라지. 나는 그 틈에 빠져나가 푸른 하늘로 뛰어들면 된다. 시사리스 석이 파이브의 말대로 작동하길 바라며.

막 움직이려는데 세트라쿠스 라의 눈이 번뜩인다. 보이지 않는 에너지 장이 나를 덮치고 지나가는 게 느껴진다. 마치 격납고 안의 기압이 바뀐 것 같다. 그리고 주먹을 날리던 파이브의 피부가 원래대로 돌아가며 세트라쿠스 라가 들어올린 지팡이에 주먹이 우두둑 부러진다. 또한 외마디 비명과 함께 파이브는 허공에서 뚝 떨어진다.

둘세 기지에서와 똑같다. 세트라쿠스 라가 레거시를 무력화시키는 에너지의 장 같은 걸 만든 것이다. 나와 같은 아에테르누스만이 아니라 드레이넨도 가지고 있는 것이다. 물론 사용 기술은 듣도 보도 못한 것이다. 마치 주변 공기 분자들을 충전시켜 레거시를 무력화시키는 반경을 만들어낸 듯하다.

단, 나에게는 듣지 않았다. 내 안의 드레이넨이 여전히 도사리고 있는 게 느껴진다. 아에테르누스도 원하면 쓸 수 있다. 내가 세트라쿠스 라의 드레이넨 기술에 영향을 받지 않는 건, 혈연이기 때문일까? 아니면 이것도 나의 레거시 중 하나일까? 레거시는 무작위로 주어지며 로리언은 혼돈의 물질일 뿐이라던 놈의 헛소리들. 하지만 나에게 놈을 파괴하기 위한 레거시들이 특별히 주어졌다면 어떨까? 더 중요한 문제는, 세트라쿠스 라는 그의 힘이 나에겐 작동되지 않는다는 걸 알까?

그 순간, 세트라쿠스 라는 나에게 전혀 주의를 기울이고 있지 않다. 오직 파이브만을 보고 있다. 이 틈에 빠져나가야 한다는 것을 알지만, 나는 왠지 도망치지 못한다. 파이브가 저지른 모든 일들에도 불구하고, 내가 정말 파이브를 그냥 저버릴 수 있을까?

파이브는 부러진 주먹을 꼭 끌어안고 세트라쿠스 라 앞에 무릎을 꿇고 있다. 세트라쿠스 라의 크지 않은 지구인 모습이 1미터가

량 커진다. 몸집도 벌어져 기괴한 형태가 되었다. 부자연스레 커다란 손으로 파이브의 머리를 잡는다.

"넌 명령에만 따르면 됐다."

세트라쿠스 라가 그렁거리며 파이브의 머리를 확 밀어 얼굴을 들여다본다.

"나와 함께 성소로 걸어들어갈 수도 있었다. 네가 그 망할 펜던트만 나에게 가지고 왔다면. 그런데 감히 경애하는 지도자에게 주먹을 들어올리다니. 역겹구나, 소년이여."

'성소'가 뭐지? 어쨌든 기억해두자. 또한 그들 쪽으로 한 걸음을 뗀다. 도망을 칠까, 도와줄까 여전히 갈등하고 있고, 심지어 모가도어 통치자에게 내가 대항을 할 수 있을지도 알 수가 없지만.

파이브의 고개가 이상한 각도로 꺾여 꺽꺽거리는 소리밖에 못 내고, 세트라쿠스 라는 호통을 계속한다.

"가드 멤버는 결코 진정으로 구원받을 수 없다는 걸 진작 알았어야 했는데! 넌 내 최고의 실패작이다, 파이브. 하지만 마지막 실패작이 되리라."

세트라쿠스 라의 손아귀에 힘이 들어가자, 파이브가 울부짖는다. 놈이 파이브의 머리를 그대로 우그러뜨리려는 걸 깨닫자 속이 뒤집어지는 것 같다. 그냥 놔둘 수 없다.

내 모든 힘을 그러모아 세트라쿠스 라를 열린 출구 쪽으로 밀쳐낸다. 세트라쿠스 라의 눈이 휘둥그레지며 비틀거린다. 기괴하게 커진 몸집에 솔기가 터진 멋진 정장이 바람에 퍼덕인다. 파이브의 머리를 잡았던 손아귀의 힘은 풀렸지만, 손톱을 박아넣고 있다. 중심을 잡는 세트라쿠스 라를 내가 다시 아누비스호 밖으로 밀쳐내려 한다. 세트라쿠스 라의 염력이 맞서오는 게 느껴진다.

"엘라, 어떻게……."

놀람과 당황이 함께 느껴지는 질문을 미처 마치기도 전에 파이브가 팔뚝의 칼날을 꺼내 달려든다.

"죽어!"

세트라쿠스 라는 피하려 비켜섰지만, 칼날에 어깨를 찔리고 만다.

나는 찌르는 듯한 아픔에 비명을 지른다. 내 어깨에 구멍이 뚫리며 따뜻한 피가 솟구친다. 상처를 부여잡고 비틀거리며 근처 우주선에 부딪친다.

파이브는 화들짝 놀라 물러선다. 세트라쿠스 라는 상처를 입지 않은 듯하다. 파이브는 나를 보며 입을 쩍 벌리고 세트라쿠스 라는 미소를 짓는다.

"쯧쯧, 무슨 짓을 했는지 보렴."

모가도어의 주문 때문이다. 의식이 희미해지며 깨닫는다. 세트라쿠스 라에게 가하는 해는 곧 나에게 돌아온다.

경악한 파이브가 행동을 취하기도 전에 세트라쿠스 라가 그의 목을 잡고 들어 올려 근처 우주선의 선체에 사납게 머리를 부딪친다. 다시, 또다시, 마침내 파이브의 몸이 축 늘어질 때까지. 그런 다음 아무렇지도 않게 아누비스호 밖으로 던져버린다.

나는 염력으로 파이브를 잡으려 했지만 너무 약했다. 그의 몸은 이미 떨어져서 보이지 않는다.

　나는 주저앉는다. 손가락 사이로 피가 솟아나온다. 모든 힘이 빠져나간다. 오늘은 탈출 못하겠다. 할아버지가 이겼다.

　세트라쿠스 라가 보통 체격으로 돌아가 내 앞으로 온다. 망가진 옷을 입고 실망한 교사처럼 미소짓는다.

　"이제 가자, 엘라. 이번 일은 빨리 잊도록 해야 한다."

　나는 피범벅이 된 손을 그에게 들어 보인다.

　"대체 왜? 나한테 왜 이러는 거야?"

　"모가도어의 진보가 심지어 네 목숨보다도 중요한 일이라는 것을 깨우칠 유일한 방법이었단다."

　세트라쿠스 라는 나를 안아올리더니, 의식이 흐려지는 나에게 다정하게 속삭인다.

　"경애하는 지도자에게 또 불복종하지는 않겠지?"

23
칼라크물 성소

애덤이 조종하는 비행선이 대서양 해안을 지나 우리를 플로리다로 데려간다. 다시 서쪽으로 멕시코 만을 가로질러 멕시코의 동남쪽 끝에 도착한다. 최고 속도로 비행선을 움직이며 다른 비행기에 부딪히지 않게 최대한 낮게 난다. 비행에는 네 시간이 걸린다.

우리는 조용하다. 나는 좌석에 기대앉아 아래로 지나가는 해안선을 바라본다. 애덤도 거의 말이 없다. 시선도 앞으로만 고정하고 있다. 다른 비행기가 나타나면 경로를 이따금씩 조정한다. 먼지는 그 발치에서 낮잠을 잔다. 마리나는 역시나 경직돼 있다. 모가도어 인이 운전한다고 해서 특유의 비행공포증이 좋아질 리가 없다.

"저기, 몇 시간 쉬어도 돼."

애덤이 조심스레 제안한다.

나는 이미 반쯤 졸고 있었으니, 마리나에게 하는 말이다. 마리나는 등을 곧추세우고 앉아 약간의 냉기를 뿜고 있다. 애덤도 곁눈질로 보고 있었나보다.

마리나는 잠시 생각하는 듯하더니 조종석을 향해 몸을 쭉 늘인다. 머리가 애덤의 어깨에 거의 닿을 정도다. 애덤은 눈썹을 추어올리지만 몸은 빼지 않는다.

"식스와 남쪽으로 떠났다가 우리 중 배신자가 있었다는 걸 알게 된 게 겨우 며칠 전이야. 결국 내가 놈의 눈 하나를 꿰뚫는 자비를 베풀었어."

"나도 플로리다에서 있었던 일은 알아. 왜 또 얘길 하는 거지?"

"왜냐하면 네가 우릴 배반하면 어떻게 될지 알려주고 싶으니까. 그리고 나더러 쉬라는 말은 하지 마."

애덤이 도움을 청하듯 나를 보지만, 나는 어깨를 으쓱하고 시선을 피한다. 마리나는 여전히 화풀이 대상을 찾고 있고, 나도 말리고 싶은 생각은 없다. 그리고 모가도어 동료에게 두려움을 조금 심어주는 것도 나쁘지는 않을 것 같다.

애덤이 그냥 입을 닫으려나 싶었는데, 몇 분 후에 갑자기 목소리 높여 이야기를 시작한다.

"어제, 난 처음으로 우리 집안에서 대대로 내려오던 검을 집어 들었어. 이전까지 만지는 것조차 허락받지 못했지. 나의 아버지 안드라쿠스 수테크 장군이 가지고 다니는 걸 멀리서 바라보기만 했어. 어제 아버지가 넘버 포, 존과 싸우고 있을 때 내가 그 검을 아버지 등에 찔러넣어 죽였어."

애덤은 무미건조하게, 마치 뉴스를 읽듯이 말했다. 나는 어안이 벙벙해하다가 마리나를 흘긋 돌아본다. 마리나는 눈을 내리깔고 깊은 생각에 잠겨 있다. 그녀에게서 솟아나던 냉기가 수그러들기 시작하자, 먼지가 몸을 일으켜 그녀 옆으로 가서 다시 웅크린다. 늑대는 마리나의 무릎에 머리를 올린다.

나 말고는 침묵을 깰 사람이 없는 것 같다.

"대단한 얘기네. 내 주변에서 대검을 갖고 다니는 사람은 네가 처음이야."

애덤이 눈살을 찌푸린다.

"대단하다고? 날 의심할 필요는 없다는 얘기를 한 거야."

잠시 후 마리나가 말한다.

"난 몰랐어. 아버지에게 그래야 했다니 많이 힘들었겠다."

"그렇지 않았어. 어쨌든 위로해줘서 고맙다."

애덤이 퉁명스레 대답한다.

팽팽한 긴장감을 풀어보려고, 나는 우주선의 조절판을 이것저것 막 만지기 시작한다.

"여기도 끔찍한 라디오 같은 건 있지 않아? 가는 내내 죽는 얘기만 할 거야?"

내가 만진 조절판들을 애덤이 재빨리 되돌려놓으면서 조금 미소짓는다. 그나마 험악한 협박은 멈춰서 안심이 되나보다.

"라디오는 없어. 모가도어 인기곡이라도 허밍으로 불러줄까?"

"집어치워."

내가 타박을 주고 마리나는 뒷좌석에서 킬킬거린다.

그러자 애덤이 나를 보며 묘한 표정을 짓는다. 모난 얼굴이 풀어지며 방어적으로 유지하던 무표정도 사라진다. 적이었던 두 명과 함께 잠시나마 친근한 순간을 경험하는 듯하다.

"뭐야?"

내가 묻자, 애덤은 서둘러 시선을 피한다. 딴생각을 하고 있었던 것 같다. 회상에 잠겼던 듯도 하다.

"아무것도 아냐. 널 보니까 예전에 알던 누가 생각나서."

나머지 여정은 별일 없이 지나간다. 나는 그제야 다시 좀 쉴 수 있었지만 아예 잠에 빠지지는 않는다. '먼지'가 코를 박고 안기자, 마리나도 드디어 좀 긴장을 푼다. 애덤이 모가도어 노래를 흥얼거리려다가 참는다.

우리는 멕시코 캄페체의 열대 숲 위를 날아간다. 고대 마야 도시 유적 가운데 숨겨져 있다는 로리언의 성소까지는 한 시간을 더 가야 한다. 그때 비행선의 전면창 위로 경고등 불빛이 번쩍인다.

"젠장."

애덤이 잔뜩 긴장하며 우주선의 제어판 위 스위치들을 껐다 켰다 하기 시작한다.

"무슨 일이야?"

"누가 우릴 추격하고 있어."

우주선에 달린 카메라들이 화면으로 영상을 보낸다. 우주선 아래와 뒤쪽이 보인다. 빽빽한 나무들과 구름 한 점 없는 푸른 하늘

밖에 안 보인다.

　마리나도 창문을 내다보며 묻는다.

　"어느 쪽이야?"

　"여기."

　애덤이 화면 속 한 점을 가리킨다.

　우리 같은 모가도어의 정찰선이 아래쪽에서 천천히 우리를 향해 올라온다. 지붕이 얼룩덜룩 녹색으로 칠해져 아래 숲과 잘 구분이 되지 않는다. 마리나가 묻는다.

　"더 빨리 날 수 없어?"

　"해봐야지."

　애덤이 대답하며 레버를 당긴다. 내가 제안한다.

　"그냥 쏴버리는 건 어때?"

　속도가 조금 올랐나 싶은 순간, 붉게 반짝이던 경고등 불빛 하나가 네 개로 늘어난다. 더 따라붙은 것이다. 똑같이 생긴 비행선 두 대가 바로 앞의 밀림에서 솟아오른다. 또 하나가 옆에서 따라붙는다. 첫 번째 우주선도 여전히 뒤를 따라온다. 그렇게 둘러싸이자 애덤도 멈출 수밖에 없다.

　"다들 총이 있겠지?"

　"그래. 불리한 상황이야."

　"꼭 그렇진 않지."

　내가 말하며 하늘을 향해 정신을 집중한다. 구름 한 점 없던 하늘이 어두워지며 구름 속에서 우르르 소리가 일어난다.

애덤이 나를 저지한다.

"잠깐만, 네가 타고 있다는 게 드러나잖아."

"우리 정체를 아직은 모를 거라는 얘기야?"

"90퍼센트 정도는 가능성이 있어."

나는 폭풍 구름의 형성을 멈춘다. 구름들은 그대로 뜬 채 천천히 움직인다. 계기판에서 뭔가 날카롭게 삑삑거린다.

"통신 요청이야."

공중전을 치르지 않고 지나갈 수 있는 좋은 생각이 떠오른다.

"네가 장군의 아들이라고? 그 위세 좀 휘둘러볼 수 없나?"

애덤이 잠시 생각하는 사이 통신기가 다시 삑삑거린다.

"말해두지만, 난 그다지 인기가 있는 편은 아냐. 내 말을 안 들을지도 몰라."

"그럴 위험도 있군. 최악의 경우 널 잡아가려 할 수 있겠네."

"그래."

"그럼 시키는 대로 가보지, 뭐. 걱정 마, 우리가 구해줄 테니."

"일단 뭐든 좀 해봐."

마리나가 급하게 앞쪽을 가리키며 말한다.

그새를 참지 못하고 앞쪽에 있던 우주선이 곧장 다가와 총신을 드러내 우리를 겨냥한다.

"좋아, 몸을 숨겨봐."

애덤이 말한다. 나는 마리나의 손을 잡고 둘 다 안 보이게 만든다. 상황 파악이 됐는지 '먼지'도 쑥 줄어들더니 조그만 회색 쥐가 되어 애덤의 의자 아래로 들어간다.

애덤이 버튼을 누르자 화면에 영상이 뜬다. 험악하게 생긴 모가도어 수색자다. 텅 빈 눈이 너무 다가붙었다. 짧고 날카로운 이를 드러내며 애덤을 보더니 엄청 짜증난 표정을 짓는다. 뭐라고 모가도어 어로 짖어댄다.

"지구에 있는 동안은 영어를 쓰라는 명령을 받았잖아, 이 대량 태생아."

애덤이 차갑게 대꾸하며 몸을 일으킨다. 갑자기 너무 당당해 보여 등짝이라도 후려쳐주고 싶어진다.

"나는 아다무스 수테크. 안드라쿠스 수테크 장군의 진본 태생 아들이다. 아버지로부터 급한 임무를 받고 왔다. 그 로리언의 장소로 즉시 안내하라."

거짓말 하나는 정말 잘한다는 걸 알 수 있다.

수색자의 얼굴은 짜증에서 혼란, 마침내 두려움으로 바뀐다.

"네, 알겠습니다. 즉시 안내하겠습니다."

애덤은 바로 통신을 끈다. 우리를 둘러쌌던 우주선들이 차례로 떨어져나가며 우리에게 길을 터준다.

"먹혔네."

"계급이 낮은 놈이라 먹혔지만, 지휘관은 쉽지 않을 거야."

"아빠가 보내서 진행 상황을 확인하러 왔다고 하면 안 될까?"

"내가 우리 종족을 배반하고 아버지한테서 직접 사형선고를 받았다는 걸 아직도 모를까?"

"잠깐만 시간을 끌어주면 돼. 마리나와 내가 성소로 가는 길을 찾을 때까지."

"저기 있다."

마리나의 말에 창밖을 보니 비행선들이 칼라크물을 향해 하강을 시작한다. 크지 않은 고대 건물들이 한 무더기 보인다. 모두 석회암으로 건축되어 수 세기 동안 침식되어왔으며 밀림에 다시 뒤덮여가고 있다. 그중 나지막한 언덕에 지어진 거대한 피라미드 모양의 사원이 우뚝 솟은 것이 눈에 띈다. 무너져가는 외관은 돌 언덕을 직접 깎아 만든 가파르고 울퉁불퉁한 계단으로 이루어져 있다. 멀리서 봐서 정확하진 않지만, 꼭대기에 문 같은 것이 보인다.

내가 말한다.

"저 꼭대기로 올라가야 할 것 같은데?"

"저게 성소일 거야. 분명해."

마리나도 동의한다.

"우리 종족도 그렇게 생각하겠지."

모가도어 인들이 성소 주변을 빙 둘러 비워놨다. 나무들이 모두 잘려나가고 모가도어 정찰선 함대가 흙바닥 위에 도열해 있다. 수십 대의 비행선 이외에도 모가도어 인들이 야영하고 있는 텐트들이 늘어서 있다. 꽤 커 보이는 미사일 발사대와 광선포도 몇 개 보인다. 모두 성소를 조준하고 있지만, 유적을 건드리진 않은 듯하다. 사원 아래서부터 옆면을 따라 웃자란 나무와 덩굴이 타고 올라왔는데, 그것도 건드리지 못한 것 같다. 자연적인 것은 모두 없애버린 후 모가도어 인들이 진을 친, 지독하도록 깔끔한 주변과는 극명한 대조를 이룬다.

마리나도 눈치챈 듯하다.

"왠지 가까이 가질 못하고 있는 것 같네."

"맬컴 아저씨가 가드만 들어갈 수 있다고 했잖아."

우리를 호위하던 모가도어 우주선들이 임시 착륙장에 내려앉고 애덤도 좀 떨어져서 착륙한다. 성소가 저기 보인다. 우리와 그 사이를 가로막는 것은 탁 트인 원형 개간지와 얼마 안 되는 모가도어 군대뿐이다. 벌써 많은 수가 모여들기 시작했다. 모두 광선총을 들고 있다.

"환영 인사를 나왔네."

내가 말하며 애덤을 보니, 놈들 수를 확인하며 침을 꿀꺽 삼키고 안전띠를 푼다.

"좋아, 내가 먼저 나가서 다른 쪽으로 끌고 가볼게. 너희는 성소로 들어가."

"느낌이 좋지 않아. 수가 많아."

마리나가 말한다.

"괜찮을 거야. 그냥 들어가서 해야 할 일을 해."

그러고서 애덤은 조종실을 열고 우주선 위로 풀쩍 올라간다.

모가도어 인들은 서른 명쯤 모였다. 마리나와 나는 조종실 안에 웅크리고 앉아서 투명 레거시를 써야 할 때에 대비해 손을 꼭 잡고 있다.

"누가 책임자지?"

애덤이 다시 거드름을 피우며 버티고 서서 소리친다.

키 큰 여성 전사가 나온다. 소매 없는 검은 코트를 입고 옆머리를 길게 길러 땋은 다음 빙 돌려서 전통적인 모가도어 두피 문신을 감싸고 있다. 손은 다쳤는지 흙투성이 허연 붕대를 감고 있다.

"나는 피리 둔 라. 마고스 둔 라 의원의 진본 태생 딸이다. 여긴 무슨 일로 왔지, 수테크?"

애덤 못지않게 위압적이고 딱딱한 자세다.

애덤이 우주선에서 뛰어내린다.

"경애하는 지도자에게서 직접 명령을 받았다. 그의 도착에 대비해 이곳을 점검할 것이다."

군중은 세트라쿠스 라라는 말에 화들짝 놀라며 서로 불안하게 흘긋거린다. 하지만 피리 둔 라는 예외다. 옆구리의 광선총을 덜렁거리며 성큼성큼 다가온다. 눈을 번쩍이며 거리낄 것 없어 보이는 움직임에, 금방이라도 사건이 터질 듯하다. 이제까지 본 다른 모가도어 전사들에 비해 훨씬 똑똑해 보인다.

"아, 물론 경애하는 지도자가 명령했겠지. 뭐가 보고 싶지?"

애덤이 야영지 쪽을 가리키며 막 입을 열려는데, 순식간에 피리가 광선총을 들어 손잡이로 애덤의 턱을 갈긴다. 애덤은 바닥에 쓰러지고, 나머지 모가도어 인들이 일제히 총을 겨눈다.

"감방 내부 먼저 보는 건 어때, 배신자?"

피리가 빈정거리며 광선총을 애덤의 얼굴에 겨눈다.

24
고향에 돌아오다

즉시 나는 마리나와 투명하게 변한다. 우리는 조심스레 우주선 밖으로 나와 동작을 맞춰가며 움직인다. 갑자기 퍼더덕 소리가 들려 돌아보니 먼지가 열대 새 모습으로 변해 날아오른다. 모가도어 인들은 아무도 눈치 못 챈 듯하다. 우리가 바닥으로 뛰어내리는 소리도 못 듣는다.

피리가 애덤과 벌이는 구경거리에 너무 열중해 있다.

"네 아버지를 안다, 수테크."

주변의 병사들도 모두 들을 수 있게 우렁우렁 외친다.

"개자식이지만 최소한 모가도어 진보의 충성스러운 수행자야."

애덤이 뭐라고 했는지, 모가도어 인들이 웅성거려 듣지 못한다. 언뜻 보니 여전히 발치에 쓰러져 뒹굴면서 일어나지 못하고 있다.

"사실 네 아버지가 나에게 이 임무를 주었지. 웨스트버지니아

요새에서 가드 하나가 도망친 게 내 책임이 됐거든. 처벌은 죽든지, 여기로 유배 오든지, 선택하는 거였어. 선택의 여지가 없잖아? 만일 실패하면 모두 사형에 처해지겠지. 우리가 살길은 저 '성소'를 깨부수는 것밖에 없어."

피리는 성소라는 말에 악의를 가득 담으며 붕대 감은 양손을 휘저어 사원을 가리킨다. 뭐라고 하는지 마저 듣고 싶어 나는 잠시 멈춘다.

"내가 잘못 선택한 게 아닐까 하는 생각이 들지 않은 날이 없었어. 빨리 죽는 편이 차라리 나았을지도 몰라. 그래, 우리 모두 벌을 받아 이리로 보내진 거야."

아무래도 애덤보다는 병사들 들으라고 하는 말 같다. 밀림에서의 생활에 사기가 충천돼 있을 리 없다.

"로리언 인들이 뭘 숨겨놨는지도 모르는 저 폐허를 둘러싼, 뚫을 수 없는 장막을 부수라고 보내졌지. 경애하는 지도자를 기쁘게 할 기회를 잡는 것만이 우리 모두가 살길이야. 너 같은 배신자가 찾아오기에 정말 완벽한 장소지."

피리가 애덤 옆에 쭈그리고 앉는다.

"그래서 너는 성소의 비밀을 아나? 드디어 속죄하려고 여기 온 거야?"

애덤이 쿨럭이며 입을 연다.

"그래. 자기장이 있으면 직접 몸을 던져봐야지."

피리가 피식 웃는다. 나는 그 웃음을 보고 다시 움직이기 시작한다. 불길한 느낌이 들었기 때문이다. 작은 여흥을 이제 끝내려는 듯하다. 서둘러야 한다.

나는 마리나를 끌고 모여 있는 모가도어 인들 뒤로 간다. 애덤이 시선을 제대로 끌고 있으니, 작전대로 한다면 성소 쪽으로 쉽게 빠져나갈 수 있을 것이다. 하지만 애덤을 저렇게 놔두고 가는 게 내키지 않는다. 마리나도 마찬가지일 것이다. 우리는 성소 쪽으로 가는 대신 재빨리 광선포 쪽으로 움직인다. 모가도어 인들이 헛되이 성소의 장막을 깨뜨리려 쏘고 있었던 거다.

"몸을 던지라니, 그렇게 나쁜 생각은 아닌데, 수테크. 네가 먼저 해보는 건 어때?"

피리가 손짓하자 전사 몇 명이 서둘러 나와 애덤을 일으켜 세운다. 피리가 앞장서자 모가도어 인들이 그를 끌고 개간지와 사원 주변의 밀림을 나누고 있는 보이지 않는 선을 향해 간다.

"온갖 포격을 퍼부었지만 소용없었어. 경애하는 지도자는 방법을 알고 있다고 하더군. 가드와 개네들이 걸고 있는 조그만 펜던트가 있어야 한대. 하지만 놈들이 워낙…… 잘 도망다녀서.『모가도어의 위대한 확장』을 믿는다면, 그 길에 불가능이란 없다는 걸 알 수 있지. 즉, 저 망할 놈의 장막도 부서질 수밖에 없어. 나는 경애하는 지도자의 이름으로 어떤 로리언 마법이든 뭉개버릴 작정이야."

애덤이 대꾸한다.

"그럼 왜 진작 하지 않았지? 아직까지 아무 진전도 없잖아."

"직접 던져넣어볼 진본 태생 미남이 이제야 나타났으니까."

마리나와 나는 가장 가까운 곳의 광선포에 도착해 발사대에 기어오른다. 소형 착암기처럼 생겼다. 조준창도 달려 있다. 대포를 돌릴 수 있게 두 개의 손잡이가 있고 자전거 브레이크처럼 생긴 방아쇠도 달려 있다.

"쏠 수 있겠니?"

내가 마리나에게 속삭인다.

"조준하고 꽉 쥐면 나가는 거 아냐?"

"좋아, 네가 잡아."

쏘려면 두 손이 필요하다. 모든 모가도어 인이 앞만 보고 있긴 하지만, 혹시라도 누가 뒤돌아볼 위험을 무릅쓰고 싶진 않다. 나는 조심스레 마리나의 목에 손을 얹고 손을 놓는다. 이러면 계속 안 보이는 상태로 대포를 쏠 수 있다. 마리나가 천천히 대포를 움직이기 시작하자, 기름칠이 좀 부족한지 식식 소리가 난다. 나는 재빨리 한 손을 저어 그 소리를 감출 만한 강한 바람을 불러낸다.

피리가 보이지 않는 장막 앞에서 애덤을 무릎 꿇리고 손의 붕대를 푼다.

"먼저 네가 어떻게 될지 보여줄게. 이 장막에 실수로 손을 대면 이렇게 되는 거야."

손바닥에 끔찍한 화상을 입었다.

"조심했어야지."

애덤이 대꾸한다.

피리가 고개를 끄덕이자, 두 전사가 애덤의 팔을 단단히 잡고 일으켜 세워 몸을 앞으로 숙이게 만든다.

피리가 애덤을 가만히 내려다보더니 말한다.

"듣자하니, 네가 반쯤 가드가 되었다며? 우리가 성소에 들어가려면 바로 네가 필요했는지도 모르지. 아니면 너 같은 변종이 자기장에 합선을 일으켜 드디어 장막이 부서질지도."

애덤이 이를 악물고 대꾸한다.

"어쨌거나 오늘은 네가 성소에서 보내는 마지막 날이 될 거야."

그 말에 피리가 멈칫하더니, 우리가 타고 온 우주선을 돌아본다. 갑자기 애덤이 혼자 오지 않았을지 모른다는 걸 깨달은 것이다. 하지만 너무 늦었다.

마리나가 조준을 마친다.

"준비됐지?"

"놈들을 튀겨주자."

마리나의 보이지 않는 손이 대포의 방아쇠를 그러쥔다. 광선포가 위잉 하며 터져나가자 그 반동에 나는 하마터면 손을 뗄 뻔한다. 조준당한 모가도어 무리는 뒤돌아볼 새도 없이 눈부신 빛줄기를 정통으로 맞아 재로 변한다.

마리나가 사격을 시작하자마자, 먼지가 하늘에서 송골매 모습으로 소리를 지르며 날아들어 애덤을 잡고 있던 모가도어 전사의 얼굴에 발톱을 박아넣는다.

모가도어 인들이 고함치며 흩어진다. 기겁하는 것도 당연하다. 유령이 발사하는 대포 같을 것이다. 피리 둔 라만이 정신을 챙기고 광선총을 몇 방 쏴보지만, 대포의 전면창이 튕겨낸다. 그러자 그녀도 도망친다. 마리나는 애덤이 있는 곳만 피해 맹포격한다.

잡고 있던 둘 중 하나가 쓰러지자, 애덤이 나머지 하나의 복부를 팔꿈치로 가격해 장막 쪽으로 밀쳐버린다. 사원을 둘러싼 보이지 않는 자기장에서 차가운 파란 에너지가 확 일어나며 장막이 모습을 드러낸다. 거대한 전류 그물이 반구형으로 뒤덮인 것 같다. 그것에 몸을 정통으로 부딪친 모가도어 인은 성냥처럼 불꽃에 휩싸이고 곧 터진다. 장막이 다시 안 보이게 된 뒤에도 주위에 뿌옇게 떠 있다가 불어온 바람에 날아가고 만다.

애덤이 납작 엎드리자 마리나가 광선포를 휙 돌려 그 주변의 모가도어 인들을 쓸어버린다. 피리를 포함한 몇 명은 도망쳐서 정박한 우주선들 뒤에 숨었다. 우리가 보이진 않아도 우리가 있는 대포 쪽으로 사격을 가한다. 대포는 곧 시커먼 연기를 내며 위험하게 덜덜거린다.

"뛰어!"

나와 마리나가 뛰어내리자, 대포가 폭발해 유독한 검은 연기를 피워올린다. 우리는 다시 보이게 되었고, 주변에 엄폐물도 없다.

남아 있는 모가도어 인들이 다시 광선총을 쏘기 전에 애덤이 주먹으로 바닥을 친다. 퍼져나간 진동에 몇 놈이 쓰러진다. 그 틈에 나는 다른 우주선 밑으로 몸을 굴린다. 그리고 폭풍을 불러낸다.

하늘이 어두워지며 비가 내리기 시작한다. 밀림이다보니 이런 날씨를 불러내는 건 식은 죽 먹기다. 하지만 번개를 때리려면 아직 몇 초 더 필요한데, 피리와 부하들이 벌써 조준을 마치고 내 앞의 축축해진 땅에 광선들이 날아와 꽂힌다.

그때 주먹만한 우박이 피리의 대머리를 때린다. 그녀는 머리를 감싸 쥐고 넘어진다. 마리나가 궤짝 더미 뒤에 숨어 빗방울에 정신을 집중해, 모가도어 인들 위로 얼음덩이를 떨어뜨려 기절시킨다.

드디어 폭풍 구름이 부글부글 끓어올라 첫 번째 번개를 비죽비죽 내리꽂는다. 피리는 겨우 옆으로 뛰어들어 피한다. 하지만 마지막 전사 두 명은 번개를 맞고 먼지가 된다.

그때 놀랍게도 피리가 도망친다. 한 번 돌아보지도 않고 모가도어 진본 전사가 근처 밀림으로 뛰어들어간다.

애덤이 벌떡 일어난다. 피리에게 가격당한 위아랫입술이 다 찢어져 피가 뚝뚝 떨어진다. 그것 말곤 괜찮아 보인다. 피리를 뒤쫓기 시작한다. 얼마 따라가기도 전에 벌써 피리는 숲속으로 사라졌다. 애덤이 내 앞에서 미끄러지듯 멈춘다.

"도망치게 놔둬."

내가 애덤에게 말하며 구름을 흩어지게 한다.

"쫓아가야 하지 않아?"

애덤이 근처 유적과 숲을 두리번거리며 말한다. 다른 진본과 한 번 겨뤄보고 싶은 것 같다.

다시 늑대가 된 '먼지'가 애덤 옆으로 뛰어와 선다. 조심스레 그의 손을 핥는다.

애덤이 나를 보며 말한다.

"그나저나 구해줘서 고마워."

"그래, 어차피 내가 소란을 피워달라고 부탁한 거니까. 그냥 죽게 둘 순 없지."

"그렇게 생각해줘서 기쁘다."

그리고 다시 피리 쪽을 두리번거린다.

"잡아야 해. 위험한 자야."

"피리인지 뭔지는 포기해."

나는 사원 쪽을 본다.

"더 중요한 일이 있어. 모가도어 인이나 쫓아갈 때가 아냐. 아무리 사악하다고 해도."

마리나가 와서 말한다.

"혼자 도망쳤잖아. 뭔가에 잡아먹히겠지. 우주선을 지키라고 먼지를 남겨두자. 되돌아올 수 있으니."

애덤은 밀림 쪽에서 눈을 떼지 못하지만, 결국 고개를 끄덕인다.

"좋아. 나도 너희가 들어간 동안 여기를 지킬게."

나는 마리나에게 동의를 구하는 눈짓을 한다. 마리나는 어깨를 으쓱하고 우리 우주선으로 간다. 짐을 내리려는 거다.

"한번 시도해보지도 않으려고?"

"농담해? 피리 둔 라의 손 못 봤어?"

"그렇게 되면 내가 고쳐줄 수 있어."

마리나가 걸어가다 멈춰서 말한다.

"모르겠다."

애덤이 사원 쪽을 보며 허리에 손을 올린다.

"왜 나한테 들어가보라고 하는 거지? 저긴 로리언의 장소잖아."

"피리가 말한 대로, 너도 일부분은 가드가 되었잖아. 로리언 인은 아니지만 레거시를 가졌지."

"레거시 하나뿐이야. 굳이…… 따지자면 내 것도 아니고. 사실 내가 가져도 되는 건지 확신이 없어."

"상관없어. 맬컴 아저씨 말을 듣고 생각해본 건데, 잘못 생각한 건지도 모르지만, 저곳에 로리언의 살아 있는 조각이 들어 있어. 우리 레거시가 나오는 곳이야. 너도 거기 연결돼 있다는 얘기지. 우리와 마찬가지로."

"모든 일에는 이유가 있으니까."

마리나가 우주선을 올라가다가 우리를 보며 눈에 힘을 준다.

"에이트의 예언을 봐도 그렇고."

애덤은 자신 없는 듯 침을 꿀꺽 삼킨다.

"저 안에서 뭐가 우리를 기다리고 있을지, 네가 필요할지도 알 수 없어. 그러니 같이 가자."

이렇게까지 청하면 어떤 반응이 나올까 싶다.

애덤의 얼굴에 미소가 번진다. 조종실에서 멍하니 짓던 것과 비슷한 미소다.

"알았어. 설마 저 장막이 내 얼굴을 날려버리진 않겠지."

우리는 우주선으로 가서 마리나를 도와 로리언의 유산들을 모은 함을 꺼낸다. 그러고 나서 에이트의 시신도 꺼낸다. 마치 팔로 안아든 것처럼 바로 앞에 둥둥 띄운다. 그리고 마리나가 시신 주머니의 윗부분 지퍼를 열어서 나는 깜짝 놀란다. 살아 있을 때와 똑같은 모습의 에이트다. 모가도어의 장치들이 보존해주고 있는 탓이다.

"마리나, 뭐 하는 거야?"

"에이트에게 성소를 보여주려고."

마리나가 에이트의 굽실굽실한 머리칼을 넘겨주더니 속삭인다.

"이제 고향으로 가는 거야."

계속 그 상태로 사원을 향해 걷기 시작한다. 마리나는 골똘한 표정으로 애덤은 물론 나도 쳐다보지 않는다. 이 순간을 얼마나 기다려왔는지 알겠다. 에이트의 시신을 편히 눕혀줄 순간을. 나도 애덤도, 아무 말 없이 뒤를 따른다.

모가도어의 개간지가 끝나고 여전히 밀림에 휩싸여 있는 사원 앞에 당도했다. 가슴에서 이상하게 따끔거리는 느낌이 들어 내려다보니 목에 걸고 있는 나, 존, 나인의 펜던트가 밝게 빛나며 탱크톱 속에서 떠오르고 있다. 탱크톱의 목 부분을 당기니 펜던트들이 빠져나와 줄이 팽팽히 당겨지며 떠오른다. 성소로 끌려가는 자석 같다. 마리나의 펜던트들도 마찬가지다.

애덤이 의아한 듯 쳐다보지만, 나도 처음 겪는 일이다.

마리나가 먼저 장막을 통과한다. 푸르게 파직거리는 자기장이 나타나 그녀의 머리칼이 확 부풀어 일어나지만 그 밖에는 무사하다.

몇 발짝 뒤에서 내가 들어가자 피부에 지직거리는 정전기가 느껴졌지만 순간에 지나지 않았다. 나도 무사히 안으로 들어간다.

돌아보니 애덤은 자기장 바로 앞에 서 있다. 조심스레 손가락을 내밀어 장막에 대본다. 커다랗게 퍽 소리가 나서 깜짝 놀라 물러선다. 하지만 아까 모가도어 인이 그랬던 것처럼 화상을 입지는 않았다.

"정말 괜찮을까?"

"징징거리지 말고 들어와."

내가 말한다.

애덤이 한숨을 쉬고 온몸을 긴장시키더니 이번에는 손 전체를 내민다. 애덤의 창백한 피부에 닿은 자기장이 파박거리며 튀어오른다. 마리나나 나보다 훨씬 심하다. 그렇더라도 전혀 다치지 않고 장막 안으로 들어온다. 나는 애덤을 보며 씩 웃고, 애덤도 안도의 표정을 지으며 이마의 땀을 훔친다.

"이제 어떻게 해?"

애덤이 묻는다.

앞쪽의 마리나가 목에서 펜던트를 하나 벗어 앞에 풀어놓는다. 펜던트는 둥둥 떠서 천천히 사원의 돌계단을 따라 올라가기 시작한다.

"자, 올라가자."

햇빛 아래 파랗게 빛나는 로럴라이트를 보자니, 마치 충전이라도 된 것처럼 더욱 밝다. 나 자신도 마찬가지다. 성소가 어떤 에너지를 방출하고 있는 것 같다. 내 몸의 모든 세포들이 갑자기 활기를 띠는 듯하다. 하늘을 슬쩍 쳐다보며, 그 어느 때보다도 커다란 폭풍 구름을 불러올 수 있을 것 같은 기분이 든다. 나의 레거시들과 더욱 강하게 결합되는 느낌이다. 그리고 어쩐지, 이 모든 현상이 너무나 자연스럽게 여겨지며, 전에도 이와 똑같은 기분을 느껴보았던 것 같다.

　마리나가 옳았다. 우리는 고향에 온 것이다.

25
로리언의 목소리

마야 피라미드 꼭대기까지 올라가는 데 30분 정도 걸린다. 달리 신경 쓸 일도 없으니 계단 수를 세보다가 200 언저리에서 까먹었다. 돌계단이 깨져 갈라진 곳도 있고, 비 등에 깎여 경사진 부분도 있어서 발목이 접질리거나 미끄러질 수 있다. 그럴 때마다 밀림에서 뻗어나온 덩굴들을 잡고 올라간다. 서로 조심하라고 알려줄 때 빼고는 그다지 말도 하지 않는다. 어쩐지 성소의 고요를 방해하는 게 무례하게 느껴진다.

꼭대기에 도착해 잠시 쉰다. 마리나는 열기뿐 아니라 에이트의 시신까지 운반하고 올라오느라 땀을 흘린다. 나도 들고 있던 함을 내려놓고 손을 턴다. 애덤은 허리에 손을 올리고 아래쪽을 내려다본다.

"멋진 경치네."

내가 말한다.

사원 꼭대기는 나무들 위로 비죽 솟아 있어 사원 주위의 나무들 너머 모가도어 야영지도, 그 주변 밀림도 보인다. 고대 마야의 지배자도 여기 서서 영토를 내려다보았을까. 그리고 하늘을 향해 눈을 돌렸을 때 로리언의 우주선이 구름 속에서 내려왔을 거다. 그때의 광경이 생생히 눈앞에 그려지는 듯하다. 그런데 그 이미지가 이상하게 너무 현실적이라, 내가 그냥 상상해낸 게 아닌 것 같다. 수 세기 전 여기서 그런 일이 실제로 일어났다. 로리언 인들이 방문했고, 성소는 그 사실을 기억하고 있다.

"얘들아, 이것 좀 봐."

마리나가 우리를 부른다.

풍경에서 눈을 돌려 사원의 평평한 지붕 위를 지나 가운데 지점으로 가니, 돌문이 하나 있다. 처음에는 다른 피라미드와 마찬가지로 허연 돌로 조각된 거라고 생각했다. 하지만 가까이에서 보니 매끄럽고 흠 없는 상아색 물질로 만들어졌고, 다른 돌들과 같은 세월의 흔적이 안 보인다. 아무래도 피라미드가 다 만들어지고 한참 후에 놓인 것 같다.

문은 가운데 세워져 있을 뿐, 다른 방으로 통하거나 하는 게 아니다. 마리나가 그 주변을 빙 돌아본다. 그녀가 띄워 보냈던 펜던트는 그 문 앞에 둥둥 떠서 우리가 오기를 기다리는 듯하다.

내가 문을 자세히 뜯어본다. 표면에는 가운데 아홉 개의 둥근 자국이 파여 있을 뿐 아무 손잡이가 없다. 차가운 돌 표면을 손으로 쓸어본다.

"펜던트야."

마리나가 허공의 펜던트를 잡아 자국 하나에 집어넣는다. 완벽히 맞아들며 날카롭게 째깍 소리를 낸다. 그래도 문은 움직이지 않는다.

"우리에게는 다섯 개밖에 없잖아."

내가 인상을 쓰며 말한다.

"그래도 해봐야지."

마리나가 자신의 펜던트도 벗으며 말한다.

그렇다. 이제 와서 그냥 돌아갈 수는 없다. 우리는 하나씩 펜던트를 끼워넣는다.

"이게 마지막이야."

내가 말하며 다섯 번째 펜던트를 끼워넣는다.

그 즉시 로럴라이트 석이 자기장과 마찬가지의 에너지를 띠며 빛을 뿜기 시작한다. 그 빛이 돌들 사이에서 퍼지며 서로 연결된다. 없는 펜던트들 자리에도 에너지가 채워진다. 문 위로 나타나기 시작한 둥근 상징은 우리 발목의 상처와 같아 보인다.

그러고 나서 석재가 서로 마찰을 일으키는 소리와 함께 돌문이 사원 속으로 미끄러져내려가며 열린다. 문틀을 통해 밀림 대신 로럴라이트의 푸른빛이 비추는 먼지투성이 방이 보인다.

"과반수가 모여야 하는 거였어."

내가 말한다. 마리나가 다른 의견을 내놓는다.

"아니면 우리가 정말 들어가야만 한다는 걸 성소가 알아주었는지도."

"차원 이동 통로 같은 건가 봐. 저게 사원 안인가?"

애덤이 물으며 문틈 속의 방을 기웃거린다.

"직접 알아보자."

내가 마리나의 함을 들고 문지방을 넘는다.

그 즉시, 방향감각을 상실하고 위아래가 뒤집히는 롤러코스터를 탄 기분, 에이트가 텔레포트시켜줄 때 느꼈던 기분을 느낀다. 하지만 1~2초쯤 지나자 중심을 되찾아 눈을 껌뻑이며 성소 안 밀실의 어둑한 빛에 눈을 적응시킨다. 기압이 달라진 듯 귀에서 폭 하고 압력이 빠져나간다. 그 문은 마야 사원의 한가운데로 들어가는 통로였던 것 같다. 아니면 밀림의 소리도 전혀 안 들리는 걸로 봐서 아예 피라미드 아래 땅속인지도 모르겠다.

에이트의 몸을 든 마리나와 애덤도 차례로 들어온다. 둘 다 눈을 가늘게 뜨고 두리번거린다. 모두 들어서자 문이 깜빡이더니 사라진다.

그 자리엔 출구가 없고 견고한 석회석 벽뿐이다. 다만 아까 문처럼 벽에도 펜던트 자국들이 둥글게 조각돼 있다. 우리 펜던트가 바닥으로 떨어지자, 나는 서둘러 그것들을 집어든다.

마리나가 헐떡이며 말한다.

"여기가 성소야."

"언제 이런 걸 지은 거야?"

애덤이 묻는다. 내가 멍하니 두리번거리며 대답한다.

"내가 어떻게 알아. 오래전부터 지구를 방문하고 있었다고는 들었어. 이런 것도 만들었나보네."

"바로 오늘을 준비한 거야."

마리나가 이상할 정도로 확신에 찬 목소리로 말한다.

"근데 뭘 준비한 거지? 텅 빈 방이잖아?"

내가 실망해서 말한다.

성소는 기다란 직사각형 방이다. 높은 천장에 문이나 창은 하나도 없다. 우리 조상들은 텔레포트를 이용해 바위 속으로 들어와 어떻게든 방을 파냈나보다. 가구는 미처 준비 못했나보지. 아무것도 없다. 은은한 로럴라이트 빛이 핏줄처럼 돌벽과 천장 사이로 혼란스럽게 퍼져 방 전체를 푸른빛으로 물들이고 있다. 휙 지나가거나 소용돌이를 만드는 로럴라이트의 움직임을 따라가본다. 뭔가 낯익은 무늬가 보이는 듯도 하다. 알아보지 못하고 있을 뿐……

애덤이 말한다.

"이건 우주야. 우리가 지금까지 알아낸 것보다 훨씬…… 모가도어에서 확보한 우주 지도와도 비교가 안 돼."

그 말을 듣고도 시간이 걸려서야 로럴라이트 핏줄들이 모여 원을 이루는 지점들이 보인다. 빙글빙글 회전하는 천체 같은 것도 보인다. 소우주 같은 거다. 단지 훨씬 커서 은하계들도 포함하고 있을 뿐이다. 어느 벽에서 로리언 행성을 발견한다. 빛나는 로럴라이트를 중심에 품고 다른 점들보다 어둡게 빛나고 있다.

"우리 고향이야."

나는 손가락으로 로리언을 살짝 만진다. 차가운 전율이 나를 훑고 지나가며 로럴라이트가 알아듣고 화답하듯 고동치는 것 같다.

"이건 내 고향. 기분 나쁜 어둠을 정확히도 표현해놨네."

애덤이 덤덤하게 말하며 로럴라이트가 아예 없어서 눈에 띄는 지역을 가리킨다. 빛나는 우주 속 한 점 공백 같은.

마리나가 로리언에서 지구로의 항로를 짚어가며 말한다.

"이제 그곳들은 우리 고향이 아니야. 여기가 우리 고향이야."

로럴라이트의 빛은 다른 어느 곳보다 지구의 윤곽을 뚜렷하게 드러내주고 있다. 마리나가 손가락으로 지구를 누르자, 로럴라이트가 번쩍이며 진동한다.

아래쪽에서 뭔가 움직인다.

천장에서 가루가 후드득 떨어지며, 갑자기 확 밝아진 로럴라이트 빛 속에서 반짝인다. 로리언 인들이 만든 장소에서 다칠 리 없으니 겁먹을 필요가 없다는 건 알지만, 어쩔 수 없이 벽에 딱 붙어 버틴다. 흔들리는 밀실 속에서 갇혀 죽을 것 같은 기분도 든다. 애덤도 눈을 휘둥그레 뜨고 비틀거리다 내 옆에 선다.

기긱, 하며 돌 움직이는 소리와 함께 방 가운데 바닥에서 둥근 구조물이 올라온다. 제단이나 단상 같다. 허리 높이까지 올라오자 흔들림이 멈춘다. 이 구조물은 순수한 로럴라이트로 만들어져 있다. 로럴라이트 원통 위에 평범한 석회암 판이 얹혀져 속에 든 것을 뚜껑처럼 덮고 있다. 우리 셋은 조심스레 가까이 가본다.

"이걸 벗겨내야 하는 거 아닐까?"

내가 말하며 석회암 뚜껑을 만져본다.

"우물 같다. 이 속에 뭐가 있을까?"

"이것 봐, 그림이 있어."

에이트가 인도에서 보여주었던 동굴 그림과 비슷하다. 다만 여기 그림은 로럴라이트로 만들어진 우물 옆면에 새겨져 있다. 우물 주변을 돌며 모든 그림을 확인한다.

지구처럼 보이는 행성 위에 아홉 명이 떠 있고 그 아래 행성에는 좀 작게 아홉 명이 서 있는 부조가 새겨져 있다.

남자인지 여자인지 알 수 없는 누군가가 땅속 구멍 앞에 서서 상자의 내용물을 던져넣고 있다.

다시 아홉 명의 모습. 이번에는 어느 성 앞에 서서, 해일인지 머리 세 개 달린 용인지를 막아내고 있다.

"이것도 예언인가?"

내가 묻는다.

"그렇겠지."

마리나가 대답하더니 상자를 든 인물 앞에서 멈춘다.

"아니면 지시일 수도 있지."

나도 그 옆에 서서 묻는다.

"여기서 우리 유산들을 지구에, 어, 바치라고?"

마리나가 끄덕이며 에이트의 시신을 조심스레 바닥에 내리고 염력을 이용해 석회암 판을 밀어낸다. 쾅 소리를 내며 바닥에 떨어져 산산조각이 난다.

거대한 조명 같은 순수한 푸른 빛기둥이 우물에서 솟아난다. 너무 밝아서 눈살이 찌푸려지지만, 그 빛의 온기에 뼛속까지 따뜻해진다.

"이건……"

애덤이 말을 잇지 못한다. 검은 모가도어 인의 눈에도 깊은 경이가 담겨 있다.

마리나가 무릎을 꿇고 자신의 함을 연다. 손을 모아 로리언의 보석들을 한 움큼 꺼내 성소의 우물에 떨어뜨린다. 보석들이 반짝이며 우물 속으로, 빛 속으로 떨어진다. 화답이라도 하듯 방 전체가 조금 밝아진 것 같다. 벽 위의 로럴라이트 핏줄들이 더 강하게 고동친다.

"너도 해, 식스."

마리나가 흥분한 목소리로 말한다.

나는 흙주머니를 꺼내 푼 다음 내용물을 우물에 뿌린다. 향기로운, 온실 같은 냄새가 퀴퀴한 방을 가득 채운다. 역시 빛이 더 밝아진다. 뒤이어 마리나가 마른 가지와 잎다발을 넣으려 하자, 그 빛기둥에 닿는 순간 가지가 다시 살아난 것처럼 녹색으로 변했다. 그것 역시 던져넣자 방 안에서 한바탕 산들바람이 일어난다.

"잘돼가고 있는 것 같아."

뭘 하고 있는지는 모르겠지만, 제대로 하고 있는 느낌이 든다.

함을 다 비우고 나서 헨리의 재를 집어든다. 조심스레 뚜껑을 열고 빛 속에 뿌린다. 잿가루가 반짝이며 우물 속을 휘돌아 내려간다. 존도 같이 왔으면 좋았을 텐데.

내가 마리나를 보며 바닥에 뉘어놓은 에이트의 시신 쪽으로 살짝 고갯짓을 한다.

마리나는 고개를 저으며 에이트를 내려다본다.

"아직 준비가 안 됐어, 식스."

그래서 나는 방 안을 둘러보며 어떻게 바뀌었는지 확인한다. 태양처럼 밝은 우물 속 빛이 이제는 눈을 아프게 하지 않는다. 벽의 로럴라이트 핏줄들은 에너지로 가득 차 고동친다. 함도 비고 헨리의 재도 뿌려졌다.

"다른 일은 끝났어, 마리나."

"펜던트가 남았잖아, 식스. 펜던트도 넣어야 해."

"잠깐만."

멍하니 쳐다보고만 있던 애덤이 처음으로 끼어든다.

"펜던트를 넣으면 나갈 방법이 없잖아."

나는 들고 있던 펜던트들을 꽉 쥐고 잠시 생각에 잠긴다.

"믿어야 하지 않을까? 저 아래 뭐가 있든, 원로들이 우리를 위해 무엇을 준비했든, 나갈 길을 마련해두었을 거라고 믿어야 해."

마리나가 끄덕인다.

"그래."

애덤이 나를 보고 다시 우물을 들여다본다. 오늘 본 모든 것이 그의 모가도어 본능에는 거슬렸을지 모른다. 하지만 그의 내부에는 가드도 들어 있다.

"좋아. 널 믿을게."

나는 쉽게 펜던트를 놓지 못한다. 이 목걸이를 평생 하고 있었는데. 내가 누구인지, 어디서 왔는지, 무엇을 위해 싸우고 있는지 알려주는 물건이었다. 발목의 상처와 마찬가지로 나 자신의, 우리 모두의 일부이기도 한 것이다. 하지만 놓아버려야 할 때가 왔다.

나는 다섯 개의 펜던트를 우물에 떨어뜨린다.

결과는 폭발적이다. 엄청난 빛이 뿜어져 나와 나는 비명을 지르며 눈을 가린다. 그리고 저 아래서부터 슉슉, 하는 소리가 들린다. 수천 개의 날개가 이륙을 하는, 혹은 작은 회오리바람이 지표면을 파고드는 소리다. 그리고 커다랗고 묵직한 소리에 이가 흔들릴 정도다. 몇 초 후 반복된다.

텅, 텅, 텅, 텅.

점점 더 빨라지고 강해지고 일정해진다.

심장박동이다.

얼마나 오래 그 순수한 푸른빛 속에 있었을까? 얼마나 오래 로리언의 낭랑한 박동 소리를 듣고 있었을까? 최면에 걸린 듯 아득하고 편안한 상태에서 2분일 수도 있고, 2시간일 수도 있는 시간이 지났다. 빛이 수그러들고 박동 소리도 둥둥거리는 정도로 낮아지자, 좀 더 듣고 싶어졌다. 깨어나고 싶지 않은 따뜻한 꿈에서 깨어나는 기분이랄까.

나는 눈을 번쩍 떴다가 기겁한다.

에이트의 시신이 성소의 우물 바로 위에 똑바로 떠 있다. 푸른 빛의 기둥이 그의 몸을 감쌌다.

나도 모르게 마리나의 팔을 잡아채며 소리친다.

"네가 이랬니?"

마리나가 고개를 흔든다. 눈에는 눈물이 가득하다.

뒤를 돌아보니 몇 발짝 뒤에서 애덤이 무릎을 꿇고 있다. 빛의 향연 속에서 다리 힘이 풀렸나보다. 넋이 나간 표정으로 에이트를 보고 있다.

"무슨 일이야, 왜 이러지?"

"에이트를 봐!"

에이트의 손가락이 움직인다. 빛 때문에 그렇게 보이는 걸까? 아니, 마리나도 분명히 보았는지 손으로 입을 가리며 신음을 뱉어내고 있다. 마리나와 나는 손을 꼭 맞잡는다.

에이트가 둥둥 뜬 채 손가락을 꿈틀거리고 팔과 다리를 흔들며 목을 돌린다. 그러고 나서 눈을 뜬다. 눈은 순수한 로럴라이트처럼 푸르게 빛난다. 입을 열자 입에서도 푸른빛이 쏟아져나온다.

"안녕."

우렁우렁한 목소리는 우리 친구의 것이 아니다. 음악처럼 아름다운, 처음 듣는 목소리다.

그것은 로리언의 목소리다.

26
모가도어를 위한 환영식

대부분의 사람들은 도망치고 싶어질 것이다. 뉴요커들은 영화를 너무 많이 봐서 외계 우주선들이 도시 상공에 도열하면 무슨 일이 일어나는지 잘 안다. 사람들이 거리로 무리지어 몰려나온다. 어떤 사람들은 도로 한복판에 차를 버렸다. 그래서 검은 승합차들의 이동이 느리다. 다행히 샌더슨 호텔 밖에서 벌어진 총질 때 나타난 지역 경찰을 워커 요원이 설득해서 협조를 받는다. 외계인이 침공한 상황이라면 검은 옷을 입고 선글라스를 낀 연방 요원의 말에 좀 더 권위가 실릴 것 같다.

뉴욕 경찰이 사이렌을 울리고 경고등을 번쩍이면서 호위하고 있어도, 대혼란을 뚫고 지나가기가 쉽지는 않다. 게다가 어떤 사람들은 UN 본부 건물 상공에 모가도어 전함이 불길하게 떠 있는 이스트리버 강가에서 도망치려 하기는커녕 오히려 몰려온다. 저

마다 전화기를 꺼내들고 녹화를 하면서 외계 생명을 볼 수 있지 않을까 열심이다. 용감한 건지, 미친 건지, 아니면 멍청한 건지 모르겠다. 아마 그 셋 모두겠지. 창문을 열어 모두 도망치라고 소리쳐주고 싶지만, 시간이 없다. 그들 모두를 구할 능력은 안 된다.

"플로리다 주 상원의원 마이클 워싱턴."

워커 요원이 조수석에 앉아 전화기에 대고 메모판에 적힌 이름들을 다급하게 불러주고 있다. 명령을 내려 변화를 만들어낼 만큼 시간이 안 된다는 걸 알지만, 어쨌든 시도하고 있다.

"합동참모본부의 멜리사 크로프트, 프랑스 대사 뤽 필립. 이게 다인가?"

목록의 마지막에 이르자 멈추고 뒤를 돌아본다. 우리 사이에 끼어 앉은 샌더슨이 고개를 끄덕인다.

"내가 아는 전부야."

워커가 고개를 끄덕이고 전화기에 말한다.

"체포해. 그래, 모두. 반항하면 죽여."

샌더슨이 모가협과 관계된 정치인 목록을 주었다. 워커가 전화 상대에게 수십 명의 이름을 차례차례 불러준 후 전화를 끊는다. 워커 수하의 반란군 요원들이 성공한다 해도, 이미 일이 벌어진 이제 와서 별 소용은 없을지 모른다. 적어도 모가도어 편 배신자들을 권력의 자리에서 끌어내릴 수는 있을 거라고 믿을 수밖에 없다. 그러면 남은 정부가 저항할 준비를 할 수 있을 거라고. 얼마나 저항할 수 있을지는 두고 봐야겠지만.

모가도어 인들이 로리언을 정복하는 데 얼마나 걸렸다고 헨리가 그랬더라? 하루가 안 걸렸다고 했던 것 같다.

차창으로도 모가도어의 전함이 보인다. 고층건물들이 장난감처럼 보이고, 사방으로 거대한 그림자를 드리운다. 뉴욕 상공에 떠 있는 초대형 바퀴벌레 같다. 둘레와 배 밑으로 수많은 총신들이 튀어나와 있고, 소형 우주선들을 내보낼 출구도 여기저기 보인다. 레거시로 넘쳐나는 가드들 전부가 상대하더라도 저 덩치를 추락시킬 수 있을까?

워커 요원도 우주선을 노려보고 있다. 지평선을 가리고 있는 거대한 외계 우주선을 무시할 수는 없을 것이다. 나를 돌아보더니 묻는다.

"넌 저거 파괴시킬 수 있지?"

"물론. 전에도 해봤으니 걱정 마요."

나는 나인이 늘 부리는 허세를 흉내 내보려 노력한다. 나인은 지금 뒤차에 있다. 아마 맨손으로도 찢어발길 수 있다고 떠들고 있을 것이다.

옆에 앉은 샌더슨이 클클거리다가 워커가 험악하게 노려보자 입을 다문다.

체면이 말이 아닌 국방 장관 옆에 앉은 샘은 행인에게 '빌린' 휴대전화를 계속 들여다보다가 그제야 겨우 고개를 든다.

"업로드 끝났어. 세라가 영상을 받았을 거야."

"고마워."

나는 바로 내 전화를 꺼내 세라에게 전화를 건다. 레거시를 사용하는 내 영상을 '그들이 우리 가운데 있다'에 올렸다는 걸 알면 헨리가 뭐라고 할까? 나도 이런 일을 하게 될 줄은 꿈에도 몰랐다.

세라가 바로 전화를 받는다. 배경이 시끄럽다. 텔레비전 소리와 사람들 말소리가 난다.

"존, 맙소사! 온통 방송에서 모가도어 얘기뿐이야. 넌 괜찮니?"

"괜찮아. 지금까지 본 것 중 제일 큰 모가도어 우주선을 향해 가고 있어서 그렇지."

"존…… 그래도 괜찮은 거야?"

"아무것도 아냐. 우리가 알아서 할게."

그때 지직거리며 통화가 갑자기 끊긴다.

"세라? 거기 있니?"

통화감이 멀어졌다.

"어, 아직 안 끊겼어. 뭔가 연결을 방해하는 것 같아."

전함 때문일 것이다. 저렇게 큰 게 하늘을 가로막고 있는데 통신이 원활할 리 없다. 더구나 온 세상 사람들이 저마다 겁에 질려 통화를 하려 할 것이다. 끊길 때를 대비해 빨리 얘기를 해야 한다.

"샘이 동영상 몇 개를 마크의 웹사이트에 보냈어. 받았니? 쓸모가 있을 것 같아."

나는 샘이 주유소에서 했던 말을 떠올린다. "사람들에게 겁만 줘서는 안 돼, 희망을 주어야 해."

샌더슨이 또 코웃음을 친다. 이 늙은이는 우리 행동에 믿음이 별로 안 가나보다. 나도 확신은 못한다. 워커의 체포 명령도 마찬가지고, 우리가 오늘 벌인 모든 일들이 이미 너무 늦은 건지도 모르지만, 무슨 짓이든 해봐야 한다.

세라가 헉 소리를 낸다.

"지금 보고 있어. 존, 이건…… 대단하다. 기적을 부리는 잘생긴 외계인이라면 내가 또 껌뻑 죽잖아."

나는 불편한 동료들에게 실실거리는 얼굴을 들키지 않으려 고개를 돌린다.

"어, 고맙다."

"이런 건 꼭 올려야지."

벌써 자판 소리가 들린다.

"너희는 이제 뭐하려고? 우주선이 너무 크던데."

나는 바깥의 혼란을 내다보며 말한다.

"이 전쟁이 시작되기 전에 끝내야지."

"무슨 소리야? 뭘 할 건데?"

세라가 걱정스럽게 묻는다. 내가 또 뭔가 미친 짓을 하려는 걸 아는 것이다.

"모가도어 전함 쪽으로 가려고."

나는 확신에 찬 목소리를 내려고 노력하지만, 전함에 가까워질수록 점점 더 초조해진다.

"세트라쿠스 라를 밖으로 꾀어내 죽일 거야."

차량은 UN을 열 블록 남겨놓고 멈춘다. 더 이상 차로 갈 수가 없다. 길거리는 조금이라도 가까이서 전함을 보려는 사람들로 꽉 차 있다. 자동차 위에 올라선 사람도 있다. 사방에서 경찰들이 질서를 유지하려고 애쓰지만, 그들도 외계인 착륙 상황에 대비한 훈련은 못 받았을 것이다. 경찰들마저도 우주선을 올려다보느라 바쁘다. 군중은 와글대며 신나서 고함도 지른다.

모가도어 인들에게 좋은 표적이 될 뿐이다. 전함 아래 달린 대포들이 군중을 향해 불을 뿜지 않을까 두렵다. 도망치라고 소리쳐주고 싶지만 혼란만 더할 뿐이고 아무도 듣지 않을 것 같다.

"비켜! 좀 움직여요!"

워커가 허공에 배지를 흔들며 차에서 내려 외친다. 듣는 사람은 아무도 없다.

차량 두 대에서 나온 요원들과 경찰들이 나, 샌더슨, 샘의 둘레를 단단히 막아선다.

나인도 사람들을 밀치고 우리 옆으로 오다가 전함을 보며 환호하고 있는 10대 무리를 노려본다.

"병신들. 미치겠다, 조니."

"우리가 최대한 보호해야 해."

"스스로 보호할 줄 알아야지."

나인이 대꾸하더니 뒤를 보며 외친다.

"집에 가, 돌대가리들아! 아니면 총이라도 가지고 오든지!"

워커가 나인에게 눈을 부라린다.

"제발 시민들에게 무장을 부추기지 마."

나인도 지지 않고 눈을 치뜨며 외친다.

"이건 전쟁이야, 아줌마! 이 사람들도 준비를 해야 한다고!"

우리 주변 몇몇 사람들이 들었는지, 혹은 경찰 수가 불어나 불안해졌는지, 서로 눈짓을 주고받더니 조금씩 빠져나가기 시작한다.

워커가 인상을 구기지만, 그냥 돌아서더니 요원 하나의 어깨를 두드리며 외친다.

"앞으로! 앞으로 움직여!"

우리와 UN 본부 사이엔 여전히 군중이 그득하다. 사실 줄어들 기미가 보이지 않는다. 워커의 요원들과 경찰들이 군중을 밀쳐대고 우리는 그 뒤를 따라 움직인다.

어느 구경꾼이 고함친다.

"야, 밀지 마! 우주선에 올라가려면 차례를 기다리라고!"

다른 구경꾼이 외친다.

"엄마야, 맨 인 블랙이다!"

우리가 지나가자 어느 여자가 샌더슨이 중요한 사람인 걸 알아봤는지 소리지르며 묻는다.

"저들이 우리를 공격할까요? 지구 멸망의 날이에요?"

샌더슨은 눈을 피하고 여자는 금세 군중에 묻힌다. 십수 명의 요원과 경찰들이 밀쳐대도 속도는 좀처럼 나지 않는다. 사람들은 전혀 비켜줄 생각을 않는다.

종말론자 유형의 염소수염을 기른 남자 하나가 눈을 희번덕거리며 워커에게 달려들어 하마터면 쓰러뜨릴 뻔한다. 내가 얼른 잡아주었지만, 워커는 고마워할 정신도 없다. 덮쳐들 듯한 군중 때문에 초조와 분노의 눈빛을 번뜩이다가 허리춤의 권총으로 손을 가져간다. 공중에다 몇 방 쏴서 군중을 흩뜨리려는 거다.

나는 그녀를 막는다.

"그러지 마요. 공황이 일어날 거예요."

"이미 공황이야."

"누군가가 총을 쏘면 더 공황에 빠지죠."

샘도 거든다.

워커는 끙 하더니 다시 군중을 밀치기 시작한다.

내가 나인에게 은밀히 말한다.

"우리도 돕자. 하지만 누굴 다치게 하면 안 돼."

나인이 끄덕이더니 나와 함께 염력으로 사람들을 밀어낸다. 생각보다도 훨씬 부드럽게 행동한다. 우리 주변으로 염력의 자기장 같은 게 형성돼 보행자들이 밀려나간다. 아무도 밀려 넘어지거나 하지 않고 길이 트인다.

UN은 모가도어 전함 바로 아래에 있었다. 으스스 소름이 끼친다. 하지만 티 내지 않으려 애쓴다. 길 양쪽으로 모든 나라들의 국기가 꽂혀 있다. 봄바람에 부드럽게 나부낀다. 저 앞 UN 본부 입구에 서둘러 무대가 세워지고 있다. 잘 조직된 경찰 부대와 UN의 사설 경호원들이 사람들을 막고 있다. 언론사에서도 잔뜩 모였다. 카메라를 무대로, 우주선으로 바쁘게 왔다갔다하며 조준한다.

내가 샌더슨의 어깨를 잡고 끌어당겨 무대를 가리키며 묻는다.

"저건 뭐지? 저기서 무슨 일이 일어나는 거야?"

샌더슨은 인상을 찌푸리면서도 손길에서 벗어나려 애쓰지는 않는다.

"경애하는 지도자는 극적인 무대를 좋아하지. 그가 책도 쓴 거 아니?"

"지랄하네……."

나인이 투덜거리지만 군중을 밀어내는 데 집중한다.

"무슨 내용인지는 관심 없어. 어떻게 진행할 건지 자세히 설명해봐."

"나와 다른 모가협들 몇 명이, 물론 우리의 소중한 친구 워커가 이미 다 체포했겠지만, 세트라쿠스 라를 맞이하려고 했어. 그는 모가도어가 지구에 제공할 수 있는 선물을 보여주고."

샌더슨을 처음 발견했을 때의 상태, 검은 핏줄이 퍼져 쓰러지기 직전의, 소위 모가도어의 의학적 진보에 중독되었던 모습이 떠오른다.

"세트라쿠스 라가 당신을 고쳐주려 했던 거구나."

"할렐루야! 우리의 구세주! 그리고 나서 우리는 그를 UN 본부 안으로 초대해 의논하고, 내일이면 평화로운 해결책이 채택돼 모가도어 인들을 모든 나라에서 받아들이는 거지."

"그게 다야? 그렇게 간단히 항복해?"

샘이 묻자, 샌더슨이 대답한다.
"최소한 평화적으로 이루어지는 거야."
내가 묻는다.
"사람들이 기겁할 거라곤 생각 안 했어? 지금도 이 난리인데, 모가도어 인들이 직접 나타나면 어떤 일이 벌어질 거라고 생각해? 그냥 막 돌아다니면? 이것저것 접수하고? 공황 사태와 폭동이 일어날 거야. 그런 형편없는 정치 쇼가 먹힐 것 같아?"
"물론 그것도 세트라쿠스 라는 생각해뒀지. 그렇게 폭동이 일어나면 비협조자들, 불순분자들이 드러날 거야."
"차례차례 죽이겠다 이거지."
나인이 중얼거린다. 샘이 말을 받는다.
"끔찍하다."
샌더슨이 반박한다.
"인류의 생존을 위해 그 정도 대가는 치를 수밖에 없어."
내가 말한다.
"모가도어 치하에서 어떤 일이 일어나는지, 나는 미래를 보았어. 생각보다 훨씬 큰 대가를 치러야 할 거야."
샘이 걱정스레 쳐다보자, 내가 너무 냉랭하게 말했나 싶다. 전쟁은 피할 수 없고 이제 많은 사람들이 다치게 될 거라고, 우리도 어쩔 수 없다고 말을 한 것이다. 사실 피를 흘리지 않고 이 상황을 해결할 방법이 보이지 않는다. 전쟁은 이미 닥쳤다. 하지만 다른 이들에겐 계속 희망을 주어야 하지 않을까?

"미래가 꼭 그대로 되는 건 아냐. 더 이상 진행되기 전에 우리가 세트라쿠스 라를 막을 거야. 하지만 당신이 우리를 도와야 해."

샌더슨이 고개를 끄덕이며 무대에 시선을 고정한다.

"내가 결국 역할을 하길 바라는군."

내가 모자를 뒤집어쓰며 말한다.

"세트라쿠스 라를 끌어내. 놈이 계획했던 대로. 그럼 우리가 처치할게."

"네가 그 정도로 세니?"

센더슨에게 대답하려고 돌아보는데, 샘도 똑같은 의문을 담고 나를 바라본다. 지난번 세트라쿠스 라와의 싸움을 직접 보진 못했지만 이야기는 들어 알고 있다. 더구나 그때는 가드들이 모두 함께 했는데, 이번엔 나인과 나뿐이다. 뭐, 요원들도 있긴 하다.

"그래야지."

무대로 가까이 가는데 자전거 배달원처럼 쫄쫄이를 입은 남자를 뉴스 카메라 몇 대가 둘러싸고 이야기를 듣는다. 모가도어 전함 말고 매체의 주목을 받는 건 그 남자뿐인 것 같다. 나도 청각을 올려 그의 말을 듣는다.

"정말이에요. 하늘에서 떨어졌다니까! 아니면 붕 떠서 내려왔든지. 정확히는 몰라요. 땅에 쾅 떨어졌어. 하지만 몸이 무슨…… 갑옷으로 둘러싸인 것 같던데. 엉망진창이 된 것 같긴 했어."

나인이 내 어깨를 잡는다. 그도 들은 것이다. 너무 집중했는지 염력이 멈춰서 사람들이 다시 몰려들기 시작한다. 우리를 호위하던 요원들이 밀리며 신음한다.

"너도 들었지?"

나인의 눈에는 핏발까지 섰다.

"그냥 허풍 떠는 건지도 몰라. 상황이 이러니까 저런 사람들도 설치기 좋겠지."

나인이 잔뜩 흥분해서 두리번거리며 말한다.

"전혀. 파이브가 온 거야. 파이브가 근처에 있다고. 내가 그 뚱땡이를 짓이겨줄 거다."

27
쇼를 망치다

몸이 마비된 것 같다.

격납고에서 맨해튼까지 타고 갈 작은 우주선의 진주색 보호판에 내 모습이 언뜻 비친다. 유령 같다. 눈 밑에는 다크 서클이 길게 드리워졌다. 놈들은 나에게 또 새로운 옷을 차려입혔다. 붉은 띠가 휘둘러진 검은 드레스다. 머리는 하나로 묶었는데 하도 꽉 당겨서 머리가 벗겨져나갈 것 같다. 모가도어 인들의 공주가 된 것이다.

그런 건 상관없다. 다만, 모든 것이 흐릿하다. 구름처럼 둥둥 떠다니는 기분이다. 정신을 차려야 한다는 건 알지만, 왠지 그럴 수가 없다.

이동선 입구가 열리고 작은 계단이 펼쳐진다. 세트라쿠스 라가 내 어깨에 손을 얹고 앞으로 민다.

"가자, 애야. 중요한 날이다."

멀리서 들리는 목소리 같다.

나는 처음엔 움직이지 않지만, 그러면 찔린 어깨에서 통증이 시작된다. 조그만 벌레가 피부 아래서 꿈틀대는 것 같다. 한 발을 떼어놓자, 통증이 가라앉는다. 계단을 올라가 접의자 하나에 풀썩 주저앉는다.

"좋아."

세트라쿠스 라가 말하며 나를 따라 탄다. 조종석에 앉아서 이동선 문을 닫는다. 파이브와 싸운 후에 매끄러운 검은 정장으로 바꿔 입었는데, 화려한 진홍색 무늬가 더해져 자애로운 아버지 같은 얼굴에도 불구하고 가혹하고 위압적으로 보인다. 나는 그런 말은 하지 않는데, 도와주고 싶지 않아서이기도 하고 말을 하기가 아주 힘들기 때문이다.

차라리 그냥 잠들어버렸으면.

어깨에 상처가 난 후 놈들이 나에게 무슨 짓을 한 것 같다. 피를 많이 흘려 의식이 오락가락했기에 기억은 잘 나지 않는다. 세트라쿠스 라가 나를 옮겨 의료실에 내려놓은 것이 기억난다. 그 전에는 가보지 못했던 곳이다. 내 상처에 뭔가 검고 끈적한 액체를 주사했다. 고통으로 비명을 질렀던 게 기억난다. 하지만 상처는 아물기 시작했다. 마리나나 존이 치유해주는 것 같은 느낌이 아니었다. 치유 레거시는 내 상처가 저절로 다시 봉합되는 느낌을 주었다. 살이 다시 자라난다고 할까. 하지만 모가도어의 '치유'는 살이 다른 걸로, 차갑고 이질적인 물질로 대체된 느낌이다. 살아 있긴 하지만 굶주린 어떤 것으로.

아직도 느껴진다. 이제는 상처가 봉합돼 완벽해진 창백한 피부 아래서 뭔가 돌아다니는 듯하다.

세트라쿠스 라가 제어판의 스위치를 몇 개 켜자, 우리의 작은 구형 우주선에 전원이 들어온다. 외벽이 투명해지며, 착색유리처럼 우리는 밖을 볼 수 있고 밖에서는 우리를 들여다볼 수 없다.

나는 고개를 돌려 전투 준비를 갖춘 모가도어 인들로 가득한 격납고를 찬찬히 본다. 수백 명이 모두 줄을 맞춰 꼼짝 않고 서서 주먹을 꽉 쥐고 가슴 위에 올려놓았다. 지구를 정복하러 가는 경애하는 지도자에게 경례를 하는 것이다. 희멀건한, 표정 없는 얼굴들과 검고 텅 빈 눈동자들. 이들이 내 백성이라고? 나도 저렇게 되는 건가?

포기하는 게 가장 쉽겠지.

세트라쿠스 라가 막 출발하려는데, 화면 하나에서 붉은빛이 번쩍이며 따가운 신호음이 삑삑거린다. 그 덕에 나도 깨어난다. 어느 운 없는 아랫것이 이 중대한 행사 직전에 세트라쿠스 라를 호출하려는 걸까. 세트라쿠스 라가 이를 꽉 물며 불쾌해하기에 무시할 줄 알았더니, 어느 버튼을 쿡 찔러 겁에 질린 통신 장교가 화면에 나타난다.

"뭐지?"

"방해해서 대단히 죄송합니다, 경애하는 지도자여."

통신 장교는 눈도 제대로 뜨지 못한다.

"피리 둔 라로부터 긴급 전언입니다."

"그래야 할 거야."

세트라쿠스 라가 그렁거리며 짜증스레 손짓한다.

"빨리 연결하라."

지직 하고 화면이 바뀌며 모가도어 여자가 나타난다. 대머리 주위로 길게 땋은 머리를 둘러싼 여자의 이마에는 큰 상처가 있다. 주변은 온통 나무다. 이 진본으로부터의 전언이 뉴욕으로의 비행을 연기시킬 만큼 급하다니, 나는 똑바로 앉아 머릿속 안개를 뚫고 주의를 집중해보려 노력한다.

"뭐지, 피리? 내가 직접 들어야 하는 일은?"

모가도어 여자는 잠시 망설인다. 지구인의 얼굴이 거만을 떠는 게 낯설어서인가, 아니면 그냥 겁을 먹어서인가.

"놈들이 왔습니다. 가드들이 성소를 활성화시켰어요."

약간은 의기양양한 투다.

세트라쿠스 라가 눈썹을 추어올리고 의자에 기댄다. 손을 깍지 끼고 잠시 생각에 잠긴다.

"아주 좋아. 잘했다. 네 임무는 그들을 거기 묶어두는 거다. 피리 둔 라. 목숨 걸고 말이야. 내가 곧 갈 거다."

"말씀대로 하……."

세트라쿠스 라가 연결을 끊는다. 가드와 성소 얘기에 좀 더 정신이 든다. 식스와 마리나, 존과 나인을 생각하려 애쓴다. 내가 이걸 이겨내길 바랄 거다. 하지만 금세 다시 멍해지고 만다. 몸도 축 늘어져버린다.

세트라쿠스 라는 혼잣말하듯 중얼거린다.

"그렇게 오랫동안 추적해왔는데……. 모가도어의 진보에 저항하는 마지막 하나까지 쓸어버리려, 원로 바보들이 이 행성에 묻어놓은 것을 손에 넣으려 애써왔는데. 그동안 싸워왔던 모든 것이 내 것이 되는 날이 드디어 왔다. 모두 한번에. 보아라, 손녀야. 어떻게 모가도어의 우월성을 의심할 수가 있겠느냐?"

어차피 대답을 바라지도 않는다. 놈은 혼자 떠드는 걸 좋아한다. 나는 얼굴에 멍한 미소가 떠오르도록 놔둔다.

세트라쿠스 라는 흡족한 듯 손을 뻗어 내 무릎을 토닥인다.

"좀 나아진 모양이구나."

그러고서 조종판의 손잡이를 몇 개 올리자 우리 우주선의 엔진이 진동을 하며 살아난다.

"가보자. 무엇이 우리의 것이 되었는지 알아보자."

우주선이 격납고를 가로질러, 모가도어 전사들 머리 위를 휙 날아간다. 전사들이 환호성을 지르며 가슴을 주먹으로 친다. 파이브의 몸이 떨어진 그 출구를 빠져나간다. 무참히 당하고 쓰레기처럼 버려지던 모습이 떠올라, 나는 이번엔 기꺼이 안갯속으로 마음을 맡겨버린다.

우리는 맨해튼으로 내려간다. 사람들이 잔뜩 모여 있다. 멋진 건물들과 공원 주위에 수천 명이 모여 있다. 무대도 보인다. 출렁이는 회색 강변 옆이다. 환영 속에서 보았던 것은 워싱턴이었는데. 도시가 불타기 시작하면 이들은 모두 강물에 뛰어드는 걸까?

사람들이 우주선을 손가락질하며 환호성을 지르고 인사말을 외친다. 이 사람들은 자기들이 위험에 처해 있다고 전혀 생각하지 않는 듯하다.

이 사람들 무리 속을 경비병도 없이 지나가겠다는 건가? 나는 머리를 힘없이 나의 할아버지 쪽으로 굴린다. 입을 달싹거리다가 간신히 단어를 생각해낸다.

"우리 둘만?"

놈이 미소짓는다.

"물론이지. 나는 지구인들을 해치려는 게 아니라 고양시키려는 거란다. 전혀 두려워할 필요가 없어. 지구의 시종들이 환영 행사를 준비하고 있으니 아무 걱정 없다."

무슨 꿍꿍이인지 모르겠다. 아마 다 준비를 해놓았을 거다. 이 정도 인파라고 해도 세트라쿠스 라에겐 상대가 되지 않으리라는 걸 알지만, 한편으로는 이 중 하나라도 이 모든 연극을 꿰뚫어보고 괴물 외계인을 저격하려 하지 않을까 하는 기대를 저버릴 수가 없다.

물론 그렇게 된다고 해도 저놈 대신 내가 죽겠지만, 이 지경까지 되고 보니 그것도 방법이겠다 싶다. 모가도어 인들이 무슨 벌레를 주입했는지 모르겠지만, 더 이상 스멀거리는 느낌을 견딜 수가 없다.

우리는 무대에서 5미터 위 상공에 떠 있다. 불안해 보이는 늙은

이가 우리를 기다리고 있다. 정치인인가보다. 미친듯이 카메라 플래시가 터진다. 나는 눈을 깜빡이며 몽유병에서 깨어나려 애쓴다.

"가자, 엘라. 우리 백성들에게 인사하자."

세트라쿠스 라가 탈록의 눈이 달린 금 지팡이를 집어든다. 왜 가지고 왔는지 모르겠다. 소위 우리의 백성들 앞에도 완전히 비무장으로 나설 수는 없나보지? 아니면 홀을 쥔 왕처럼 거룩해 보이고 싶어서 그러나?

나는 살짝 비틀거리며 일어선다. 세트라쿠스 라가 팔을 내민다. 나는 손을 얹는다.

이동선의 문이 열리고 빛나는 계단이 무대까지 펼쳐진다. 군중은 우리가 나타나자 숨을 멈춘다. 수십 대의 카메라가 우리를 쫓는다. 군중은 숨을 죽이고 우리를 본다. 우리가 어떻게 보일까? 지구인과 똑같이 생긴 외계인이다. 잘생긴 중년 남자와 창백한 손녀.

세트라쿠스 라가 손을 들어 흔든다. 품격 있는 왕족 흉내를 내는 것이다. 입을 열자, 마이크라도 장착한 것처럼 크게 울린다.

"안녕하십니까, 지구인 여러분!"

완벽한 영어, 확고하고 믿음을 주는 목소리.

"내 이름은 세트라쿠스 라. 이쪽은 내 손녀 엘라. 우리는 평화를 바라며 먼 곳에서 왔습니다!"

관중은 환호한다. 아무것도 모르겠지. 세트라쿠스 라가 기쁜 미소를 지으며 그들을 훑어본다. 모두 우리만을 바라보고 있다. 하지만 우리를 기다리고 있던 늙은 남자를 보는 순간, 그의 팔이 경직된다.

뭔가 잘못된 거다. 환영 사절이 예상과 다른 거다. 사절이 좀 더 많았어야 하는 거 아닌가? 꽃도 없고.

하지만 상관하지 않고 세트라쿠스 라는 계속 내려간다.

"지구에 주고 싶은 게 많습니다!"

자애로운 목소리.

"여러분의 병을 고칠 의학 기술과 기아를 해결할 농업, 삶을 더 쉽고 생산적으로 만들 기술 말입니다. 그 대신 우리가 요청하는 것은 오로지, 차가운 우주에서의 오랜 여행 후에 쉴 곳입니다."

넘어가는 사람이 있을까 싶어 군중을 둘러본다. 그때 앞줄의 어느 남자애와 눈이 마주친다. 카메라 바로 옆까지 밀고 들어왔다. 까만 눈으로 열심히 나를 쳐다본다. 뒤집어쓴 후드 속에 긴 검은 머리가 엉켜 있다. 저 큰 키와 다부진……. 내 상태가 워낙 이렇다 보니 알아보는 데 좀 시간이 걸린다. 얼마 전까지만 해도 저 어깨에 올라서기도 하고 싸우는 법을 배웠는데…….

나인이다.

나는 혼자가 아니었다. 아직 모두 끝난 건 아니다. 그제야 정신이 번쩍 든다. 어깨의 통증이 급격히 박동하며 솟구친다. 마치 뭔가 밖으로 나오려고 하는 것 같다. 내가 레거시를 사용하는 걸 원하지 않는 것 같다.

통증을 무시하고 나인에게 텔레파시를 보낸다.

"나인! 놈의 지팡이! 그걸로 몸을 바꾼 거야. 빼앗아서 부숴버려!"

흉포한 미소가 나인의 얼굴에 번지며 고개를 끄덕인다. 나는 심장박동이 빨라진다. 세트라쿠스 라의 몸도 경직된다. 내 손은 그의 팔꿈치에 꼼짝 못하고 걸려 있다. 세트라쿠스 라도 뭔가 진행되고 있다는 걸 알지만 변함없이 쇼를 계속한다.

"이 기념비적인 순간에 더 많은 분들이 왔으면 좋았겠지만, 여러분의 지도자 하나가 환영하러 나와주었습니다!"

세트라쿠스 라가 노인을 향해 손을 뻗는다.

"평화를 청합니다! 우리 두 위대한 종족 간에 견고한 우정을 만듭시다!"

노인은 그 손을 잡는 대신 한 걸음 물러선다. 그의 눈에는 두려움이 그득하다. 비명을 지르고 도망치는 것은 아니지만 구석에 몰린 동물 같은 표정이다. 노인도 마이크를 가지고 있다. 카메라들이 그를 향해 돌아가자 노인이 갑자기 소리친다.

"이자는, 이 괴물은 거짓말을 하고 있어!"

"그게 무슨……."

세트라쿠스 라가 성큼 나서며, 팔꿈치에 걸려 있던 내 손이 떨어진다. 모가도어 인에게 잡혀온 후 처음으로, 세트라쿠스 라가 정말 놀란 것처럼 보인다. 놀람과 동시에 분기탱천했다.

군중이 불안하게 웅성거린다. 노인이 뭐라고 더 외친다. 노예화라느니, 죽음이라느니 하는 소리가 들리지만, 더 이상 제대로 들리지 않는다. 다들 마찬가지다. 세트라쿠스 라가 염력을 이용해 노인의 마이크를 찌그러뜨렸기 때문이다.

세트라쿠스 라는 이 촌극을 어떻게든 살려보려 이를 갈며 말한다.

"혼란스러워서 그러는 것 같군요, 친구여. 내 의도는 순……."

세트라쿠스 라가 갑자기 휘청거린다. 왜 그런지 나는 안다. 염력 공격 때문이다. 황금 지팡이가 그의 손에서 날아가며, 나인이 무대 위로 뛰어내린다. 씩 웃는다. 왼쪽에서도 움직임이 느껴진다. 고개를 돌리니 존 역시 무대 위로 뛰어올랐다. 세트라쿠스 라를 양쪽에서 감쌌다. 연습실에서 연습한 그대로다. 군중 속에 드문드문 검은 옷을 입은 남자, 여자 들이 보인다. 모두 어느 틈에 권총을 뽑아들었다. 군중은 와글거리기 시작하더니, 똑똑한 사람들은 무대 근처에서 도망치기 시작한다.

함정이었다! 나는 기쁨에 차서 깨닫는다. 가드들이 여기에 왔다! 세트라쿠스 라는 정말 놀란 표정이었고, 심지어 약간 겁도 먹은 것 같다.

세트라쿠스 라가 나인과 존을 가리키며 소리지른다.

"오히려 이놈들에게 속은 거야! 범죄자라고. 내 고향을 파괴한 테러리스트들! 이놈들이 당신에게 뭐라고 했는지 몰라도……."

"우린 아무 말도 안 했어."

존이 끼어든다. 존의 목소리는 세트라쿠스 라처럼 크지 않지만 사람들은 목을 빼고 열심히 듣는다.

"우린 사람들이 스스로 결정하게 할 거야. 미치광이 대량 학살

범이 누구인지는 금방 알아볼 수 있지."

"거짓말!"

'지금이야!'

내가 나인에게 텔레파시를 보낸다.

"이걸 없애면 무슨 일이 일어날까?"

나인이 지팡이를 휘두르다가 세트라쿠스 라가 달려들기도 전에 무대 위로 내려친다. 가운데 박혀 있던 탈록의 눈이 터지며 재가 된다.

그 후에는 모든 것이 빠르게 진행된다. 세트라쿠스 라의 몸이 마구 경련을 일으킨다. 그가 그토록 자랑스러워했던 잘생긴 지구인 얼굴이 뭉개지며 뱀이 허물을 벗듯 진짜 모습이 나타난다. 핏기 없이 창백한 수백 년 묵은 피부. 흉측하게 문신이 아로새겨진 대머리, 목둘레의 두꺼운 상처, 뾰족뾰족한 갑옷에 둘러싸인 몸이 무대 위에 모습을 드러낸다.

군중이 비명을 지른다. 펄쩍 뛰어 돌아서서 달아나는 사람들도 있다. 총이 한 방 발사되며 내 귓가를 스치지만 뒤쪽의 우주선에 맞고 튀어나간다. 총소리에 사람들은 더욱 놀라 이제는 모두 왁 밀려 나간다. 허공으로 더 많은 총이 발사된다. 세트라쿠스 라를 조준하던 요원 하나가 겁에 질린 군중들에 떠밀려 쓰러진다. 대혼란이다.

야수 같은 울부짖음과 함께 세트라쿠스 라가 5미터 크기로 자란다. 무대가 심하게 삐걱댄다. 무대 위에 있던 노인이 도망치려 하지만, 세트라쿠스 라가 염력으로 잡아 미사일처럼 나인에게 던진다. 둘은 무대 밖으로 굴러떨어진다.

존의 손에서 불덩이가 일어난다. 세트라쿠스 라가 드레이넨 자기장을 켜 바로 꺼버린다. 그래도 존은 로리언의 단도를 빼들고 달려든다.

"그래! 네 죽음 속으로 뛰어와라."

세트리쿠스 라가 손짓하며 고함친다.

세트라쿠스 라의 드레이넨에 영향을 받지 않는 나는 깨진 지팡이 조각을 주워든다. 손가락이 제대로 움직이지 않아 두 번이나 떨어뜨릴 뻔한다. 나는 정신을 모으고 갈가리 찢기는 듯한 아픔은 무시하며 그걸 충전한다. 그리고 붉게 빛나는 날카로운 조각을 세트라쿠스 라의 다리 뒤에 찔러넣는다.

모가도어 군주는 비명을 지르며 원래 크기로 줄어든다. 드레이넨 자기장이 사라지는 걸 나도 느낀다. 세트라쿠스 라가 나에게서 멀어지려 앞으로 비틀거리며 나아가지만 너무 늦었다. 조각은 종아리 뒤에 깊이 박혔다. 놈이 확 빼버리자 밤처럼 까만 피가 바지를 물들인다. 얼마나 오래갈지는 모르겠다.

가만, 놈이 피를 흘리고 있다. 저 상처는 왜 내가 입지 않았지? 모든 주문에는 약점이 있다고 했다. 나에게 저 끔찍한 주문을 새기기 직전에 놈이 했던 말이 그거다. 나는 그에게 상처를 줄 수 있다. 세트라쿠스 라에게 상처를 입힐 수 있는 건 나뿐이다.

그러나 그 사실을 깨달았을 땐 이미 세트라쿠스 라가 나를 향해 돌아섰다. 눈이 분노로 이글거린다. 그가 나를 손등으로 쳐낸다.

세게. 나는 휙 나가떨어지며 숨이 턱 막힌다. 다시 정신이 흐려진다. 내가 허점을 알아내도 세트라쿠스 라와 맞서 싸울 능력이 안 된다는 것을 놈도 알고 있었을 것이다.

흉측한 얼굴을 분노로 일그러뜨린 세트라쿠스 라가 손을 뻗어 내 목을 움켜쥔다.

"이 발칙한 년……."

존이 어깨로 세트라쿠스 라를 들이받아 쓰러뜨린다. 세트라쿠스 라가 옆으로 쾅 쓰러지고, 나는 즉시 팔꿈치가 얼얼해짐을 느낀다. 어쩔 수 없다. 더 큰 통증이 오겠지.

맞서 싸울 상대는 안 되는지 몰라도 내 할 일은 다 했다. 그의 레거시는 없앴으니까. 이제 다른 애들이 할 일을 할 것이다.

존이 틈을 주지 않고 달려든다. 세트라쿠스 라는 기다시피 도망간다. 이제는 그다지 무서워 보이질 않는다. 그 꼴을 보고 있으니 기분이 좋다. 죽기 전에 기분이 어떤지 놈도 꼭 느껴보았으면 좋겠다.

나도 죽겠지만.

존이 세트라쿠스 라를 덮쳐 단도를 들어올린다. 나는 숨을 깊이 들이마신다.

"로리언과 지구를 위해!"

나는 이제 어떤 일이 일어날지 안다. 존이 세트라쿠스 라를 찌를 것이고, 나는 죽을 것이다. 그렇게 모가도어의 주문이 깨지고 가드들은 세트라쿠스 라를 진짜로 죽일 수 있게 될 것이다. 그럴 가치가 있다. 그렇게 해서 세트라쿠스 라를 끝장낼 수 있다면 나는 기꺼이 죽겠다.

'죽여!'

나는 존에게 텔레파시로 외친다.

'무슨 일이 일어나든, 찔러!'

존이 단도를 내리꽂는데, 휙 하는 소리가 들리더니 뭔가 빠르게 날아온다. 내 목에서 한 방울 피가 솟아나며 작은 상처가 생겼다. 반짝이는 금속 공이 날아와 존의 단도가 아슬아슬하게 급소를 비켜간 것이다. 존도 쓰러진다.

파이브가 살아 있었다. 내 목숨을 구했지만, 모두를 위험에 빠뜨렸다.

그리고 무대가 갈라지며 무너진다. 나는 기울어진 나무 바닥을 미끄러져내려가 도로 바닥에 떨어진다. 사람들이 모두 비명을 지르며 도망친다.

세트라쿠스 라가 내 옆으로 뛰어내려 내 머리를 잡아채고 일으켜 세운다.

"이런 짓을 벌이다니 가만두지 않겠다."

으르렁거리며 망가진 무대 위의 우주선으로 끌고 간다.

나인이 가로막는다.

28
모가도어, 지구를 공격하다

어깨가 탈구됐다. 다른 부상은 아직 잘 모르겠다. 부서진 무대의 뾰족한 조각들이 몸을 파고든다. 눈앞이 흐릿하며 숨을 쉴 수가 없다. 자동차에 치인 것 같다.

자동차가 아니다. 파이브다. 배신자가 내 위에 서 있다. 숨을 헐떡이고 있다. 피부는 금속으로 변해 있지만, 그도 부상이 심해 보인다. 일단 눈에 안대를 하고 있고 얼굴 한쪽이 부어 있으며 금속으로 변한 두개골도 찌그러진 것 같다. 이도 몇 개 나갔다. 어디서 다쳤는지는 모르지만 상관없다. 이 자식이 뒤에서 공격했다. 세트라쿠스 라를 정말 죽일 수 있었는데.

단도가 아직 팔목에 붙어 있지만 탈구된 팔 쪽이다. 내가 손을 바꾸려 더듬거리는 사이, 파이브가 내 멱살을 잡고 일으켜 세우더니 외친다.

"내 말 들어!"

"지옥에나 떨어져."

내가 대꾸한다.

멀쩡한 팔로 파이브의 금속 팔을 잡고 나의 루멘을 최대한 가열시킨다. 무슨 금속으로 만들어졌는지는 모르겠지만, 끓는점은 있을 것이다. 놈이 하려던 짓을 하기 전에 이 금속 껍데기를 녹여버릴 수 있을까?

"그만둬, 존!"

파이브가 소리치며 나를 흔든다.

"에이트를 죽인 개자식."

유독한 냄새가 피어오른다.

파이브의 눈이 휘둥그레지지만, 나를 놓지는 않고 몸을 빼지도 않는다. 내가 화상을 입히고 있는데도 감수하는 것이다.

"넌 거만한 왕재수야."

파이브가 쏘아붙이고 주먹을 불끈 쥔다. 내가 막아낼 힘이 있을까 모르겠다. 놈의 부르르 떨고 있던 주먹을 편다.

"내 말 들어, 존. 네가 세트라쿠스 라를 공격하면 엘라가 다쳐!"

나는 루멘 열기를 약간 낮춘다. 녹아붙은 금속 탓에 손가락이 끈적거린다.

"뭐? 무슨 소리야?"

"주문이 걸려 있어. 원로들이 우리에게 했던 것처럼. 하지만 놈이 좀 비틀어 바꾼 것 같아."

나는 루멘을 꺼버린다. 파이브가 우리를 도우려는 건가? 세트라쿠스 라를 죽이려는 나를 넘어뜨린 것도 엘라를 구하기 위해서였다고? 납득이 안 된다.

"어떻게 해야 주문을 깨? 어떻게 놈을 죽일 수 있지?"

"나도 몰라."

파이브가 대답하며 뒤를 돌아본다. 표정이 다시 어두워지며 나를 때리려 했던 때의 분노가 다시 살아나는 듯하다.

"씨발!"

파이브가 나를 밀치고 날아오른다. 나도 겨우 몸을 추스르면서 나인이 세트라쿠스 라에게 달려드는 모습을 본다. 부서진 무대 조각을 창처럼 들고 있다.

"나인, 안 돼!"

하지만 나인은 내 말을 듣지 않는다. 파이브에게 부딪쳐 쓰러지느라 너무 바쁜지도 모른다. 둘이 함께 무대 잔해 속으로 우당탕 들어간다. 사방으로 나무 조각이 튄다.

그리고 나서 파이브는 얼른 빠져나와 날아가려 했다.

하지만 나인이 발목을 잡는다.

"어디 가니, 뚱보야?"

나인이 파이브의 발목을 잡은 채로 일어나 그를 온 힘을 다해 패대기친다. 파이브가 팔을 허우적거리며 버텨보려 했지만, 힘을 당하지 못하고 얼굴을 콘크리트에 처박았다. 콘크리트가 사방으로 튄다. 근데 부딪칠 때 뎅 하고 종소리가 났다. 그리고 나서 파이브의 피부가 보통으로 돌아간다. 잠시 정신을 잃은 것 같다.

"나인, 그만!"

내가 주변의 잔해를 밀쳐내며 소리친다.

나인이 내 쪽을 흘긋 보는 사이 파이브가 그의 다리를 공격했고, 나인은 다시 고함을 지르며 파이브에게 달려든다. 그들이 맞붙어 주먹을 날리며 한데 뒤엉켜 UN 건물 전면 창을 깨고 들어가 사라진다.

지금 저들을 걱정하고 있을 때가 아니다. 세트라쿠스 라를 잡아야 한다. 엘라를 구해야 한다. 또 잡혀가게 그냥 놔둘 순 없다.

늘어진 왼쪽 팔을 치유해야 하지만 시간이 없다. 오른손에 달라붙은 금속 조각들을 털어버리고 팔목에 단도를 묶는다. 한 손으로 해야 한다.

놀랍게도 세트라쿠스 라는 싸우는 데 조금도 관심이 없어 보인다. 잔해들 사이로 엘라를 끌고 진주 모양 우주선으로 간다. 엘라는 환영 속 워싱턴에서 보았던 모습과 똑같다. 뭔가 빠져나간 듯한 모습. 전함에서 엘라에게 무슨 짓을 한 거지?

'무슨 일이 일어나든 해치워!'

엘라가 텔레파시로 말했다. 파이브가 거짓말을 한 게 아니다. 내가 세트라쿠스 라를 찌르면 무슨 일이 일어날지 엘라도 알았고, 그럼에도 불구하고 그렇게 하라고 외친 것이다.

모가도어 인들이 엘라에게 무슨 짓을 했는지는 모르겠지만, 엘라는 굴복하지 않았다. 우리를 결정적으로 도왔다. 둘세 기지에서

와 마찬가지다. 세트라쿠스 라에게 빛나는 돌조각을 박아넣었고, 나의 레거시가 즉시 되돌아왔다. 엘라가 세트라쿠스라의 힘을 없애버린 것이다.

놈의 비겁한 행동으로 볼 때, 놈은 아직도 힘이 돌아오지 않았다. 세트라쿠스 라를 죽일 수는 없겠지만, 사로잡을 수는 있을 거다. 경애하는 지도자가 포로로 잡혀 있는데 모가도어 인들이 침공할지 두고 보자.

나는 기울어진 무대를 가로질러 뛰어가, 우주선에 오르려는 세트라쿠스 라를 막아서려 한다. 엘라가 나를 보더니 끌려가지 않으려 버틴다. 그 덕에 세트라쿠스 라가 지체된다. 놈을 꼭 잡을 거다.

"세트라쿠스 라!"

에잇, 하필이면······. 워커 요원이 다른 쪽에서 뛰어오며 외친다. 손이라도 들어올릴 거라고 생각한 걸까? 세트라쿠스 라는 본체 만체다. 다른 요원 둘도 난리가 난 군중 틈에서 빠져나왔고, 샘도 왔다. 몇 발자국 앞에서 멈춰 총을 조준한다. 샘조차도 입을 굳게 다물고 쏠 태세가 돼 있다. 샘의 손목에 난 화상이 생각난다. 역시 세트라쿠스 라 덕분이었다. 갚아줄 준비가 돼 있을 거다.

"잠깐만!"

내가 외치지만 너무 늦었다. 세트라쿠스 라가 그들을 흘끗 보더니 귀찮은 벌레라도 보는 표정으로, 끝이 셋으로 갈라진 채찍을 꺼낸다. 그러나 휘두르기도 전에 총들이 먼저 불을 뿜는다.

이런 짓을 하게 되리라고는 생각도 못했다. 내가 염력으로 그

총알들을 멈춘다. 세트라쿠스 라가 입은 방호복이 막아낼 수도 있지만, 어쨌든 막는 수밖에 없다. 그러고 나서도 나는 틈을 주지 않고 샘과 요원들을 염력으로 밀어버린다. 당연히 다칠 정도로 세게 밀지는 않았다. 그래도 넘어지기는 했다. 세트라쿠스 라의 채찍을 피하기도 해야 했다. 사과는 나중에 해야지.

세트라쿠스 라는 요원들을 다시 쳐다보지도 않는다. 오직 그 틈을 이용해 부리나케 우주선의 계단에 도착한다. 계단이 말려 올라가며 세트라쿠스 라는 엘라를 끌고 우주선 안으로 사라진다.

나는 전력으로 뛰어나간다. 절대 도망치게 놔둘 수 없다. 우주선이 떠오르고 매끈한 선체로 계단이 말려들어가고 있다.

잡을 수 있어. 막을 수 있어. 조금만 더!

나는 풀쩍 뛰어오르며 한 손으로 계단 끝을 간신히 잡았다. 우주선은 계속 떠오르며 계단은 열린 입구를 향해 계속 움직인다. 조금만 더 들어가면 안쪽에 세트라쿠스 라와 엘라가 있다. 나는 다리 하나를 계단 위로 올려 발을 걸친다. 곧 우리는 50미터 상공으로 떠오른다. 위의 전함으로 점점 더 가까이 간다.

우주선의 입구 아래로 계단이 아코디언처럼 접혀 들어간다. 나는 잡고 있던 계단을 밀치며 입구를 향해 몸을 날린다. 한 손으로 하려니 쉽지 않다. 결국 입구 가장자리에 한 손으로 대롱대롱 매달렸다. 팔이 마구 잡아당겨지는 듯하다. 덜렁대는 발아래는 100미터 상공이다.

세트라쿠스 라가 내 위에 서 있다. 세 개로 갈라진 채찍 끝이 내 얼굴 앞에서 살아 있는 불꽃처럼 지직거린다. 나를 계속 끌고 갈 생각은 아닐 테다.

다리 사이로 엘라가 보인다. 조종실의 의자에 축 늘어져 있다. 더 이상 도움을 기대할 순 없어 보인다.

세트라쿠스 라가 히죽거린다.

"존 스미스 아닌가? 아까는 고맙구나."

"널 구하려던 게 아냐."

"어쨌든 도움을 줬으니. 그것도 널 살려두는 이유 중 하나다."

손이 조금 미끄러져 인상을 쓴다. 빨리 방법을 마련해야 한다. 한쪽 팔은 목숨을 걸고 매달리고 다른 쪽 팔은 탈구가 돼서는 불덩이를 던지기도 쉽지 않다. 염력을 사용해서 놈을 밀면…….

소용없다. 아까처럼 염력이 사라졌다. 세트라쿠스 라의 레거시가 돌아온 것이다. 내가 졌다.

놈이 쭈그리고 앉아 내 얼굴을 들여다보며 천천히 그렁거린다.

"또 하나 널 살려두는 이유는, 이 행성을 불태우는 장면을 보여주려고 그런다."

몸을 일으킨 세트라쿠스 라가 무심히 채찍을 휘두른다. 세 개의 채찍 끝이 내 얼굴에 박힌다. 불에 데지는 않지만 날카로운 채찍 끝이 뺨을 파고든다.

난 결국 팔을 놓치고 추락한다. 이스트리버로 떨어지기 전에 레거시가 확 돌아오는 것을 느낀다. 세트라쿠스 라에게서 멀리 떨어져서 그런가보다. 재빨리 염력을 아래로 밀어 추락 속도를 최대한 늦춰본다. 그래도 강물에 세게 부딪혔다. 온몸에 따귀를 맞은 기분이다. 지저분한 물이 폐에 가득 차며, 순간 어느 쪽이 위인지 알 수 없어 겁에 질린다. 겨우 수면으로 올라와 기침하며 물을 뱉는다. 거센 흐름을 거스르며 한 팔로 수영하다 보니 헉헉대며 이상한 배영을 하게 된다. 기진맥진해서 강둑에 닿고 보니 UN 본부보다 좀 아래쪽이다. 사방에 쓰레기와 죽은 물고기 천지다.

"존, 존! 괜찮아?"

샘이 진흙 위를 달려온다. 내가 떨어지는 것을 보고 쫓아왔나 보다. 나는 기침하며 헐떡이는 것으로 인사를 대신한다. 갈비뼈도 부러진 것 같다.

"일어날 수 있겠어?"

탈구된 내 어깨를 조심스레 만지며 샘이 묻는다.

나는 끄덕이고 부축을 받는다. 물을 먹고, 멍들고, 뼈는 부러지고, 얼굴은 찢어졌다. 뭐부터 고쳐야 할지 모르겠다.

"나인은 어딨어?"

간신히 묻는다. 샘의 목소리도 갈라진다.

"모르겠어. 파이브랑 서로 죽이려고 하던데. 워커랑 부하들이 시민들을 돌려보내려고 노력하고 있어. 존, 우린 뭘 해야 하지?"

나는 무슨 말이라도 하려고 입을 열어보지만 갑자기 근처에서 폭발이 일어난다. 강력한 충격에 숨이 턱 막힌다.

다들 고개를 들어 하늘을 본다. 모가도어의 전함이 뉴욕을 폭격하기 시작했다.

29
로리언의 선물

에이트의 눈은 순수한 로럴라이트로 밝게 빛난다. 우리 하나하나를 차례로 훑어본다. 특히 애덤에게선 한참 머물러 우리의 모가도어 동료는 불안하게 한 발짝 뒷걸음친다. 마리나와 마찬가지로 나는 꼼짝 않고 우리 친구가 어떤 식으로든 다시 살아난 모습을 지켜본다. 에이트는 성소의 우물 속 에너지 기둥 안에 떠 있다. 그저 에너지 가운데 떠 있다기보다는 에너지가 그의 일부다.

아니, 그것이라고 해야 하나. 저건 냉소적이고 실없던 우리 친구가 아닌 게 분명하다. 무엇인진 몰라도 저 존재와 이상하게 이어진 기분이 든다. 에이트를 다시 움직이게 하고 있는 에너지와 같은 것이 내 안에서도 흐르는 것 같다. 내가 레거시를 쓸 때와 같은 짜릿한 감각이다. 나를 로리언 인으로 만든, 가드로 만든 것의 정수를 보고 있는 건지도 모르겠다.

저게 로리언이라는 것인가?

"로리언 인 둘과 모가도어 인 하나."

마침내 이 존재가 말한다. 우리에 대한 평가를 끝냈나보다. 그 목소리는 에이트의 것과 전혀 다르다. 수백 개의 목소리가 동시에, 완벽하게 입을 맞추어 말하는 것 같다. 에이트의 눈이 있던 곳의 에너지 다발이 다시 애덤에게로 향한다. 호기심 어린 표정을 짓는다.

"하지만 꼭 그건 아니고. 좀 다르네. 새로운 존재."

"어, 고마워요……."

애덤이 대답하며 한 발짝 더 물러난다.

마리나가 목청을 가다듬고 우물로 한발 다가간다. 여전히 눈에는 눈물이 반짝이며 손을 앞으로 내밀었다. 마치 이 존재의 손을 잡고 에이트가 돌아온 것을 확인하고 싶은 것처럼.

"에이트, 너니?"

마리나의 목소리는 우물 아래서 들려오는 규칙적인 박동 소리 때문에 잘 들리지 않는다.

그 존재가 이번에는 마리나를 보며 얼굴을 찌푸린다.

"아니란다, 미안하구나, 딸아. 네 친구는 다시 돌아올 수 없어."

마리나의 어깨가 실망으로 들썩인다.

에이트의 몸속에 든 그것이 손을 뻗어 위로해주려는 듯했지만, 그들 사이에서 에너지가 지글거리자 결국 손을 거둔다. 그리고 달래듯 말한다.

"지금은 나와 함께 있다. 내가 그를 통해 말을 할 수 있도록, 큰

일을 해주고 있지. 목소리를 가져본 건 정말 오랜만이다."

"당신은 로리언인가요? 그러니까…… 행성이에요?"

내가 결국 입을 연다.

그 존재는 내 질문을 잠시 생각한다. 에이트의 셔츠 사이로 그의 상처에서 역시 푸른빛이 새어나온다. 그의 몸 전체가 에너지로 가득 차 흘러넘치는 것이다.

"한때는 그렇게 불렸지."

그러고서 그것은 벽에서 빛나는 조각들을 향해 손짓한다.

"다른 곳들에서는 다른 이름으로 불렸지. 지금 이 행성에서는 새로운 이름으로 불릴 것이다."

"당신은 신이군요."

마리나가 속삭인다.

"아니. 나는 그저 존재하는 존재야."

나는 고개를 절레절레 흔든다. 신이든 아니든, 우리는 이것의 도움이 필요하다. 수수께끼나 풀고 있을 때가 아니다. 갑자기 조각 그림과 예언과 빛나는 사람 들 같은 것이 모두 지긋지긋해진다. 그래서 에이트인지, 로리언인지 하는 것에게 질문을 한다.

"무슨 일이 일어날지 당신은 아나요? 모가도어 인들이 침략을 하고 있어요."

그 존재가 다시 한 번 애덤을 본다.

"다는 아닌 것 같구나."

애덤은 불편해 보인다.

그 존재가 재빨리 고개를 돌리고 천장을 본다. 그 파직거리는 눈이 마치 사원 밖을 볼 수 있는 것처럼, 모든 것을 볼 수 있는 것 같다.

"그래, 그들이 오고 있구나."

우렁우렁한 목소리에 걱정을 담는다.

"그들의 지도자는 아주 오랫동안 나를 쫓았지. 너희 원로들은 로리언의 몰락을 예견하고 나를 보호하기로 결정했다. 그리고 나를 여기 숨겼어. 그의 추격을 지연시킬 수 있지 않을까 해서 말이야.

"그렇게 성공적이진 않았네요."

내가 대답하자, 마리나가 팔꿈치로 찌른다.

그 존재의 눈이 천천히 다시 천장을 향한다. 잠시 깊은 슬픔이 그의 얼굴을 스친다.

"너무나 많은 나의 아이들이 영원히 돌아올 수 없게 됐다. 이제 너희가 로리언의 원로가 되겠구나. 그런 것이 아직도 존재한다면 말이다."

"우리는 원로가 아니라 가드예요. 당신의 도움이 필요해서 왔어요."

수억 년 묵은 신 같은 에너지체의 앞이라고 해도, 여기까지 온 우리가 조심하느라 못할 말은 없다.

그 존재는 큭큭 웃는다.

"나하고는 상관없다, 딸아. 원로, 가드, 세판 같은 말들은 로리언인들이 나의 선물을 이해하기 위해 선택한 단어지. 여기서는 그런 방식이 될 필요가 없어. 정해진 방식이 있는 게 아니야."

그 존재는 잠시 또 생각에 잠긴다.

"도와달라고 해도 나는 무엇을 주게 될지 알지 못한단다, 애야."

더 혼란스러워지고 수수께끼만 늘어났다. 나인의 농담처럼 거대한 힘이 풀려나 모가도어 인들을 쓸어버릴 거라고 생각해서 성소에 온 건 아니다. 하지만 뭔가 도움이 될 걸 발견할 줄 알았다. 지금쯤 모가도어의 첫 번째 공습에 우리 친구들이 죽어가고 있을 것이다. 그런데 나는 여기까지 와서 신비로운 불멸의 존재와 한담이나 나누고 있다.

"그걸론 충분하지 않아."

너무나 답답한 나머지 나는 한 걸음 다가서며 말한다. 에너지가 내 주위에서 일어나며 머리칼이 정전기로 곤두선다.

애덤이 속삭인다.

"식스, 조심해."

나는 그를 무시하고 전능의 로리언에게 거의 고함을 치다시피 묻는다.

"당신을 깨우려고 먼 길을 왔어! 친구들을 잃었고! 뭐라도 해줘야 할 거 아냐? 아니면 세트라쿠스 라가 마구 진격해들어와서 이 행성을 파괴해버려도 괜찮다는 거야? 모든 사람을 죽여도? 두 번이나 그런 일이 일어나도록 보기만 할 거냐고?"

그 존재가 이맛살을 찌푸리자, 에이트의 피부가 갈라지고 에너지가 새어나오기 시작한다. 마리나는 헉하며 입을 틀어막지만 소리는 지르지 않는다. 에너지가 차츰 에이트의 시신 속을 채우다가 폭발할 것 같다.

에이트가 마리나에게 말한다.

"미안하구나, 딸아. 이 형체는 나를 오래 지탱하지 못한다."

그런 다음 나를 본다. 나의 말에 전혀 기분 나빠하는 기색이 아니다. 아예 영향을 받지 않은 것 같다. 변함없이 노래하는 듯한 참을성 있는 목소리다.

"나는 분별없는 생명의 파괴를 용서하지 않는다. 하지만 운명을 선택하지도 않는다. 판단하지도 않는다. 만일 내가 존재를 멈추는 것이 우주의 의지라면 나는 끝날 것이야. 나는 그저 마음이 열린 자들에게 나의 선물을 선사하려 존재하는 것뿐이다."

나는 팔을 벌린다.

"내 마음도 열려 있어. 나에게 채워줘요. 세트라쿠스 라와 그의 함대를 파괴할 충분한 레거시를. 그럼 당신이 뭘 하든 내버려둘게."

그 존재가 나를 향해 미소짓는다. 에이트의 손등에 더 균열이 생긴다. 에너지가 빠져나간다.

"그렇게 작동하는 게 아냐."

"그럼 대체 어떻게 작동하는데? 우리가 어떻게 해야 하는지 알려줘!"

"더 이상 할 일은 남아 있지 않다, 딸아. 너는 나를 깨웠고 내 힘을 복원시켰어. 나는 이제 지구의 것이다. 그러니 나의 선물도 지구의 것이야."

나는 고래고래 소리친다.

"그게 어떻게 우리가 이기도록 도울 수 있다는 거야? 이 거지 같은 짓이 다 무엇을 위해서였는데?"

존재는 나를 무시한다. 나눠줄 수 있는 지혜는 이게 다인가보다. 대신 마리나를 본다.

"그는 오래 있지는 못할 거란다, 딸아."

"누가? 뭐?"

마리나가 어리둥절해서 묻는다.

더 이상 아무 말 없이 존재의 눈이 감기고 에이트의 몸이 떨리기 시작한다. 놀랍게도 에너지는 그의 몸에서 빠져나간 듯 보인다. 손등과 이마에서 빛나던 에너지도 사라지고, 갈라졌던 틈이 봉합된다. 몇 초가 지나가 에이트의 몸에서 빛나는 부분은 심장 위의 상처뿐이다. 그는 에너지 기둥 밖으로 둥둥 떠서 나오더니 마리나 앞에 선다.

에이트가 눈을 뜨자, 그 눈도 더 이상 빛나지 않는다. 기억 속 그 모습 그대로, 녹색의 고요한 눈에서 슬쩍 장난기가 반짝인다. 마리나를 보자, 에이트의 입술이 천천히 말려 올라가며 미소를 짓는다.

"와우, 안녕."

목소리도 예전 그대로다. 에이트다. 정말 에이트다.

마리나는 엎어지다시피 기쁨의 눈물을 왈칵 터뜨린다. 하지만 재빨리 정신을 차리고 에이트의 어깨를 먼저 와락 잡고 그다음 얼굴을 감싼다. 그리고 가까이 끌어당긴다.

"따뜻해. 너, 정말 따뜻해!"

에이트가 깔깔 웃으며 마리나의 손을 감싸고 살짝 키스한다.

"너도 따뜻해."

"미안해, 에이트. 미안해. 내가 너를 치유하지 못했어."

에이트가 고개를 젓는다.

"그만해, 마리나. 괜찮아. 네가 나를 여기로 데리고 와줬잖아. 여긴…… 뭐라 말로 표현할 수도 없어. 너무 놀라워."

벌써 에이트의 심장에서 밖으로 에너지가 번져나가는 게 보인다. 온몸으로 퍼져나가며 팔과 다리에서 균열이 갈라진다. 그래도 고통스러워하는 것 같지는 않다. 그저 마리나를 보고 미소를 지으며 그녀의 얼굴을 기억에 새겨두려는 것 같다.

마리나가 에이트에게 묻는다.

"키스해도 돼?"

"정말 그래줬으면 좋겠어."

마리나가 에이트를 꼭 안으며 키스한다. 그러는 동안 에이트의 내부에서 에너지가 넘쳐나오며 그의 몸이 천천히 흩어지기 시작한다. 모가도어 인들이 분해될 때와는 다르다. 한동안 에이트의 몸속 모든 세포들이 들여다보이는 것 같다. 우물 속 에너지가 세포들 하나하나에서 빛나는 모습이 보이는 듯하다. 그리고 하나씩 하나씩 에이트의 몸이 용해된다. 빛과 하나가 되는 것이다. 마리나가 부여잡으려 하지만, 에너지만이 손가락 사이를 빠져나간다.

그러고 나서 에이트는 사라진다. 빛은 다시 우물로 흘러들어가 땅속 깊은 곳으로 물러간다. 우리가 촉발시켰던 심장박동도 희미해진다. 여전히 들리긴 하지만 정말 귀를 기울여야만 들린다. 방은 다시 평화로워지고, 벽을 밝히는 로럴라이트 조각만 반짝인다. 신선한 공기가 뒤쪽에서 불어 들어온다. 돌아보니 벽 한쪽에 문이 열렸다. 문은 계단으로 이어지며 외부에서 태양빛이 흘러들어온다.

마리나는 나에게 기대며 슬피 운다. 나는 그녀를 꼭 안아주며 함께 무너지지 않으려 애쓴다. 애덤도 우리를 지켜보며 눈가를 훔친다.

애덤이 조용히 입을 연다.

"어서 가야 해. 다른 사람들에게 우리 도움이 필요할 거야."

나는 그에게 고개를 끄덕인다. 여기서 우리가 한 일이 무엇인지 모르겠다. 아주 짧은 순간이나마 에이트를 다시 본 것은 아름다웠다. 하지만 우리에게 레거시를 부여한 우주적 존재와의 대화는 질문에 호락호락 답을 주지 않았다. 그러는 동안 시간은 속절없이 지나갔고, 벌써 침공이 시작되었는지도 모른다.

마리나가 내 팔을 꼭 쥐며 눈을 든다.

"난 보았어, 식스. 내가 그에게 키스할 때 그것을. 로리언을, 에너지를 보았어."

나는 마리나에게 되도록 부드럽게 대해주고 싶지만 이럴 시간이 있는 건지 모르겠다.

"알았어. 그래서?"

마리나가 씩 웃는다.

"퍼지고 있었어, 식스. 지구 곳곳으로. 사방으로."

"그게 무슨 뜻인데?"

애덤이 묻는다. 마리나가 얼굴을 닦으며 몸을 바로 한다.

"더 이상 우리뿐이 아니라는 뜻이야."

30
샘, 염력을 발휘하다

고층건물들이 불탄다. 우리는 도망친다.

모가도어 전함이 뉴욕 하늘을 천천히 가로지르며 거대한 에너지 대포를 무차별적으로 쏘아댄다. 또한 수십 대의 무장 정찰선을 토해낸다. 작은 우주선들이 거리 이곳저곳을 쌩쌩 날아다니며 전사들을 착륙시킨다. 그리고 마주치는 시민에게 총을 쏘아댄다.

다른 괴물들도 우주선에서 뛰어내린다. 굶주리고 분노한 것들. 아직 직접 보지는 못했다. 폭발음 위로 솟구친 끔찍한 울부짖음만 들린다.

파이켄이다.

뉴욕 시는 끝났다. 그건 분명히 알 수 있다. 이제 모가도어 인들을 돌려보낼 길은 없다. 모가도어 전함이 나타났던 다른 도시들은 어떻게 하고 있는지 모르겠다. 뉴욕과의 통신은 두절됐고, 나의 위성 전화기는 이스트리버 바닥에 가라앉았다.

우리가 할 수 있는 일은 도망가는 것뿐이다. 내 평생 그래왔듯이. 다만 지금은 불행히도 수백만의 사람들과 함께 도망친다.

"도망쳐요! 우주선이 안 보일 때까지 도망쳐! 살아남아, 다시 모여 싸웁시다!"

마주치는 사람들에게 소리친다.

샘이 나와 함께 있다. 얼굴은 잿빛이 되어 곧 토할 것처럼 보인다. 샘은 모가도어 인들이 로리언을 어떻게 했는지 보지 못했다. 우리와 함께 힘든 일을 겪어왔지만, 이런 대공습은 처음이다. 우리가 이길 거라고 늘 믿었다. 이런 날이 오리라고는 생각지도 못한 것이다.

내가 샘을 실망시켰다.

나인과 파이브는 어디에 있는지 모르겠다. 발목에 새로운 상처가 생기지는 않았으니, 아직 서로 죽이지는 않은 거다.

워커 요원도 찾을 길이 없다. 다른 요원들과 알아서 하겠지. 다들 살아남길 바란다. 만일 살아남는다면 다시 애시우드 단지로 모여야 할 것 같다. 샘과 나도 거기까지 갈 수 있을지 모르겠다.

우리는 연기로 가득 찬 거리를 달려나간다. 뒤집힌 자동차들 사이를 빠져나가며 떨어진 건물 덩어리들을 타고 넘는다. 정찰선이 지나가면 골목이나 건물 안으로 숨는다.

싸울 수도 있다. 지금 끓어오르는 분노를 폭발시키면 순식간에 갈가리 찢어버릴 수 있을 것이다. 정찰선 하나쯤은 쉽게 추락시킬 것이다.

하지만 나는 혼자가 아니다. 스무 명 정도의 생존자가 샘과 나를 따르고 있다. 불타며 떨어지는 발코니를 염력으로 막아준 가족, 모가도어 전사 둘을 쓰러뜨리는 걸 본, 피를 뒤집어쓴 뉴욕 경찰 둘, 루멘 불빛을 비추자 레스토랑에 숨어 있다가 나온 그룹, 다른 사람들도 있다.

내가 이 도시의 모든 사람을 구할 순 없다. 하지만 할 수 있는 일은 해야 한다. 모가도어 인들과 싸울 시간이 없는 것이다. 적어도 이 사람들을 안전한 곳으로 대피시키기 전까지는.

가능하면 충돌은 피한다. 하지만 그럴 수만은 없다. 불탄 버스 위로 잘린 전깃줄들이 늘어진 교차로를 지나다가, 모가도어 전사 10여 명과 마주친다. 우리를 향해 광선총을 겨눈다. 하지만 내가 먼저 불덩이로 쓸어버린다. 바로 불타버리지 않은 놈들은 뒤에 서 있던 경찰들이 쓰러뜨렸다.

나는 경찰들을 돌아보며 고개를 끄덕인다.

"잘했어요."

"우리가 뒤는 지킬게, 존 스미스."

그중 하나가 말한다.

내 이름은 어떻게 알았는지 물어볼 생각도 들지 않는다.

우리 무리는 몇 블록을 더 달려가다가, 근처에서 비명 소리를 듣는다. 모퉁이를 돌자 젊은 커플이 불타는 아파트에서 비상계단을 통해 탈출하고 있다. 나사가 풀렸는지 계단이 꼭대기에서부터 기우뚱하니 떨어지고 있다. 아직 5층밖에 못 내려온 남자가 난간 너머로 떨어지고, 여자는 다급하게 그를 잡으려 애쓰고 있다.

세라의 얼굴이 눈앞을 스친다.

'살아만 있어줘. 이번만 견디면 다시 만날 수 있을 거야.'

나는 그녀에게 무사히 돌아갈 것이다.

나는 비상계단을 향해 달리며 멀리서부터 염력으로 떠받친다.

"그냥 놔요! 내가 잡아줄게!"

"당신 미쳤어?"

남자가 소리친다. 설명할 시간이 없으니, 그냥 둘을 염력으로 잡아뗀다.

그때 육중한 발소리가 들려온다.

"존!"

샘이 외친다.

고개를 돌리니 파이켄이다. 나를 향해 전력으로 돌진하는 놈은 침으로 범벅된 입에 날카로운 이빨을 드러내고 있다. 사람들이 비명을 지르고, 경찰들이 몇 방 쏘지만 속도조차 늦추지 못한다. 다른 이들은 날뛰는 모가도어 야수를 피해 바로 달아난다.

그런데 그들이 달아나는 방향이 바로 비상계단 아래다. 더구나 마침 그때 계단이 건물에서 완전히 떨어져나가 와장창 거리로 떨어져내린다.

아직 커플도 땅에 완전히 내려놓지 못했는데, 비상계단까지 염력으로 저지하고 있다. 나는 정신을 분리해 루멘 불꽃도 켜보려

하지만 무리다. 나는 너무 지쳤고, 그 정도까지 감당할 힘이 없다.

파이켄이 나를 덮치는 찰나, 세라의 얼굴이 다시 떠오른다. 해보자. 이를 악물고 정신을 집중해보자.

획 하는 바람과 함께 엄청난 염력파가 파이켄을 덮쳐 날려버린다. 근육질 다리로 허공을 휘저으며 나가떨어지다가 멈춤 표지판 위로 떨어졌고, 그 기둥이 심장을 꿰뚫었다.

내 염력이 아니었다.

나는 커플을 안전하게 내려놓고 비상계단을 한쪽으로 눕힌 다음, 염력이 터져나온 쪽을 돌아본다.

샘이 눈을 휘둥그레 뜨고 나를 본다. 손을 앞으로 뻗은 채 그대로 얼어붙었다. 방금 파이켄을 밀쳐버리고 정신도 제대로 수습하지 못한 모양새다. 천천히 눈을 깜빡이다가 자기 손을 내려다본다.

"맙소사, 방금 내가 그런 거야?"

아이엠넘버포 5

초판 1쇄 발행	2017년 6월 22일
초판 4쇄 발행	2020년 3월 6일

지은이 피타커스 로어
옮긴이 이수영
펴낸이 최윤혁

부사장 최동혁
기획편집 한성수·유진영
마케팅팀 이건우·남아라
디자인팀 김진희·전재형
전략영업 최후신·김두홍
경영지원 차규락
표지·본문 디자인 인수정

펴낸곳 (주)세계사 컨텐츠 그룹
주소 06071 서울시 강남구 도산대로 542 우산빌딩 8, 9층
문의 plan@segyesa.co.kr
홈페이지 www.segyesa.co.kr
출판등록 1988년 12월 7일(제406-2004-003호)
인쇄·제본 현문

ⓒ 피타커스 로어, 2017. Printed in Seoul, Korea

단행본 ISBN 978-89-338-7075-4 (04840)
세트   ISBN 978-89-338-3049-9 (04840)

* 책값은 뒤표지에 표시되어 있습니다.
* 이 책 내용의 전부 또는 일부를 재사용하려면 반드시 저작권자와 세계사 컨텐츠 그룹 양측의 서면 동의를 받아야 합니다.
* 잘못 만들어진 책은 구입하신 곳에서 바꿔드립니다.